源氏物語論考

古筆・古注・表記

田坂憲二著

和泉書院

目次

序に代えて…1

Ⅰ 古筆切落ち穂拾い

第一章 伝聖護院道増筆断簡考……7
はじめに…7
一 伝道増筆「源氏物語切」について…8
二 大島本桐壺巻の用字法…14
三 大島本桐壺巻の用字法・続…19
四 道増筆『伊勢物語』について…21
五 「拾遺集切」「平家物語切」について…25
おわりに…29

第二章 『源氏釈』古筆切三葉について……32
はじめに…32
一 研究史概観…32
二 伝顕昭筆断簡二葉…35
三 伝阿仏尼筆断簡…44
おわりに…49

第三章　『源氏釈』古筆切拾遺……52
はじめに…52
一　『源氏釈』古筆切集成データベース…53
二　竹柏園旧蔵『源氏釈』断簡の出現…53
三　引歌作者名を記す『源氏釈』…55
四　伝津守国冬筆『源氏釈』断簡の紹介…64
おわりに…69

第四章　初稿本系『紫明抄』古筆切考……73
はじめに…73
一　伝二条為世筆紫明抄切…74
二　伝慈円筆源氏物語注釈切…83
おわりに…90

Ⅱ　『紫明抄』を校訂する

第五章　二種類の『紫明抄』……95
はじめに…95
一　『源氏物語事典』の分類など…96
二　花宴巻の三冊本と京大本…98
三　賢木巻の三冊本と京大本…103
おわりに…109

第六章　内閣文庫三冊本『紫明抄』追考……111
はじめに…111
一　内閣文庫三冊本の特色…112
二　複数項目の合体…116
三　明瞭な独自項目…121

四　手習巻のその他の項目…124
五　浮舟巻・蜻蛉巻の例…126
おわりに…129

第七章　内閣文庫本系統『紫明抄』の諸本について……132
はじめに…132
一　引用本文と注釈本文の書式から…133
二　本文の異同などから…136
三　龍門文庫本・神宮文庫本と内閣文庫十冊本の対立…138
四　東大本と島原松平文庫本…140
五　島原松平文庫本は東大本の転写か…144
おわりに…146

第八章　京都大学本系統『紫明抄』と内閣文庫本系統『紫明抄』……148
はじめに…148
一　引用本文の長短…149
二　引用本文の相違…153
三　「或」「イ」として掲出されるもの…157
四　注釈の相違…161
五　項目の順番、項目の有無…167
おわりに…172

第九章　京大文学部本『紫明抄』と京大図書館本『紫明抄』……174
はじめに…174
一　図書館本の本文が劣る部分…175
二　文学部本の重複箇所…179
三　文学部本の脱字と衍字…183
四　注釈内容に関わるもの…186
おわりに…189

第十章　京都大学本系統『紫明抄』校訂の可能性……191
はじめに…191　一　『紫明抄』の伝本と系統…192
二　京都大学本系統の本文の問題・桐壺巻から…196
三　京大文学部本の修正・帚木空蟬夕顔巻から…202
四　分冊の問題など…206　おわりに…208

Ⅲ　表記の情報と情報の表記

第十一章　諸本対照型データベースの提案……213
はじめに…213　一　『源氏物語大成』を継ぐもの…214
二　早蕨巻諸本対校表から…217　三　視覚的効果を考慮した対校表…226
四　巻別校本への道…235　おわりに…238

第十二章　字形表示型データベースの提案……239
はじめに…239　一　翻刻作業と表記情報…240
二　大島本の桐壺巻頭と帚木巻頭…243　三　桐壺巻頭と帚木巻頭との変体仮名の相違…247
四　大島本桐壺巻の仮名の用字法…248　おわりに…253

第十三章　表記情報から見た内閣文庫本系統『紫明抄』……256

はじめに…256
一　真木柱巻第三三項目の検討…257
二　行幸巻第一一・一二項目の検討…260
三　少女巻第一一項目の検討…264
おわりに…269

第十四章　表記情報から見た京都大学本系統『紫明抄』……271
はじめに…271
一　一般的法則の見通し・序文から…272
二　一般的法則の確認・帚木夕顔巻の例…275
三　図書館本・文学部本の漢字・仮名の表記の対立…279
四　図書館本・文学部本の仮名の表記の対立…285
おわりに…290

第十五章　改行・改丁・字母から見た内閣文庫本系統『紫明抄』……292
はじめに…292
一　改行情報と字母情報・須磨巻の例から…293
二　改丁情報と字母情報・初音巻の例から…298
三　改行情報から見た内閣文庫本系統…303
四　例外的事象について…309
おわりに…314

初出一覧…316
あとがき…319

序に代えて

本書は、『源氏物語』の古注釈や本文に関する既発表の論文を、加筆修正の上、一書としたものである。全体を、Ⅰ「古筆切落ち穂拾い」、Ⅱ「『紫明抄』を校訂する」、Ⅲ「表記の情報と情報の表記」との三部に分かつ。

Ⅰの「古筆切落ち穂拾い」は、新出の伝聖護院道増筆「源氏物語切」の紹介と字母をめぐる考察や、影印で刊行された資料の中から『源氏釈』や『紫明抄』の断簡を認定したものである。古筆切研究と言えば、未知の古筆切を入手して分析・紹介するというのが王道であるが、『源氏釈』『紫明抄』の三論文は、ただ単に『源氏物語』の注釈として紹介されていたものを具体的に注釈書名を究明したものである。資料の存在自体は知られていたものを、一歩進めて作品名を特定し、調べ直してみたという意味で、「落ち穂拾い」と名付けている。古筆切の新出資料を発掘するには、鑑識眼と経済的裏付けが必要であるが、両方共に乏しい稿者は、刊行された影印資料・複製資料を眺めて、その恩恵に浴することがもっぱらである。そうした資料を見ていると、古筆断簡そのものは知られていても、書名の特定が遅れているがために、折角の情報が十分に生かし切れていないのではないか、という思いを抱くことがある。もう四十年近く前になるが、稿者が最初に書いた古筆切に関する小文が、出光美術館蔵の手鑑『見ぬ世の友』所収の『源氏物語』の注釈切が、実は『源氏釈』であり、異本校合のある珍しい資料であることを指摘したものであるから、どうもそうした傾向は変わらないらしい。

Ⅱの「『紫明抄』を校訂する」は、『源氏物語』の古注を集成する叢書の一冊として『紫明抄』を担当したゆえの副産物である。『紫明抄』は、『源氏物語』研究者であれば誰もが知っている京都大学文学部本が最善本で、既に影印と二種類の翻刻が刊行されている。そこに敢えて『紫明抄』の翻刻として一冊を加えるならば、系統の異なる本を底本として採用し、しかもそのことに意味がなければならない。そこで『紫明抄』の諸本を調査して、京大文学部本とは別系統の内閣文庫本の最善本である東京大学総合図書館本が、新たに翻刻刊行するに最適の資料であることに到達した。その過程で、京大文学部本は最善本だが、校訂すべき箇所もあることが確認出来た。京大文学部本と共通する巻を最も多く持っている京大図書館本を対校させてみたり、対校写本が最も多い巻を取り上げて京大本系のすべての写本と比較してみたり、内閣文庫本系統の諸本の中での下位分類を試みたり、様々の調査を行った。それらの結果、東大本を京大文学部本との比較に使用する最善本として翻刻したが、そうしたシリーズの性格上、伝本の問題などは結論だけを簡潔に示すこととなった。自然科学系の論文でたとえるならば、実験のデータ全部を公開せずに、結論とアウトラインを示した形である。そこで、一連の論文の調査過程と調査結果を広く公開することで、稿者の結論が正しいかどうか批判を仰ぎたく、ここにまとめたものである。

Ⅲの「表記の情報と情報の表記」とは、古典文学研究の一つとして、表記されている情報を、どうすれば科学的吟味に耐えうるように提示出来るか、逆に情報をどう表記すれば、科学的かつ効果的かを考えたものである。あるときは早蕨巻に絞った主要写本を一覧出来る資料を鳥瞰してその視覚的効果を考えたり、あるときは大島本の桐壺巻を定点観測して活字データベースのありようを考えたり、あるときは材料の集まっている『紫明抄』を実験的材料として改行・改丁・字母の情報としての定着を考えたりした。ⅠやⅡが調査結果の報告という地味な論文であるのに対して、Ⅲはやや荒削りではあるが問題提起を意図したものである。

内容の上からⅠⅡⅢと大きく三つに分割したが、相互に関連し、支え合っている内容である。たとえばⅠの新出古筆切で書写者の道増の用字法を分析した論文はⅢの大島本の字母の分析と相互に補完するものである。またⅡで対校資料として並べてみた京大文学部本と京大図書館本の二つの『紫明抄』を、Ⅲでは漢字や仮名の表記情報で再検討してみた。またⅡにおける『紫明抄』の諸本分類が正しいかどうか、Ⅲでは表記の情報を使用して裏付けを取ってみた箇所もある。そうした意味で、全体を一連の論文として読んで頂くことを希望するものである。

Ⅰ　古筆切落ち穂拾い

第一章　伝聖護院道増筆断簡考

はじめに

関白近衛尚通の息で、稙家の弟である聖護院道増は、甥に当たる聖護院道澄と共に、歴代の聖護院門跡の中では、最も著名な人物であるといって良い。

それは道増が、奥州伊達家の内紛すなわち伊達稙宗・晴宗父子の対立を調停したり、長期にわたり西日本最大の紛争であった毛利と尼子、毛利と大友の間の和平工作に従事したり、室町時代末期の歴史の舞台裏に深く関わっていることにもよるが、なんといっても、『源氏物語』の最重要写本である大島本（伝飛鳥井雅康筆）の桐壺巻・夢浮橋巻を、その当時の所蔵者である津和野の豪族吉見正頼の慫慂によって、道増・道澄が改めて染筆したことによる。

本章では、その道増筆とされる断簡について考察を試みるものである。道増が中世末期の人物であるから、本文的には大変珍しいという点は多くないが、「奇癖」(1)と言われる独特の筆遣いは、断簡資料を分析してみるとき一つの方法を示唆してくれるようである。本章ではそうした観点から、道増関係資料を、字母の問題を中心に分析してみたいと思う。

一　伝道増筆「源氏物語切」について

これまでに道増筆とされる『源氏物語』の断簡は二葉紹介されている。

一点は、川崎市市民ミュージアムに収蔵される古筆手鑑『披香殿』所収の賢木巻断簡で、一面七行分が残されており、古谷稔の監修で刊行された上下二冊の大判の複製本の下冊の七六ページに図版と、二三九ページに同ミュージアム学芸員望月一樹の要を得た解説がある。(2)

以下複製本によって全文を掲出する。

心うくなん思ひなり侍ぬる男のれいとはいひな
から大将もいとけしからぬみこゝろ成けり斎院
をも猶きこえをかしつゝ忍ひに御ふみかよはしな
してけしきあることなと人のかたり侍しをも
よのためのみにもあらすわかためもよかるましき
ことなれはよもさるおもひやりなきわさしい
てられしとなんときのいうそくと天のしたをなひ

これは『源氏物語大成』三七七ページ一三行から三七八ページ四行目までの部分で、本文的には通常の青表紙本である。複製本の望月の解説によると、切の大きさは縦二四・九センチ、横一二・八センチである。

いま一葉は、尾張徳川家所蔵の手鑑『集古帖』所収の幻巻断簡で、一面一〇行分が残されており、『徳川黎明会叢書』古筆手鑑編四（思文閣出版、一九八八年）二九六ページに写真が、巻末に寸法が「縦二五・四、横一八・四」

と記されている。『徳川黎明会叢書』には道増筆断簡そのものの解説はないが、前述の『披香殿』の解説で望月が「手鑑『集古帖』（徳川黎明会蔵）には同じく『源氏物語』「幻」巻の断簡がある。両者を比較すると、癖のある書風はかなり趣を同じくしており、本断簡は自筆と思われる」と記している。(3)

今回紹介する、新出の伝道増筆断簡は『披香殿』所収の切と同様に賢木巻である。別に写真を掲出したが、以下に全文を翻刻しておく。切の大きさは縦二五・七センチ、横一四・二センチである。

なくおほしたゝせ給へるうらめしさはかきりなうと
はかりきこえ給て人々ちかうさふらへはさま〳〵みたる、
心のうちをたにえきこえあらはしたまはすいふせし
　おほかたのうきにつけてはいとへともいつかこの世
をそむきはつへきかつにこりつゝなとかたへは
御つかひの心しらひ成へし哀のみつきせねは胸
くるしうてまかて給ひぬとのにてもわか御かたに
ひとりうち臥給て御めもあはす世中いとはしう

『源氏物語大成』三六七ページ八行から一四行目までの部分で、こちらも本文的には通常の青表紙本である。『披香殿』所収の切と比較してみると一面行数は一致せず、天地の大きさも異なっている。ただし、本断簡の方が天地の余白が大きいものの、文字部分は一行ほぼ二二センチと共通し、一行の字詰めも平均二二字程度とほぼ同じである。写真で見る限り『披香殿』の切は文字部分に比べると天地が狭すぎてややバランスが悪いこと、左右も余白がほとんどないことから考えて、本来の冊子の一葉そのままではなく、天地左右が切られた可能性が極めて高いと推測される。二つの切は本来は同じ寸法であった可能性があるのではなかろうか。新出断簡の方も最後の行の

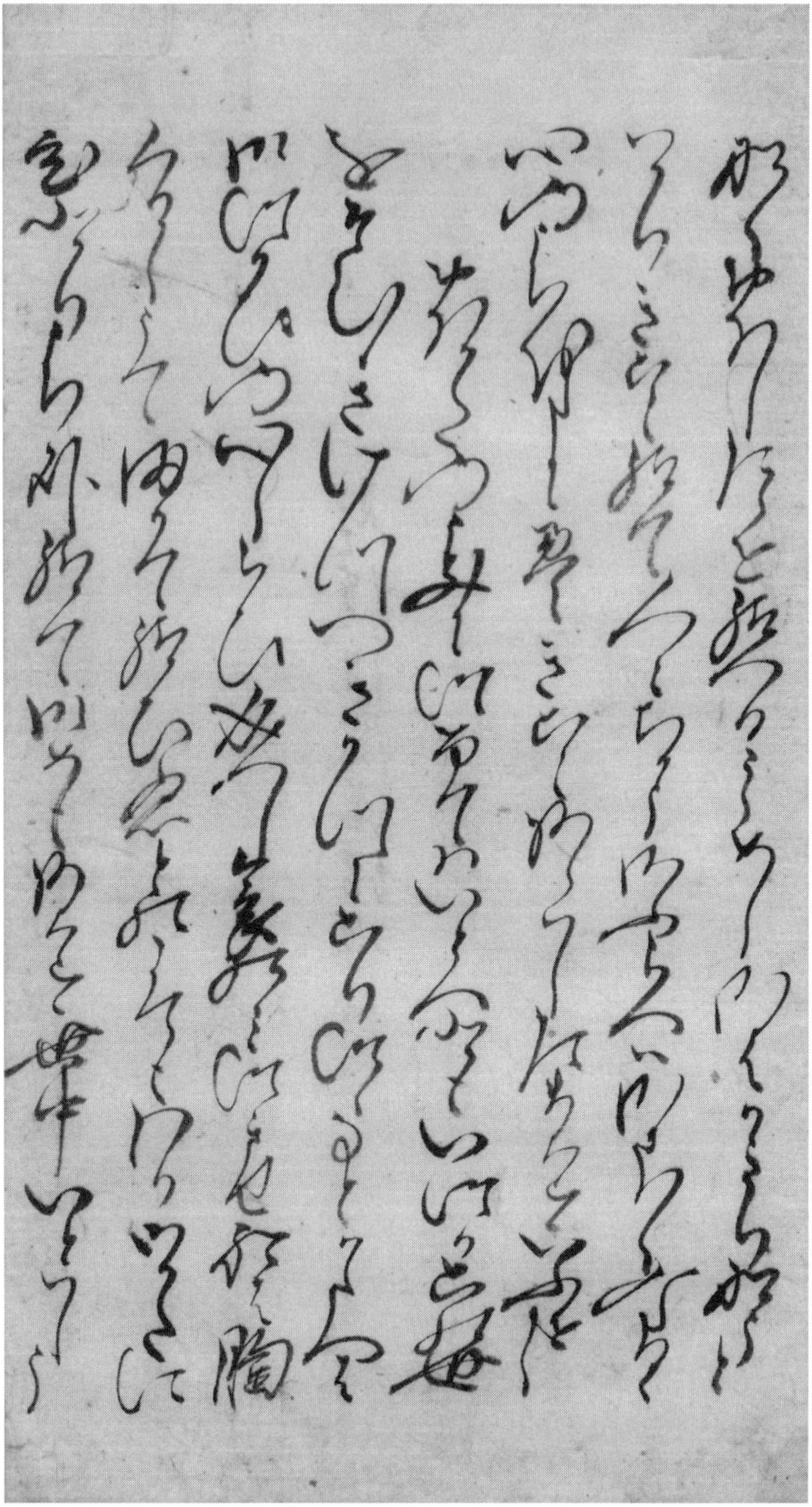

伝聖護院道増筆賢木巻断簡（個人蔵）

「世」の文字の起筆の部分が少し切れていることを考慮すれば、さらに一、二行あった可能性もある。新出断簡も、現在の大きさは天地の長さに比べて左右がやや狭すぎる観がある。筆跡そのものは、二つの賢木巻断簡は、極めて酷似していることから考えて、新出の断簡と『披香殿』所収の切とはツレであり、同一の冊子から別れたものと考えて良かろう。猶、筆跡の類似のことは後述する。

ところで、道増の筆跡は「奇癖」とか「癖のある書風」などと言われているのであるが、具体的にはどのようなものなのであろう。もっとも目に付くのは、やや左に傾いた押しつぶされたような形であり、たしかに流麗とはおよそ言い難い独特の運筆で、おそらくこうした点が「奇癖」「癖のある書風」と言われる所以であろう。同時にもう一つ見落としてならないのは道増の一文字一文字の字形である。道増の文字は、平仮名として表記されている部分であっても、仮名の字母の漢字の形をかなり鮮明にとどめているのである。前ページに掲載した新出断簡の写真で見れば明らかであるが、「那」「乃」「盈」「阿」「支」「徒」「希」「登」「川」「満」「飛」など、平仮名と言うより漢字の字体をはっきりと残しているものである。従って道増の筆跡を考えるときに、通常の平仮名に改めた形で翻刻するのでは、その特色を見落としてしまう可能性がある。そこで上掲の二つの断簡を、文字の形が明確になる形で再掲してみる。

心うく那ん思日那り侍ぬる男乃連いとハいひな
可ら大将もいと希しから怒ミ古ゝろ成介り斎院
をも猶き古えを可し徒ゝ忍ひに御ふミ可よハしなと
して希しき阿類古と那と人能可多り侍しをも
世乃ため能ミ丹も阿ら春わ可多めもよ可るましき
こと那連ハよも佐類おもひ屋り那きわさしい

　てら礼しと那んとき能いうそくと天能したをなひ
那くおほした丶せ給へるうらめし佐者可きり那うと
は可りき古え給て人々ち可う佐ふらへハ佐万〳〵み多る丶
心乃うち越多尓盈き古え阿らハしたまハ春いふせし
　お本可多乃う支尓徒希てハいとへ登もい徒可古能世
　　○
をそむきは川へき可川尓古り徒丶なと可多へ者
御徒かひ乃心しらひ成へし哀能ミ徒きせ祢者胸
くるしうて満可て給ひ怒と能尓てもわ可御可多に
飛登りうち臥給て御めも阿ハ春世中いとハしう

　このような形で見ると、道増が仮名文字にどのような字母のものを用いているのかが一目瞭然である。たとえば「あ」の文字は、『披香殿』断簡二例、新出断簡二例、四例すべて「阿」の文字を使い「安」（今日の「あ」の元の字）の文字は一例もない。「な」の文字は一二例あるが、そのうち八例を「那」の文字が占めている（『披香殿』断簡六例、新出断簡二例）ことが注目される。「す」の文字を「春」で示すのは写本では極めて一般的な傾向だが、それにしても、二つの断簡に「す（寸）」の字形の文字が一つもないのは目に付く。字母そのものがどのような文字であるかについても道増の使用文字は十分に特徴が看取されるが、それ以上に漢字の字体を強く残していることが着目される。

　たとえば、「の」の文字は、現行の「の」の字母の漢字「乃」と、「能」の文字だけしか使っていないことがわかる。この二つの「の」文字は一般的にも多く使われるものであるが、道増の場合「乃」の文字を字母とする五例

（『披香殿』断簡二例、新出断簡三例）はすべて現行の平仮名の形ではなく、はっきりと「乃」の形を残しているのである。要するに現在の平仮名の「の」の形の文字は一つもなく、すべて「乃」か「能」（『披香殿』断簡四例、新出断簡三例）なのである。

「つ」の文字もそうで、現行の「つ」は「川」の文字から発生したものであるが、道増の二葉の賢木巻の断簡を見ると、「川」を字母とするものはすべてはっきりと「川」の字形を残している（新出断簡二例）。ここでも平仮名「つ」の形の文字は一つもなく、すべて「川」か「徒」（『披香殿』断簡一例、新出断簡五例）なのである。

同様に今日の平仮名の元となった字体、たとえば「さ」の元になった「佐」、「れ」の元になった「礼」なども、平仮名の形ではなく、漢字そのものの字形で記すことが多いのである。このように漢字の字形をはっきりと残す書きぶりであるから、「希（け）」「支（き）」「満（ま）」「飛（ひ）」「登（と）」など、今日の平仮名の字母とは異なる文字の場合は、その漢字性が一層顕著に見えるのである。

このように『披香殿』所収の断簡と、新出断簡と、二つの賢木巻切は共通する字母を多く持っていること、しかもそれらの文字を変体仮名としてくずしてしまうのではなく、元の漢字の字形を色濃く残存させていること、などの共通性を有する。先ほど筆跡が酷似すると述べたのはこうした傾向をも含めてのことなのである。

こうした独特の文字遣い（それを変体仮名の用字法といっても良かろう）をする書写者の場合、どのような字母を用いているか、漢字の字形をどれくらい残存させているか、ということを調べれば、同一の筆者か否かの判断、同一の書風か否かの判断の材料とすることが出来るのではないだろうか。もちろん親本の字形に影響を受けたりすることもあろうし、臨模資料の場合には全く有効ではないが、一つの指標として考慮すべきものであると考える。

この仮名の用字法の分析は、単純に一つ一つの文字、一音一音としての文字の特徴の把握に留まらないかもしれない。たとえば文字の集合体である単語の表記にも連動するかもしれない。上掲した二つの賢木切では、「かた」

という文字を表記するときは「可多」、「おもひ」という文字を表記するときは「思日」、「ある」という文字を表記するときは「阿類」、「なる」という文字を表記するときは「那類」と表記している。また、打消と呼応する副詞の「え」の場合には「盈」の文字を使っている。これらの傾向が多出してくるとすれば、音に対応する文字ではなく、単語（やその一部）に対応する用字法というとらえ方も出来るのではないかと思われる。

こうしたことが特色として確認できれば、断簡の書写者を判断するときに、有効な一つの目安になると考えられる。ただしそれらを傾向、特色として認定するためには、数枚の古筆断簡では無理で、いわば個人の用字法のデータベースのようなものを作ってみる必要があろう。

二　大島本桐壺巻の用字法

道増の用字法のデータベースという考え方をするときに、大島本の桐壺巻は極めて有効であると思われる。二四丁あまり、全四七二行、約一万二千字という文字データは、用字法の傾向を考えるに際して、十分な数であると思われる。

まず、桐壺巻の冒頭、一〇丁、二〇丁の部分をサンプルとして、字母が明瞭になる形で引用してみよう。(4)

伊徒連乃御と起尓可・女御更衣阿ま多佐ふらひ給ひ
希る中尓・いと屋ん古と那き起者尓は阿ら怒可・
春く連て登き免き給ふ有介り・ハし免より我ハと
思日阿可里たまひ徒類御可多〳〵免さまし起物耳・
おとしめそ祢見給ふ・お那し程・そ連より希らう乃更

衣たちハましてや春可ら春朝夕乃ミや徒可へに徒希
ても・人能古ゝろ越乃ミう古可し・うら見をおふ徒毛り丹や
阿り氣む・いと阿徒しく那り遊き・物心本そ希尓さと
可ちなる越・伊与〳〵阿可寿あ者禮那類物尓おも本し
て・人能そし里越も盈はゝ可ら勢給者寿・世能ためし尓も　」（一オ）
成ぬへき御毛て那しなり・可む多ち免うへひと那登も
阿い那く免越そはめ徒ゝ・いとま者遊き人乃御お本え
那り・毛ろ古し丹も可ゝる古と乃於古り尓こそ・世もみ多れ
阿し可り希連と・やう〳〵天能した尓も阿ちき那う人
乃毛て那や見くさに成て・楊貴妃乃ためし裳
引いて徒へく那り行尓・いとハしたな支古とお本可れ
登・可多し希那き事お本可連（「事お本可連」をミセケチ）御心者へ乃たくひ那き
をた乃み尓てましらひ給ふ・ちゝ乃大納言ハ那く成て・
はゝ北能可多那ん・伊丹しへ乃ひと能よし阿類尓て・おや
うちくし佐し阿多たりて世乃お本え花や可那る御可多〳〵　」（一ウ）

○

於本せ事を堂ひ〳〵う希給那可ら・身徒可らハえな無
思日たまへ堂川ましき・若ミやハいか尓おも本し志るに可・万
いり給者ん古と越乃ミ那んお本しいそく免連ハ・古とハり

に可那しうみ多てまつり侍るなと・うち〳〵に思ふ多まへ
類さ満をそうしたまへ・遊ゝし起身に侍連ハ可くて
越者しま春も・伊満〳〵しう可多し希那くな無と乃
たまふ・ミやハお本と乃古もりに介りみ多てまつりてく者し
う御阿りさ満裳そうし侍ら満本し幾越・待越者し万
春覧に夜布け侍ぬへしとていそく・くれ満とふ心乃
やみもたへ可多幾片ハし越多尓はるくハ可りに・き古え」（一〇オ）
満本しう侍越・わ多くしに裳・心乃と可尓ま可てたまへとし
ころう礼しくおもたゝし幾徒いて尓（「尓」をミセケチ）に亭立より給ひし
物越・可ゝる御せうそ古尓てみ多てまつる・可へ春〳〵徒連那き
伊能ち尓も侍る可那・むま連し時より思ふ心有し人
尓て・故大納言い満者となるまてたゝ古乃人能ミや徒可へ
能本い可那ら寿とけ佐せたてまつ連・わ連なく成怒と
てくち越しう思日く徒を類那と・返々いさ免を可連
侍し可ハ・は可〳〵しう宇しろミ思ふ人も那きましらひ
ハ中〳〵成へき古とゝ・思日たまへ那可ら・たゝ可乃ゆい古無
をた可へしとハ可りにい多したて侍しを・身に阿まるまて」（一〇ウ）

○

佐し阿や丹く成しそ閑し・お本し満支るとハなけ連登・

を能徒可ら御心うつろひて古よなうお本し那く佐むやうな
類耳（「耳」をミセケチ）裳・阿者連なるわさ成介り・希むし乃君ハ御
阿多り佐りたま者怒をまして志けくわ多ら勢たまふ
御可多ハえはち阿へたま者寿・いつ連乃御可多裳・我人
耳於登らんとお本い多るやハ阿類・登り〳〵にいとめて
た希連と・うちおとなひたまへ類尓・いとわ可う宇徒くし希
尓て・せち尓可くれ給へと・を能徒可らもりみ多てまつる・はゝ
ミや春所裳可け多尓お本え給者ぬ越・いとよう丹多まへり
と内侍乃春け能起古え希るを・わ可き御心ち尓いと哀登」（二〇オ）
思日起古え給て・常尓満いらま本しくな川さいみ多て万
徒ら者やとお本えたまふ・うへも可支り那き御おもひとちに
て・那うと見給そ阿やしくよ楚へ起古え徒へき心ちなん
春る・那めしとお本さてらうたくし給へ・徒らつき万
見那とハいとよう丹た里しゆへ可よひてみえ給ふ裳・
尓け那可ら春な無なと起古え徒計給徒連ハ・おさな古
古ち丹も・ハ可那き花もみち尓徒希て裳・心那しと（「那しと」をミセケチ）みえ多て
まつる古よなう心よせ起古えたまへ連ハ・こ起てん能女御
又古乃宮登も・御那可そハ〳〵しきゆへうちそへて・本よ里
乃丹くさ裳たちいてゝとみたてまつりたまひ・名た可う」（二〇ウ）

ここでは本行本文のみを掲げた。ミセケチ、補入などは同筆の可能性もあるが、本行とは別筆の可能性も払拭できないので、データとしては使用しなかった。本行本文だけで十分な文字数が確保できるので、精度を高めるために行間の書き入れなどは採用しなかったのである。猶、書き入れの用字法の問題点については別途後述する。

それでは以上六葉の特色を見てみよう。

「阿」が一九例、「あ」が一例。平仮名「な」は一九例あるが「那」はその二倍近くの三五例である。これは賢木巻切の「阿」四例「あ」〇例、「な」四例「那」八例とほとんど同じ傾向を示している。

「す」は「春」が一〇例、「寿」が四例、「す」は一例もない。これも賢木巻の傾向と完全に一致する。

「の」に関しては、平仮名の字形「の」は一例もなく、二五例すべてが明瞭に「乃」の字形をとどめていた。「能」の用例は一二例で、このサンプルでは「乃」の半分程度の用例数である。

「つ」は、「川」の字形を残すものが二例に対して、平仮名が一〇例と、賢木巻断簡とは異なる傾向が窺えた。このうち七例までは「たてまつる」という単語の一部を形成するものであり、これは単語単位の用字法の特徴と言えるかもしれない。もちろん賢木巻には「たてまつる」の語はなかった。「徒」の文字で「つ」を示すものが二二例あり、賢木巻から比べれば占有率は多少低くなったが、やはりこの文字が「つ」の最多使用文字であることには変わりはない。ちなみに「たてまつる」の単語に「徒」が使用されているものは一例もない。

単語単位で言えば「可多」が七例、「思日」が五例、「阿類」が二例、「那類」が一例、副詞の「盈」が一例と、賢木巻の二葉の断簡で見通しを述べたものはいずれもこのサンプルの中に見いだすことが出来た。そのほか、賢木切で目に付いた字母としては、「希」が一三例、「支」が三例、「飛」が〇例、「登」が八例、「満」が九例であった。それ以外では「も」の文字としての「裳」の例が一〇件あることが注目される。

このように、賢木巻の断簡二葉と、大島本桐壺巻は、一般的な書風が類似するだけではなく、文字用法なども極めて近いものがあり、道増筆の資料の中でも極めて共通性が多いために、書写された時期などもある程度の近さを考えて良いのではないかと考えられる。というのは、同じ道増筆の資料でも、これら『源氏物語』関係資料とは多少異なる文字傾向を示すものが存するからである。それらについては節を改めることとして、ここでは、桐壺巻全体を用字法から見たデータベースとして考える作業を継続してみよう。

三　大島本桐壺巻の用字法・続

以下では、大島本桐壺巻全体の字母を調査した結果を、数値の形で明確に示してみたい。一万字以上のデータから集めた数字であればかなり正確に傾向を示してくれるはずである。ただ全文を字母を明示した形で掲出することは出来ないので、必要に応じて丁数行数で用例の所在箇所を示して、影印資料などで追試ができるようにした。

　まず、平仮名「あ」についてであるが、桐壺巻全体で平仮名「あ」に該当する箇所は全一三二箇所、このうち「阿」が一二九例で「あ」は三例のみである。明瞭な数値の差から考えて、道増は「あ」の文字は「阿」を使用することが大原則で、例外的に仮名文字の「あ」を使用したと思われる。例外的使用の背景は不明であるが「阿可寿あ者禮」（一オ九行目）は「阿」の文字が近くにあったため異なる字形を使ったか、一九オ六行目の例は行末、二二オ七行目の例は行末から二字目であるから、文字を小さくする必要性があったことによるものかもしれない。「盈」の文字は一三例を数えることが出来るが、このうち一一例までは、賢木巻断簡同様に打消を伴う副詞の「え」の部分で使われている。

　同じく賢木切に多かった「可多」は五八例（「かたち」「かたり」の単語の一部である場合も含む）。これ以外の用字は「可た」が二例、「閑多」が一例のみであるから、例外的な用字法と考えて良かろう。猶「閑多」は一二ウ七行目の行頭（物／閑多里）に使われており、改行してゆったりと書けるときにのみ使用されているようである。ほかに想定される「可堂」「可田」「かた」「閑た」「閑堂」「閑田」などの用字法は一例もない。「阿類」は九例、「那類」は六例と賢木巻の用例からすればそれほど多いというわけではない。一方「思日」は二一例、「思ひ」は一例もないから、「思ふ」の活用語尾の「ひ」を表記するときは「日」を使うと言うことが証明された。「可多」や「思日」などは一定の傾向を示しているといって良かろう。

平仮名「の」は、漢字の字体の「乃」で表記するものが二三七例、「能」が一五三例で、この二つで九九パーセント以上を占める。この圧倒的な数字の問題は次節以降の考察の基礎となるものであるからここで注意を喚起しておきたい。猶、「乃」と「能」の比率はほぼ六対四の割合である。従って、「の」は基本的に「乃」を使用し、「一乃御子乃女御」（三オ一行）のように続けて「乃」の文字を使用することもあるが、近接して「の」の表記が出てくるときは「乃」と「能」を交互に用いてバランスを取っている。「御送りむかへ乃人能幾怒乃春楚」（三ウ三四行）「無品乃親王能外戚乃よせ那き」（一七ウ三四行）「先帝乃四能宮能御可多ち」（一八ウ六行）などがその例である。こうしたことが全体の六対四という比率に反映していると思われる。猶少数の例であるが「農」が二例あること、「濃」は一例もないことを申し添えておく。

これもまた次節以降の考察の基礎となるので、「に」の文字について言及しておきたい。桐壺巻では、もっとも一般的な「尓」の字体が二一一例と圧倒的に多く、ついで平仮名の字形「に」が一一七例、この二つで八〇パーセント以上を占めて、それ以外の「丹」が三九例、「耳」が一七例である。「耳」の文字は余白の関係で大きく文字を書ける部分で使用されたと思しく、行頭が五例、行末が二例である。「丹」「耳」は少数派であることを確認しておきたい。

「す」は、これも一般的な字体である「春」が一三七例、対して「寿」が四六例あるが、これは「に」における

「耳」のように大振りな文字で記され、文末や句末に用いられることが多い。「す」で最も重要なのは「寸」や今日の平仮名の「す」が本行には一例も見られない点である。そうであればあるほど、書き入れに二例だけ見られる「す」が重要な意味を持ってくる。二一ウ九行目に「宮春ところ」と本行は「春」の文字を用い、その横に朱で「御やすみ」（ところ）と修正の書き入れがあるが、ここに「す」の表記がなされている。もう一つ、二四ウ八行目の本行の横に「もくす里イ」と記されている。本行の仮名文字「す」に該当する部分全一八三箇所に一例も見られず、朱の書き入れの二箇所にのみ平仮名の「す」が見られるということは、この書き入れが道増自身のものではない可能性が高いと言うことを示しているのではないだろうか。

以上、大島本桐壺巻をデータベースとして使用することによって、道増の仮名文字の表記意識のようなものを観ることが出来た。

四　道増筆『伊勢物語』について

『源氏物語』以外では、道増の筆跡としてよく知られたものに『伊勢物語』の断簡がある。岩国吉川家所蔵古筆手鑑『翰墨帖』の七一番目に、一面（縦二五・二センチ、横一五・三センチ）一〇行の切が捺されている。『古筆手鑑大成』(5)の解説に「『伊勢物語』一〇一―一〇二段。一〇行。料紙は斐紙。（中略）つれの断簡は、今のところ手鑑『藁叢』（河野文化館蔵）に、八三段の一葉を見いだすだけである。なお、これは五行しかないが、明らかに裁断されている。もとは一面一〇行の冊子本である」と記されている。

そこで『藁叢』所収の断簡を見比べると、なるほどこの二枚は同筆のようである。この二枚を、従前同様に、字母を明示する形で掲出してみよう。

○『翰墨帖』所収断簡

佐く花能下丹可くるゝ人（「を」を補入）お本ミ有しにまさる藤濃可希可も
なと可くし裳よ無といひ希連ハお本きおとゝ能ゑい花能佐可り
丹みまそ可りて藤氏能古と丹佐可遊る越思日てよめると
な無いひ計累（「ミ那」を補入）ひとそし羅寿成尓希り
むかし男有希りう多ハよまさり希れと世能中越思日し李
多り希利阿てなる女濃阿万丹成てよ能な可越おも飛
うむして京丹裳阿ら春半留可那留山佐と尓春見希り
もと志そく成希連ハよみて屋り希留
そむくとて雲にハ能らぬ物なれと世能う支古とそよそになるてふ
となむいひ屋り計累斎宮濃宮なり

○『藁叢』所収断簡

枕とてくさ引結ふ古ともせし秋能よと多にた能まれなく丹
とよ見希る時ハやよひ濃つもこり《（ママ）》成希り御子於本と
能古もらて阿可し給て希り可くし徒々まうて徒可うま川り介る
越思濃本可尓御くし於路し給ふて介りむ徒□尓於可ミ
多てま川らんとて小野丹まうて多る丹飛え濃山能麓

この二つの断簡を、前節の道増筆の『源氏物語』桐壺巻や二枚の賢木巻切と比較してみると、文字自体の相似性は当然であるにしても、平仮名の「け」に該当する箇所一六例中、「希」が一二例も使われていること。平仮名の

「あ」に該当する箇所四例がすべて「阿」の字母であること。平仮名「も」は二例だけだがすべて「裳」が使われていることなど、字母の上でも共通性が多い。

その一方で注意すべきは平仮名「の」の字母の問題である。「の」に該当する箇所は一八例あるのだが、そのうち「能」が一二例あるのに対して「乃」は一例もない。平仮名「の」にあたる文字を表記するときに全体の六割以上の使用率であった「乃」の文字が一つもないことは注意される。その一方で『源氏物語』には一例も見えなかった「濃」を字母とするものが六例もある。「の」の用字法は、『源氏物語』関係の資料とは大きく異なっていると言えよう。

「の」の用字法ほど明瞭ではないが、「に」の字母でも変化を看取することが出来る。大島本桐壺巻や「源氏物語切」では圧倒的に多かった「尓」に対して、「伊勢物語切」では「丹」を多用している。「尓」が四例しかないのに比べると「丹」が八例も使用されていることが目を引く。

字母の用例を集めるために、岩国吉川家所蔵『翰墨帖』、河野文化館所蔵『藁叢』に所収される二つの「伊勢物語切」と同筆と思われる断簡を一葉追加しておこう。

所収手鑑名などは不明であるが、久曽神昇『物語古筆断簡集成』(6)の四三番として紹介されているものがそれである。寸法も、縦二四・八センチ、横一五・八センチと、『翰墨帖』所収断簡とほぼ一致する。微妙な大きさの差から、『翰墨帖』断簡は左右が、『物語古筆断簡集成』の切は天地が、それぞれ多少裁断されたものであろう。これも字母が明瞭になる形で掲出してみよう。

古濃殿能おもしろ幾越本むるう多よ無そ古耳有希る
可多ゐおき那い多しき能し多丹者ひ阿り幾てひと耳
ミ那よま勢ハて、よめる

志本か可ま尓い徒可来尓希無朝な起尓釣春る船ハ古ヽ尓よらなん
となむ讀希る（「ハ」を補入）ミち能く尓ヽ伊起多り希る丹あや敷（「しくイ」と傍書）おもし
路き所〳〵お本可り希り我み可と六十よこく能中尓し本
可まと云ところ丹ヽ多る所な可り希利佐連ハな無可濃おき那
佐ら丹古ヽ越免てヽ志本可万丹い徒可来尓希むとよめり
計累
昔古れ多可濃み古と申春御子おハしまし介り山さ支濃

まず、一行目の二文字目の「濃」、最終行の行末の「濃」の字が目に飛び込んでくる。「の」の字八例のうち、「濃」を字母とするもの四例、「能」を字母とするもの四例である。ここでも「乃」の文字は一例もない。「の」の字母からも本断簡が、『翰墨帖』や『藻叢』所収の「伊勢物語切」と同筆であることは推量できよう。本断簡は、『伊勢物語』の八〇段から八一段の冒頭にかけての箇所で、『藻叢』所収の断簡の少し前の部分である。

さて『物語古筆断簡集成』の「伊勢物語切」の「に」の文字では、「尓」は六例とやや用例数を増やしているが、それでも「丹」がほぼ同数の五例と拮抗するのは、「源氏物語切」などとは異なる傾向である。「耳」の二例も含め、「に」の全用例中「尓」が半数以下ということは三種の「伊勢物語切」に共通するものである。

その一方で、三枚の「伊勢物語切」の「け」の文字の内、「希」が一八例と圧倒的に多いこと、「あ」の文字の内一例を除いてすべて「阿」を字母とする文字であることなど、道増の『源氏物語』関係資料と同傾向も看取できる。結局、伝道増筆の三種の「伊勢物語切」は、大島本桐壺巻などと同様に道増筆と考えて良いが、書風にいささかの変化を来たしているものと言えよう。

猶、道増筆と記される「伊勢物語切」は他にもう一点報告されている。春日井市道風記念館の平成十六年度秋の特別展「国文学と古筆」に出陳された、個人蔵と記されている『物語手鑑』中の「伝道増准后筆伊勢物語切」(7)がそれであるが、これは『物語古筆断簡集成』に収載された断簡と完全に同一のものである。猶、この時の道風記念館の展観に出品された『源氏物語古写本〈個人蔵〉』伝安宅冬康筆、五十二帖（桐壺、帚木欠）は、平成二十五年の東京古典会主催の古典籍展観大入札会に出陳されている。目録番号一六一（四六ページに写真あり）で、外箱なども含めて同一の写本であることが確認できる。このように貴重な古筆資料や古写本残巻が、展示目録類、売り立て目録類も含めて重複紹介されてくるようになると、同一の資料であることをきちんと確認する必要があるであろう。古筆切が新しい研究分野として定着し始めた頃、佐佐木忠慧らによって紹介された伝西行筆の古筆切(8)と、小島孝之が戦前の売り立て目録の中から注目した古筆切(9)が同一のものであり、偶然にも同じ年に報告されたのは、いまから三〇年近く前のことであった(10)。古筆切研究が遥かに長足の進歩を遂げた今日では、そうした同一の古筆切が別個の資料に紹介される可能性は一層大きくなっている。一種の交通整理が望まれる所である。特に、展示目録や売り立て目録は、資料の流通過程を追尾しうる貴重な情報であるだけに、そのことの指摘は重要であろう(11)。

五　「拾遺集切」「平家物語切」について

石川県立美術館所蔵の『手鑑』に収載された「拾遺集切」は「聖護院殿道増　終夜（琴山）」の極めがあるものである。『古筆手鑑大成』(12)第十三巻一八七番に、「二三、六×一六、四センチ」「道増を筆者としている勅撰集切に古今集切・新古今集切があるが、拾遺集切はほかにはまだ見いだしていない」と記されているものである。

一見して、これまで見てきた道増の癖の多い筆遣いとは別筆かと思われるぐらい整った筆跡である。道増独特の左に傾斜して少し扁平な書き癖が、この「拾遺集切」にはまったく見られないのである。筆も直立させて用いているようで、穂先を使う細い線と、筆の腹を使う太い部分との対照が鮮やかで、手首を巧みに回転させたのではないかと思われる、流れるような筆遣いなのである。ごつごつとした「奇癖」と称される道増の筆遣いとは異なる印象を持つのである。

まずはこの資料を字母が明らかになる形で掲出してみよう。

終夜ミて越阿可佐ん秋能月今夜のそら尓雲な可らなん

廉義公家丹てくさ村のよる能無しと云題越

よみ侍計る耳　藤原為頼

覚束那以徒古成ら無虫能年を尋年ハ草の川遊や乱舞

前栽丹春ゝ虫越者那ち侍て　伊勢

以川こ丹も草の枕を春ゝ虫ハ古ゝを旅ともおも者佐らなん

屛風丹　津ら遊文

秋く連ハ者多を流虫能阿るなへ丹唐錦尓もミ遊る能へ可な

題しら須　よ見人不知

目に飛び込んでくるのは「の」の文字である。道増は、現代の「の」の字の元になった「乃」を字母とする文字を書く場合には、元の漢字の字形を鮮明に残して「乃」であることがはっきりと見て取れる文字を書いていた。桐壺巻には「乃」を字母とするものは二三七例あったが、その中には現代の平仮名の「の」の字形のものは一例もなかった。それがこの断簡では四例も見られるのである。従前の切とは明らかに用字法が異なっている。

また「な」の字母では頻出していた「那」が一例しかなく、現代の平仮名そっくりの「な」を多用（五例）している点も、他の道増筆資料とは異なるものである。「な」に関して言えば、道増の用字法ならば「那無」と表記すべき所を、二箇所とも「なん」（雲なからなん、おもはさらなん）と書いている点も違和感を覚える。

道増の使用する仮名字母は、漢字の字形をかなり明瞭に残したものが多いことに特色があった。ところが「拾遺集切」では、今日の平仮名と同形の「の」や「な」が頻出するのである。

さらに、桐壺巻の用例中に、ただの一例も見いだせなかった特殊な字母も見られる。「つらゆき」の「津」や、「題しらす」の「須」などがそうである。それぞれ二〇〇例前後あった「つ」や「す」で一度も使用されなかった文字が出てくるのは気になるところである。

こういった点を挙げていけば、道増の筆ではないのではないかと推測されるのであるが、その一方で、「つ」で字母の「川」の字体を残す書きぶり、「き」に「支」を使うこと、「あ」はすべて「阿」の文字を使うことなど、道増の用字法と共通する部分も見られるのである。

こうしたことを勘案すれば、年齢による筆遣いの変化か、親本（書き本）の文字遣いからの影響か、上写本を要請された事情などがあったか、様々な条件によって書風が変化したものと考えておいた方が良いのではなかろうか。稿者自身迷いもあるが、ただちに別筆と断定するのはやや躊躇われる。ただ、他の道増筆の資料とはかなり印象の異なる断簡であることは指摘しておきたい。

道増筆として伝えられながら、道増自身の筆跡ではないと断じられている資料もある。藤井隆所蔵の「平家物語切」がそうである。

古筆切研究の普遍化、良い意味での大衆化を決定的にしたのは、藤井隆・田中登著『国文学古筆切入門』のシリーズであるが、その第三冊に、「九六、伝聖護院道増筆巻物切〔平家物語〕」として紹介されたものである。六行ほどの断簡であるが、「縦三二・七センチ」で、「擬宝珠を描いた金の下絵」があり、一文字も大きなものが「二センチ四方」という堂々たる巻物切れである。ただ筆跡については「聖護院道増の字は非常に奇癖といってよい程の癖のある字であるから、この切は道増の真筆では全くない」と明快に断じられている。それでも貴重な資料であるから、十七年後に再度、『軍記と語り物』[13]第四五号（二〇〇九年三月、九三・九四ページ）に、やはり藤井によって「伝聖護院道増筆　平家物語切について」として再度紹介されている。すでに藤井論文の解説によってすべてが言い尽くされているから、無粋な補強かもしれないが、字母の点から少し補っておこう。例によって字母を明確にした形で掲出してみよう。

西志しやく可か多尓も三百よ人有介れ
とも尓者可事尓て有介れハ思ひま
ふけ春あハて布多めき介る可堂てあ
布ものをハいふせきり婦せま川さい志
やくをい遣と川ていよの國へをしわ多り
きり布せ

道増筆の「伊勢物語切」や大島本桐壺巻では、「け」の字母として最も使用例の多い「希」が、平家切では一つも使われていない。逆にそれらの資料には一例もない「遣」を字母とする「け」が平家切には見られる。「あ」の字母では桐壺巻では九八パーセントをしめた「阿」が一字もなく、わずか二パーセントの「あ（現行の平仮名と同じ文字）」の表記がすべての「あ」で用いられている。「かた」の場合桐壺巻では用例の約九五パーセントを占める「可多」がここでは使われず、桐壺巻では一例もなかった「か多」「可堂」となっている。「婦」の文字も、桐壺巻では三例あるが、いずれも「命婦」の表記として使われており、「婦」に関しては平仮名の字母としての認識はなかったと思われるが、「平家物語切」では「きり婦せ」と使われている。

猶、藤井解説で道増の没年を「天文二十年（一五五一）十二月中旬以降間もなく没したらしい」とすることについては、通説の元亀二年（一五七一）三月一日の没に修正しておかねばならない。天文二十年に没したのであれば、永禄六、七年（一五六三、四）に大島本の桐壺巻を書写することが出来ないからである。

おわりに

以上、伝道増筆の新出の「源氏物語切」を紹介し、それが手鑑『披香殿』所収の賢木巻断簡とツレであることを、文字の字形などから証明してみた。関連して、周知の大島本桐壺巻の道増の使用文字をすべて分析してデータベース化した。その結果、道増は仮名文字の元となった漢字の字形を明瞭に残す文字を多く書くことや、仮名文字ごとの用字法などを究明することが出来た。二枚の賢木巻断簡と、大島本桐壺巻の用字法がほぼ完全に一致することから、賢木巻断簡も、大島本とそれほど時期が遠くない頃に書写されたことが推測された。

一方で、道増筆とされる「伊勢物語切」三種は、道増の使用文字と完全に一致する部分と、大島本などとは異なる部分とが看取された。しかも大島本と異なる要素は「伊勢物語切」三種に共通してみられることから、この三種が同一冊子から別れたものであること、道増の書風に変化が見られることが確認された。

伝道増筆「拾遺集切」は、「伊勢物語切」よりもさらに大島本桐壺巻の書風から遠ざかっており、真筆と断ずるには聊かの躊躇いがあるが、一方で道増らしき筆致も見られることから、かなり大きく書風が変化したものと考えた。道増筆ではないとされる「平家物語切」は仮名の用字法からも、道増のものとは全く異なることを補強した。

以上の考察は、道増のような独特の書風の人物の肉筆資料の分析に適してはいるが、一般的に応用することには限界があろう。また、親本の文字に似せて書く臨模資料には全く対応できない。そういった限界はあっても、使用文字をデータベース化することによって、従来とは異なるアプローチが出来るのではなかろうか。そうした問題提起も兼ねていることを述べて結びとする。

注

（1）藤井隆・田中登著『続々国文学古筆切入門』（和泉書院、一九九二年）、九六番、伝聖護院道増筆巻物切〔平家物語〕解説。

（2）『古筆手鑑　披香殿』（淡交社、一九九九年）。解説によれば川崎市の旧家鈴木家から寄贈されたもので、本来無名の手鑑であるが、監修者古谷稔によって、本手鑑屈指の資料である小野道風筆巻第四新楽府断簡絹地切の文中から「披香殿」と命名された。

（3）『集古帖』については「『源氏物語』の本文やその注釈資料が目につく」と記されている。

（4）以下大島本は、『大島本　源氏物語』（角川書店、一九九六・九七年）の影印による。長文のため、底本の句点を生かして翻刻した。

（5）『古筆手鑑大成』第十巻（角川書店、一九八八年）。

（6）『物語古筆断簡集成』（汲古書院、二〇〇二年）。奥付には「原本所蔵編者久曽神昇」と記される。

（7）展観時に作成された図録の三六ページ下段中に、図録番号三九として写真が掲載されている。

（8）佐佐木忠慧・鬼束隆昭「新出・伝西行筆古筆切（いつ〳〵に）」（『宮城学院女子大学研究論文集』六三、一九八五年十二月）。

（9）小島孝之「〈翻刻〉「源氏集」断簡―古筆切拾塵抄（四）―」（『立教大学日本文学』五四、一九八五年七月）。

（10）田坂「昭和六〇年国語国文学界の展望　中古（散文）」（『文学・語学』一一〇、一九八六年七月）でそのことを指摘した。

（11）古写本資料でも、現在慶應義塾大学の所蔵に帰している『紫明抄』は、かつて東京古典会の一九七七年、一九八〇年の大入札会に出陳されたものと同一のものである。田坂「九州大学附属図書館蔵『紫明抄抜書』について」（『源氏物語享受史論考』風間書房、二〇〇九年）「京大本系統『紫明抄』校訂の可能性」（『これからの国文学研究のために

池田利夫追悼論文集』笠間書院、二〇一四年。本書第十章）。

(12)『古筆手鑑大成』第十三巻（角川書店、一九九三年）。

(13) 藤井隆「伝聖護院道増筆　平家物語切について」（『軍記と語り物』四五、二〇〇九年三月、九三・九四ページ）。『続々国文学古筆切入門』とほぼ同文だが、微細な表現の修正がある。

第二章　『源氏釈』古筆切三葉について

はじめに

『源氏物語』の最初の注釈書である『源氏釈』には、まだまだ解明されていない問題が多く残っている。なぜ最初の注釈書となり得たのか、梗概書の側面を切り捨てたとしたらそれはいかなる理由によるものか、源氏歌集的記述は全巻に及んでいたのか、等々である。その成立が平安時代まで遡る故に、資料的な限界もあって、研究の展開を妨げることとなっている。『源氏釈』において、一つの伝本の発見が考察の深化をもたらし、別の伝本の発見が新たな視点を提供するという形で進んできたのも故無しとしない。そうした観点からすれば、新資料の発掘と言うことがまずもって要請されるであろう。本章はそうした立場から、未考察の古筆切三葉を俎上に載せる。

一　研究史概観

考察に先立って研究史を振り返っておきたい。次節以降取り上げる資料が何故重要になるかということとも関わるからである。

『源氏物語』の文献学的研究の近代の研究史においては、写本そのものであるにせよ、注釈書であるにせよ、池田亀鑑から語り始めることが王道であるが、『源氏釈』についてもやはり同じ手続きを踏むこととなる。

池田は『源氏釈』について、書名、伝本、内容、形態、発生について最初に総合的な分析を行った。特に、今日に至るまで『源氏釈』の最終形態を示す最善本として認識されている前田家本を紹介した上で詳細に究明した功績は大きい。ただ、その発生を「源氏物語各巻の本文の頭註・傍註・脚註・押紙・付箋等として施されていた註記であったのを、後人が任意にまとめて一冊とした」(1)という点については今日では修正意見が出ている。

大きな転換点となったのは、『源氏或抄物』という新資料の紹介・分析を中心とした伊井春樹の研究である。従来知られていた前田家本と書陵部本に加えて、宮内庁書陵部所蔵の『源氏物語注釈』に「源氏或抄物云」として引用されるものが『源氏釈』の「古体」を示す資料であることを究明し、『源氏或抄物』(一次本一類本)、書陵部本(一次本二類本)、前田家本(二次本)と分類でき、伊行自身によって改訂されて変化が生じたと述べた。『源氏或抄物』は一次本一類本から抄出されたもので項目数は多くはないが重要な情報をもたらしたのである(2)。

『源氏或抄物』の存在を媒介にすることによって、稿者は、従来梗概書として捉えられていた北野克所蔵の数葉の残存本を、『源氏釈』そのものであり、一層古い形の原型本ともいうべきものと断じた。原型本は、いまだ注釈書としては確立されておらず、梗概書・源氏歌集・注釈書の形が未分化なまま共存していることを指摘した(3)。この北野本を原型本として位置づけることによって『源氏釈』の進化過程が、北野本→『源氏或抄物』→書陵部本→前田家本、と辿られることを説き、これらの資料が一覧できる『源氏釈諸本集成』(4)としてまとめた。

以上、昭和期の研究を踏まえ、平成に入ると冷泉家時雨亭文庫の『源氏釈』が、時雨亭叢書の第四期の一冊として、後藤祥子の精緻な解説を付して刊行された(5)。冷泉家本は残欠本であった書陵部本の親本に当たるもので、前田家本に続く完本が発見紹介された意義は大きい。本書によって『源氏釈』は全巻に渡って複数の写本で対校することが可能となったのである。松原志伸「『源氏釈』私攷」井原英恵「冷泉家時雨亭文庫蔵本『源氏釈』について―第一次本二類系統『源氏釈』の成立と改編」ら、若い世代がこれら新資料を視野に含めて考察を深めた(6)。

これらを踏まえて、渋谷栄一は、『源氏釈』をいったん項目ごとにすべてを分解し、現存諸伝本の相違が一覧できる形の集成を試みて、〈源氏物語古注集成〉第十六巻『源氏釈』として刊行した(7)。渋谷の著書は『源氏釈』の現存資料に加えて、『源氏釈』そのものではないにしても都立中央図書館本のように後代大幅に増補されたものまで一覧できる便利なものである。なお勉誠社文庫の一冊として影印が刊行されていた北野本(8)はその後中野幸一の所蔵に帰し、九曜文庫本『源氏釈』として翻刻され、一層広く知られることとなった(9)。

このように、『源氏釈』の研究は、新資料の発掘によって次々と新しい視点を獲得してきたわけであるが、完本が冷泉家本と前田家本の二本のみ、残欠本が書陵部本、残存本が北野本（現九曜文庫本）、『源氏或抄物』は全巻を有するが大幅に項目数を削った抄出本、ということで、資料の少なさが研究の進展を妨げていることは間違いのないところである。そのために、古筆研究が今日のように隆盛になる遥か以前から、『源氏釈』の古筆資料は断簡に至るまで博捜されてきた。先鞭をつけたのはやはり池田亀鑑で、竹柏園旧蔵伝顕昭筆浮舟巻断簡、尊経閣文庫蔵伝良経筆御法巻断簡を紹介し本文内容にまで言及した(10)。稿者はこれに呼応して、竹柏園旧蔵断簡との類似から出光美術館所蔵の手鑑『見ぬ世の友』所収の伝顕昭筆の源氏物語注釈は『源氏釈』そのものであると断じた(11)。早くに『古筆切提要』（淡交社、一九八四年）を著し古筆切の集成整理を行っていた伊井春樹は、MOA美術館蔵『翰墨城』所収の伝顕昭筆断簡、浄照坊蔵伝浄弁筆松風巻断簡など、多数の『源氏釈』断簡の報告を行った(12)。『古筆学大成』（講談社）『古筆手鑑大成』（角川書店）などの複製や写真資料の刊行も追い風となって、『源氏釈』の古筆資料の報告が続いた。その一方で全く未知の資料を発掘してきたのが田中登である。『古筆切の国文学的研究』（風間書房、一九九七年）を始めとする田中の一連の仕事についてはよく知られているところであるが、『源氏釈』についても伝顕昭筆建仁寺切を次々と発掘し、しかもそれらを利用しやすい安価な影印・複製の形で広く公開した功績は極めて大きい[13]。また「源氏物語の古筆切」(『中央大学文学部紀要』文学科、九一号、二〇〇三年三月)などで精力的に古筆切の紹介を行っている池田和臣によって報告された伝二条為明筆初音巻断簡[14]は、原型本との関係からも注目すべき資料である。

こうして古筆切も含めて、『源氏釈』資料の発掘は続いてきたのであるが、こと古筆断簡については、まだまだ篋底に眠っているものもあろうし、見落とされているものも少なくないであろうと思われる。そこで今回は、従来刊行されていた影印資料の中で『源氏釈』でありながら、見過ごされていたものはなかったかという視点で調査したものについて、その一部を報告してみたい。

猶、写真版を使用しての推論であるから、筆蹟の類似などについては言及していない。原資料の所在が明確になることが強く望まれる。

二　伝顕昭筆断簡二葉

まず久曽神昇編『源氏物語断簡集成』(汲古書院、二〇〇〇年)の伝顕昭筆源氏物語注の二葉について見てみよう。同書が刊行された時、稿者は学界展望で「宝の山に分け入る喜び[15]」と述べたが、まさに新資料の宝庫であることの証明でもある。

伝顕昭筆源氏物語注となると、これまでの報告の集積、特に田中登の貴重な報告を受けて、まずは『源氏釈』ではないかと推測してみるべきものである。多少なりとも『源氏物語』の注釈書研究を手がけたものであれば、顕昭という極めの付いたもので『源氏物語』の注釈であれば、すぐに『源氏釈』の可能性を考えてみたくなるところである。実際に国文学研究資料館の古筆切所収情報データベース(16)などでも、これを『源氏釈』に分類している。ただ詳細な検討はなされていないようであるので、実際に『源氏釈』であるかどうかの確認と、本文系統などについて考えてみたいと思う。

最初に、「第四図　伝顕昭筆源氏物語注（乙）　一五・八糎×一三・〇糎」として写真版が掲出されたものについて検討する。全文を原型が分かる形で翻刻する。

今日さえかくてこもりゐたまふへき
ならねはいてたまひなんとするにも袖
のなかにそとめたまふらむとあるは
あさからぬ袖のなかにやいりにけん
わかたましひのなき心ちして（「して」をミセケチ「する」）
しもふかきあか月おのかきぬ〳〵もひ
やかゝ（ママ）に（「に」をミセケチ）ならん心ちしてとあるは
しのゝめのほから〳〵とあけゆけは
おのかきぬ〳〵なるそかなしき

これは浮舟巻の注釈であり、『源氏物語』からの引用本文を「とあるは」で受けて、引歌を掲出する方法から考えて、『源氏釈』の可能性が極めて大きいものである。

場面をより具体的に言えば、浮舟巻で、宇治の浮舟から中君に宛てた手紙を入手した匂宮が、浮舟の居場所を突き止めて、薫を装って浮舟のもとに忍び入り、二晩を過ごした後、母明石の中宮や舅の夕霧右大臣から、直接間接に軽々しい行動をとがめられて、さすがに帰京せざるを得ないという場面である。当該箇所の『源氏物語』の本文を掲出しておく。

今日さへかくて籠りゐたまふべきならねば、出でたまひなむとするにも、袖の中にぞとどめたまひつらむかし。明けはてぬさきにと、人々しはぶきおどろかしきこゆ。妻戸にもろともにゐておはして、え出でやりたまはず。

　世に知らずまどふべきかなさきに立つ涙も道をかきくらしつつ

女も、限りなくあはれと思ひけり。

　涙をもほどなき袖にせきかねていかにわかれをとどむべき身ぞ

風の音もいと荒ましく霜深き暁に、おのがきぬぎぬも冷やかになりたる心地して、御馬に乗りたまふほど、ひき返すやうにあさましけれど、御供の人々、いと戯れにくしと思ひて、ただ急がしに急がし出づれば、我にもあらで出でたまひぬ。（浮舟一二七）[17]

顕昭乙切（以下、次項目と区別するためにも当該断簡をこのように呼ぶ）の前半部の五行は、帰京を渋る匂宮の心情、自分の魂を浮舟の袖の中にとどめておきたいという思いであるという部分の「袖のなかにそ」の引歌として「あさからぬ」の和歌を掲出している。「今日さえ」と、『源氏物語』でも文頭に当たる部分から一行目が始まっており、おそらく注釈項目の始めが丁の変わり目と一致しているのであろう。六行目の「しもふかき」から次の項目となり、『源氏物語』の原文では、匂宮と浮舟の贈答歌の部分を挟んで、一月早朝の宇治の寒々とした暁がそのまま二人の心象風景となる場面で、その中の「おのかきぬ〳〵」の言葉の背景にある古歌を指摘するものである。ちょうど二項目分の注釈が区切りよくこの一葉に収まっている[18]。二つの項目が最初から終わりまできちんと収まっているために出典を究明しやすいものである。そしてこれらは『源氏釈』の現存本とほぼ一致するのである。以下、冷泉家本、前田家本の順に掲出する[19]。

○冷泉家本

けふさへかくてこもりゐ給へきならねはいて給なんとするにも袖のなかにそとゝめ給らんかしといふ所

あかさりし袖のなかにやとめて（「いりにイ」と傍書）けん
我たましひのなき心ちする

かせのおともいとあら〳〵ほましうしもふかきあか月おのか衣〳〵いとひやかなる心ちしてといふところ

しのゝめのほから〳〵とあけゆけは
おのかきぬ〳〵なるそかなしき

○前田家本

けふさへかくてこもりゐ給へきならねはいてたまふなんとするにも袖のなかにそとゝめ給覧とあるは

あかさりし袖の中にやいかにとも
わかたましゐのなき心地する

霜ふかき暁をのかきぬ〳〵もひやゝかなる心地してとあるは

しのゝめのほから〳〵とあけゆけは

おのかきぬ〳〵なるそかなしき

『源氏釈』と比較して、顕昭乙切は基本的骨格が完全に一致することが見て取れよう。とすれば、これまでに知られている『源氏釈』諸資料とはどういう関係にあるであろう。この部分、『源氏或抄物』には引用されず、他に古筆断簡などにも見られない。上掲した冷泉家本・前田家本と比較する他はない。

一首目の引歌の初句「あさからぬ」は冷泉家本・前田家本ともに「あかさりし」で顕昭乙切が独自異文である。第二句三句は「袖のなかにやいりにけん」が、冷泉家本では「袖のなかにやとめて（「いりにイ」と傍書）けん」前田家本「袖の中にやいかにとも」で、やや冷泉家本に近いが、完全に一致するわけではない。これに対して、引歌以外の箇所では、傾向がはっきりと看取されるようである。第一項目「とめたまふらむとあるは」の部分、「とめ」は冷泉家本・前田家本「と〻め」と小異あるが、これは踊り字の脱落と見るべきであろう。顕昭乙切「たまふらむとあるは」前田家本「給覧とあるは」と一致し、冷泉家本「給らんかしといふ所」とは文末が異なる。第二項目ではもっと明瞭に相違が出てくる。顕昭乙切「しもふかきあか月」と始まるのは前田家本の「霜ふかき暁」と一致し、冷泉家本はその語句の前に「かせのおともいとあら〳〵ほましう」とあるから、明らかに引用本文に長短がある。この項目は、「おのかきぬ〳〵」が注釈の眼目であるから、冷泉家本の部分は必要不可欠というわけではない。一次本の系統の冷泉家本は、まだまだ『源氏物語』本文の引用が長く、これが二次本の前田家本では、一層簡潔に刈り込まれてくる。顕昭乙切も同様の本文なのである。

以上二例から考えて当該断簡は『源氏釈』の一葉であり、現存伝本では前田家本に近似し冷泉家本とはやや距離があることが分かる。これはこれまでに報告されている伝顕昭筆建仁寺切の本文の性格とも一致する[20]。

次に同じく『源氏物語断簡集成』の中から、「第三図　伝顕昭筆源氏物語注（甲）　一五・八糎×一五・一糎」として掲出されたものについて検討する。前項同様に原型が分かる形で翻刻する。

こちかけたまふもにくゝはあらすには
かにとおほすはかりに（「に」をミセケチ）のけしきはなに
ことにみゆらん
　かねてよりつらさをわれにならはせて
　にはかにものを思はするかな
いてやわれならはさしそやとさま〳〵にみも
つらくてなきぬへきこゝちすとあるは
　あまのかるもにすむゝしのわれからと
　ねをこそなかめよをはうらみし
（「なを」と傍書）しかのいといたくなくにわれおとら

この顕昭甲切（以下この名称で呼ぶ）は夕霧巻の注釈である。引歌中心であること、七行目に「とあるは」とあることから、一見して『源氏釈』であることが強く推測される断簡である。前項すなわち顕昭乙切が一面の中に二つの項目が完全に保全されていたのに対して、三項目分が含まれているが、第一項目の引用本文の途中から始まって注釈本文、第二項目全文、第三項目の引用本文の途中までである。そこで比較のために冷泉家本と前田家本の『源氏釈』のこの三項目全体を掲出してみる。

〇冷泉家本
　かねてよりそならはし給はましとかこちかけ給も
にくゝはあらすにはかにとおほすはかりのけしきは
何事にかとある所

かねてよりつらさをわれにならはさて
　にはかに物をおもはするかな
いてやわれならはさしそやさま〳〵みもつらうて
なきぬへきそやといふ所
　あまのかるもにすむゝしのわれからと
　ねをこそなかめよをはうらみし
　いのちたに心にかなふものならは
　なにかわかれのかなしかるへき
かかる御わかれ御心にかなはゝあるへきことかな（「は」と傍書）
とよろつにおほくの給へときこゆへきこともなく
てなきなけきのみしてゐたりなを（「し」を補入）かのいと
いたうなくにわれらをとゝめやとて
　秋なれは山とみる（「よむ」と傍書）まてなくしかに
　われをとらめやひとりぬるよは
○前田家本
かねてよりも（「も」をミセケチ）そならはし給はましとか
こちかけ給もにくゝはあらすにはかにと有は
　かねてよりつらさをわれにならはさて
　にはかに物をゝもはするかな

いてやわれならはさしそやさま〳〵に身も
つらくてなきぬへき心地すと有は
　あまのかるもにすむ、しの我からと
　ねをこそなかめ人はうらみし
しかのいといたくなくにわれをとらめや
とあるは
　あきなれは山とよむまてなくしかの
　われをとらめやひとりぬるよは

顕昭甲切の冒頭三行は「（か・文脈理解のために一文字補った）こちかけたまふもにく、はあらすにはかにとおほすはかりに（「に」をミセケチ）のけしきはなにことにみゆらん」とある。これは冷泉家本の「かこちかけ給もにく、はあらすにはかにとおほすはかりのけしきは何事にかとある所」とほぼ一致し、項目末尾が「なにことにみゆらん」と「何事にかとある所」と小異があるだけである。これに対して、前田家本は「かこちかけ給もにく、はあらすにはかにと有は」とあり、顕昭甲切・冷泉家本より約一五字分短くなっている。顕昭甲切は、顕昭筆断簡としては珍しく冷泉家本系統（一次本系統）の本文であろうか。

ところが逆の例の方がやはり多いのである。小さな例で言えば顕昭甲切七行目「なきぬへきこ、ちすとあるは」は前田家本「なきぬへき心地すと有は」と表記以外は完全に一致し、冷泉家本「なきぬへきそやといふ所」とは異なっている。音便の例であるから重視するわけにはいかないが、それでも右の引用文の直前も顕昭甲切・前田家本「つらくて」が冷泉家本「つらうて」に対して共通異文を形成する。

更に根本的な大きな相違が二つある。この二つ目の項目「いてやわれならはさしそやとさま〳〵にみもつらくてなきぬへきこゝちすとあるは」に対して、顕昭甲切も前田家本も「あまのかるもにすむゝしのわれからと」の『古今集』巻十五、恋五、八〇七番、典侍藤原直子朝臣の和歌を引用するだけだが、冷泉家本はこの和歌に加えて、『古今集』巻八、離別、三八七番、しろめの「いのちたに心にかなふものならはなにかわかれのかなしかるへき」も併せて掲出する。すなわち引歌の候補を一首しか挙げない顕昭甲切・前田家本に対して、二首掲出する冷泉家本と完全に対立するのである。もう一つの大きな相違は、顕昭甲切の最終行「（「なを」と傍書）しかのいといたくなくにわれおとら」をめぐるものである。これは次の注釈項目の第一行で『源氏物語』からの引用本文の一部である。このままではわかりにくいが、前田家本を参照してみると「しかのいといたくなくにわれをとらめやとあるは　あきなれは山とよむまてなくしかのわれをとらめやひとりぬるよは」とあり、「われをとらめや」の引歌として、『古今集』巻十二、恋二、五八二番、是貞親王家歌合の和歌を指摘する注釈である。顕昭甲切は改丁で切れているところまでは、傍書を除くと前田家本に完全に一致する（「お」「を」の表記の相違をのぞく）。ところが、この項目では、冷泉家本は『源氏物語』から長文の本文を引用する。すなわち「かかる御わかれ御心にかなはゝあるへきことかかのいといたうなくにわれらをとゝめやとて」と約八〇字もの文章を掲出する。つまり、顕昭甲切・前田家本の本（「は」と傍書）とよろつにおほくの給へときこゆへきこともなくてなきなけきのみしてゐたりなを（「し」を補入）文の前に六〇字以上の長文を引用するのである。文字数の分量で判断して良いものではなかろうが、これだけの相違は座視できないものがある。特に、顕昭乙切の部分で見たように、冷泉家本は『源氏物語』の本文の引用が長く、注釈項目と必要不可欠なものまでも含む傾向があるが、前田家本・顕昭甲切はここでも、立項する場合に『源氏物語』の本文を必要な場所だけ掲出するという共通項が明瞭に見て取れる。

これらを総合して判断するに、顕昭甲切もまた冷泉家本の本文とは遠く、前田家本系統の本文を有していると言って良いであろう。

以上二葉は顕昭という伝称筆者があるから、『源氏釈』ではないかと推測しやすかったものであるが、顕昭以外の人物と極められているものの中にも『源氏釈』の断簡が存在しているのである。

三　伝阿仏尼筆断簡

次に『物語古筆断簡集成』（汲古書院）所収の資料を取り上げたい。同じく久曽神昇の編になるもので『源氏物語断簡集成』より二年後の二〇〇二年の刊行である。

同書は『源氏物語断簡集成』に含まれなかった物語関連の古筆切を「歌物語」「歴史物語」「軍記物語」「説話物語」「世俗物語」「仏教説話」「創作物語」の七分類に収め、それらから漏れたものを「未詳物語」としている（以上が第一部で二一三ページまで、これ以外に第二部として『義経記絵巻』巻三が二四五ページまである）。この第一部の中で「未詳物語」に分類されている一三葉のなかに注目すべき断簡が含まれているのである。第一〇〇図（図版番号は「未詳物語」内のものではなく、「歌物語」以下、全体の通し番号である）の「伝阿仏尼筆物語」として掲出されるものである。大きさは一四・五糎×一四・六糎と記される。写真資料によって全文を掲出してみる。

とかこち給けしきもにくうは
あらすにはかにとおほすはかりの
けしきやなに事にみゆらん
かねてよりつらさをわれにならは
さてにはかに物をおもはするかな
この御なけきはをまへにはたゝ

我からのけしきにてなむとある所
あまのかるもにすむゝしのわれからと
ねをこそなかめよをはうらみし

一見『源氏物語』夕霧巻との関連を想起させる本文であるが、項目はあくまでも「伝阿仏尼筆物語」であり、『物語古筆断簡集成』では第一編の中の「未詳物語」の中に所属させているのである。そのように判断された理由を知るために『物語古筆断簡集成』の当該断簡の解説の文章を掲出する。重要であるので煩を厭わず全文を掲出してみる。

和歌
かねてよりつらさをわれにならはさでにはかに物をおもはするかな
あまのかるもにすむゝしのわれからとねをこそなかめよをばうらみじ
後者は、伊勢物語・俊頼髄脳・和歌色葉・西行上人談抄・兼載雑談に収載。

伝称筆者―阿仏
佐渡守平度繁の養女（実父は不明）。二条為家の後室、為相・為守の母。為家没後、為氏と細川庄を争い、鎌倉に下向、幕府に訴え、勝訴となり、冷泉家の所領となる。

（注）源氏物語・夕霧「と、かこち給ふも憎くもあらず。にはかにと思すばかりには、何事か見ゆらむ」「この御嘆きをば、御前には、ただわれかの御気色にて」

根幹をなすのは和歌二首の考察で、この部分を翻刻して濁点を付し、二首目の和歌は『伊勢物語』『俊頼髄脳』などの文献に見られるとの注記である。二首とも同一書に存在すれば、出典も究明できたのであろうが、一首目については注記がない。解説後半は阿仏尼の略伝である。そして、最後に『源氏物語』夕霧巻の原文を「注」として掲出する。この部分の掲出がある以上、本断簡を『源氏物語』関係資料と考えても良いのであるが、上述したように、未詳物語との位置づけである。ことさらに「注」として、解説本文と区別しているのは、あくまでも参考として掲出するということなのであろう。念のために同書では「注」はどのように使われているのか確認してみる。

同書は写真版を左ページに掲出し右側に解説文と、見開きで参照できるようになっている。解説は当該切の出典と思われる作品を、前後を含めてまとまった形で引用することが基本である。たとえば『伊勢物語』のように一段が短い作品であれば、当該章段の全文を掲出する。『栄花物語』の場合などは、段落のまとまりで引用する。注釈書の場合は、注釈された物語の当該箇所を掲出する。こうした出典の本文を示す形の解説が中心で、これに伝称筆者の考察が加わることがある。この形を基本として、それ以外の考察が付加される場合もある。「三宝絵詞東大寺切」二葉の解説では、『三宝絵』そのものの説明がなされる。断簡の出典が不明の場合には関連資料を引用したり、『国史大辞典』（第九四図伝山崎宗鑑筆物語・甲）『大日本人名辞書』（第九六図伝後崇光院宸翰物語）などの辞書類を引用して考察する場合もある。ただ「注」とあるのは、当該箇所以外では、第六七図伝冷泉為相筆栄花物語で「万寿二年、後一条天皇御代、前太政大臣道長出家、関白左大臣」と、万寿二年の状況について説明される箇所のみである。「注」はやはり参考という位置づけである。

それでは、同書は、夕霧巻の当該部分について引用しながらも、『物語古筆断簡集成』がこの切を『源氏物語』（もしくはその関連資料）と断定することを躊躇したのはなぜであろう。それには以下の二つの理由があろう。

一つは引用されている二首の和歌が、どちらも『源氏物語』本文には見えないことである。文章が省略される可能性の少ない和歌は、出典を決定する最重要要素であるが、それが『源氏物語』と重ならないからである。

今一つは、夕霧巻の当該箇所が大きく離れていて、つながらないと言うことである。この二箇所は『源氏物語大成』で言えば、一三三二ページ一二行と一三四八ページ一行目と約七五〇〇字も隔たった箇所である。大意を取りやすくするために『日本古典文学全集』から掲出してみよう。

前者は次の部分に見られる。『源氏物語絵巻』の図柄の中でももっとも印象の強い、一条御息所からの来信を雲井雁が奪い取った直後の場面である。

「もののはえばえしさ作り出でたまふほど、旧りぬる人苦しや。いといまめかしくなり変れる御気色のすさまじさも、見ならはずなりにける事なれば、いとなむ苦しき。かねてよりならはしたまはで」とかこちたまふも憎くもあらず。「にはかにと思すばかりには何ごとか見ゆらむ。いとうたてある御心の隈かな。よからずもの聞こえ知らする人ぞあるべき。あやしう、もとよりまろをばゆるさぬぞかし。なほかの緑の袖のなごり、侮らはしきにことつけて、もてなしたてまつらむと思ふやうあるにや。いろいろ聞きにくき事どもほのめくめり。あいなき人の御ためにも、いとほしう」などのたまへど、つひにあるべき事と思せば、ことにあらがはず。

（夕霧四一五）

その後、雲井雁に手紙を隠された夕霧が一日中それを捜す場面が描かれ、ようやく発見して大慌てで返書をしたためるも、病の床にあった一条御息所は返信の遅れを夕霧の不実と思い込み、その心労のあまりついに逝去する。その後御息所の葬儀の様子や落葉宮の悲嘆が描かれる。月が改まり九月となっても、落葉宮はますます心を閉ざし、雲井雁は一層疑念を強め、夕霧の焦りは更に強まる。「九月十余日」小野の落葉宮邸を尋ねた夕霧は女房の小少将と語る、ようやくその中に以下の文章が見出される。

「その夜の御返りさへ見えはべらずなりにしを、今は限りの御心に、やがて思し入りて、暗うなりにしほどの空のけしきに御心地まどひにけるを、さる弱目に例の御物の怪のひき入れたてまつるとなむ見たまへし。過ぎにし御ことにも、ほとほと御心まどひぬべかりしをりをり多くはべりしを、宮の同じさまに沈みたまうしをこしらへきこえんの御心強さになむ、やうやうものおぼえたまうし。この御嘆きをば、御前には、ただ我かの御気色にて、あきれて暮らさせたまうし」など、とめがたげにうち嘆きつつ、はかばかしうもあらず聞こゆ。

（夕霧四三五）

すなわち、和歌二首のどちらも『源氏物語』に見出しがたいこと、『源氏物語』の本文と一致する箇所は大きく離れていてしかもつながらないこと、このふたつから当該書では夕霧巻の文章を「注」として掲出しつつも、最終的には本断簡を「未詳物語」と断じたのであろう。ただ、『源氏物語』の本文と重なる部分を持つことを考えると、この断簡は「未詳物語」ではなく、『源氏物語』の注釈書と考えるべきであろう。そうすれば二首の和歌は『源氏物語』の作中歌ではなく、引歌と考えれば解決する。

この断簡の出典を考える際に、最大の決め手となるのは解説に記載のない最初の和歌の方である。「かねてよりつらさをわれにならはさてにはかに物をおもはするかな」は平安時代の歌集には見出せないが、世尊寺伊行の『源氏釈』にのみ見ることのできる、いわゆる「源氏釈所引和歌」なのである。さらに七行目の「とある所」というのは『源氏釈』に多く見られる言い回しである。

とすればこの断簡は『源氏釈』と考えて良いのではあるまいか。しかも、偶然ではあるが、前節で検討した顕昭甲切と、前半部五行の部分は、ほとんど同じ場面なのである。

そこで、前半部五行に限って、冷泉家本・前田家本、今回新たに加わった顕昭甲切と本文を比較してみよう。[21]ほとんど異同のない箇所であるが、阿仏尼切は「にくうは」という音便形や、「けしきや」と助詞が独自の部分がある。それ以外では「なに事にみゆらん」の形で終わっている点で、阿仏尼切と顕昭甲切は共通点を持つ。冷泉家本は「何事にかとある所」と小異があり、前田家本は引用本文自体が短くなっている。

前半部に絞って校異に言及したのは、後半四行はいささか処理に窮するからである。

『源氏釈』の夕霧巻の資料において、阿仏尼切・冷泉家本・前田家本・顕昭甲切すべて「かねてよりつらさをわれに」「あまのかるもにすむ、しの」の二首の引歌を連続する二項目で掲出する点は共通するのであるが、阿仏尼切のみが「あまのかる」の引歌の原文の部分を全く異なった場所から引用しているのである。すなわち他の三種類が、一条御息所からの手紙を失って夕霧が苦慮する場面で、自分のせいであると泣きたくなるという箇所でこの和歌を掲出するのに対して、阿仏尼切は遥か後文、一条御息所が逝去し、葬儀も終わり、四十九日も終わった後小少将と語る場面で「たゝ我からのけしき」の引歌として指摘するのである。その距離の隔たりを確認することもあって、本節の前半で、伝阿仏尼切の注釈の箇所を『源氏物語』の原典で確認してみたわけである。

掲出する引歌が同じであっても、該当箇所として引用される『源氏物語』の本文が全く異なっているから、阿仏尼切を『源氏釈』と認めない立場もあるだろう。しかし、稿者はその考えを採らない。

その理由は以下の点にある。そもそも「身もつらくてなきぬへき」の部分の引歌として「あまのかる」の和歌は必ずしも適合するものではない。この引歌は『奥入』『紫明抄』『河海抄』には継承されるが、『花鳥余情』以降は支持されることなく、今日の注釈書でも言及されることはない。それだけ不安定な注釈なのである。また『源氏釈』においても冷泉家本は「あまのかる」の和歌と共に「いのちたに心にかなふ」の和歌を併記する。この和歌は当該項目ではなく、後文の「いのちさへ心にかなはすと」の箇所の引歌が誤ってここに書かれたのであろう(22)。要するに現存『源氏釈』諸本においても、この部分は完全に一致するのではなく、混乱が見られるのである。その理由は定かではないが、阿仏尼切もそうした混乱の中の一つの姿と考えるべきであろう。

おわりに

以上、従来考察されてこなかった『源氏釈』の古筆切三葉を取り上げてみた。特に、阿仏尼切は未詳物語として分類されていたから、『源氏釈』と見なされにくいものであった。古筆研究の進展を受けて、続々と新しい資料の報告がなされ、その成果には目を見張るものがある。その一方で、手鑑や古筆切の複製や写真版の刊行物は、まだまだ十分に活用されていないのではないだろうか。稿者は、かつて『古筆学大成』第二十四巻（講談社、一九九二年）所収の伝慈円筆の『源氏物語注釈切』を、内閣文庫三冊本系統の『紫明抄』であることを指摘した。[23] このように注釈書名が究明されていない資料の中にも、研究が進展した現在であれば、具体的に本文系統まで含めて決定できる場合もあるのである。本章は、そうした試みの一つである。

注

（1）『池田亀鑑選集　物語文学Ⅱ』（至文堂、一九六八年十月）に再録された「源氏物語研究史上の諸問題」より引用。『源氏物語大成』研究篇「源氏釈の形態と性質」でも同趣旨の発言が見られる。
（2）伊井春樹「源氏物語注釈の発生―『源氏釈』の形態―」（『源氏物語注釈史の研究　室町前期』桜楓社、一九八〇年）。
（3）田坂「北野克氏蔵「末摘花・紅葉賀断簡」について―『源氏釈』原型本の推定―」「黎明期の注釈―『源氏釈』をめぐって―」（『源氏物語享受史論考』風間書房、二〇〇九年）。
（4）『源氏釈諸本集成』（櫂歌書房、一九八三年）。
（5）〈冷泉家時雨亭叢書〉四二『源氏釈　源氏狭衣歌合』（朝日新聞社、一九九九年）。
（6）松原志伸「『源氏釈』私攷」（『中古文学』六八、二〇〇一年十一月）、井原英恵「冷泉家時雨亭文庫蔵本「源氏釈」について―第一次本二類系統『源氏釈』の成立と改編」（『国語国文』二〇〇九年九月号）。
（7）〈源氏物語古注集成〉一六『源氏釈』（おうふう、二〇〇〇年）。
（8）〈勉誠社文庫〉八三『源氏物語抄・「末摘花」断簡』（一九八一年）。
（9）『源氏物語古註釈叢刊』第一巻（武蔵野書院、二〇〇九年）。
（10）注（1）論考。
（11）田坂「『源氏釈』『源氏古鏡』管見―建仁寺切『源氏釈』の紹介をかねて―」（『天理図書館善本叢書・月報』五二、

一九八二年十一月)。
(12)伊井の報告は長期かつ多岐にわたるが、まとまったものとしては『古筆切資料集成』(思文閣出版、一九九〇年)がある。
(13)田中登は『国文学古筆切入門』正・続・続々(和泉書院)や『平成新修古筆資料集』全五冊(思文閣出版)等々重要資料を惜しげもなく公開するが、入門続編、新修資料集第三集、第五集などに『源氏釈』断簡の紹介がある。
(14)池田和臣「国文学古筆切資料　源氏物語注釈書・梗概書の古筆切」(『中央大学文学部紀要』文学科、九三、二〇〇五年三月)。
(15)「平成十二年国語国文学界の動向　中古(散文)」(『文学・語学』一七二、二〇〇二年三月)。
(16)http://base1.nijl.ac.jp/~kohitu/ 二〇一五年九月十五日現在。
(17)『源氏物語』本文の引用は、小学館『日本古典文学全集』に拠り、巻名とページ数を付したが、一部表記を私に改めた箇所がある。
(18)写真版で見る限り、最後の行の文字が料紙の左ぎりぎりにかかっており、原資料が枡形本であるとすれば、次の項目の冒頭の一行が切り取られた可能性がある。
(19)前田家本は原本に拠ったが、冷泉家本は時雨亭叢書の影印を使用した。
(20)田坂「『源氏釈』の古筆切について」注(3)書。
(21)紙幅の関係で、ここでは顕昭甲切、冷泉家本、前田家本の本文を掲出しない、前節のものを参照されたい。
(22)「いのちさへ心にかなはすと」の部分の注釈は現存『源氏釈』資料に見られず都立中央図書巻本にしか存在しないから、後代増補された可能性もあろうが、『紫明抄』『異本紫明抄』などにもこの引歌があることから、伊行がこの引歌を掲出していた可能性は捨てきれない。
(23)「『紫明抄』伝本再考」として(第一回源氏物語の本文資料に関する共同研究会、二〇一四年十二月十三日、國學院大學)で発表。のち、「初稿本系『紫明抄』古筆切考」(『源氏物語本文のデータ化と新提言』Ⅳ、二〇一五年三月。本書第四章)として活字化した。

第三章　『源氏釈』古筆切拾遺

はじめに

『源氏物語』の最初の注釈書である世尊寺伊行の『源氏釈』は、注釈書としての重要性と、資料の希少性とで注目を集める資料である。前者についてはは今さら述べるまでもないが、後者に関して言えば、完本が冷泉家本と前田家本の二本のみ、残欠本が書陵部本一本、残存本が北野本（現九曜文庫本）一本、抄出本が書陵部本一本という状況である。したがって、古筆切の情報まで丁寧に積み上げる必要があり、早くからこの方面についても着目されていた。

ただ、古筆切に関する情報は、ある意味で日進月歩のものがあり、最新の情報に更新することが必要である。また個人所蔵の資料も多く、情報が共有されにくい憾みもある。

本章は、『源氏釈』の古筆切の情報を出来るだけオープンにすることによって、今後の研究の基礎台帳とすることを目的とするものである。また、公刊されている情報が十全に機能していないという思いもあり、これらを整理する必要性を痛感してきた。学問的情報は出来るだけ広く共有されてこそ意味のあるものである。落ち穂拾いのような試みである故に、あえて「拾遺」と題した所以である。

一　『源氏釈』古筆切集成データベース

これまでに『源氏釈』の古筆切については、何度か集成作業が行われ、一種のデータベースのようなものが作られてきた。その代表的なものを列挙すると以下のごとくである。

1田坂「『源氏釈』の古筆切について」（『源氏物語享受史論考』、初出は一九九八年）
2渋谷栄一『源氏釈』（源氏物語古注集成、おうふう、二〇〇〇年）
3国文学研究資料館古筆切データベース、二〇一六年現在。

田坂のものは最も早い試みで、研究史的な意味はあるが、今日の情報としては、古筆切十六葉を集成した、渋谷栄一の仕事が最も重要であろう。国文学研究資料館のデータベースは、電子資料館という情報更新に最も適した形であるが、『源氏釈』の情報に関しては、渋谷が掲出しているものに一日の長がある。ただ、それらの情報にも補足出来るものはあるので、以上三種の追補として、稿者は「『源氏釈』古筆切三葉について」(1)として、新たに、伝阿仏尼筆古筆切などについて報告したところである。今回はさらに一葉の断簡の追加と、それ以外の断簡についての若干の考察を行うものである。

まず、従来知られていた断簡についての補足整理から行っていこう。

二　竹柏園旧蔵『源氏釈』断簡の出現

『源氏物語大成』第七巻研究・資料篇、第一部第三章第一節「源氏釈の形態」（三〇ページ）では二葉の古筆切が池田亀鑑によって紹介されている。そのうちの一つは、「竹柏園蔵伝顕昭筆断簡の一面は源氏釈手習巻中のもの」であると述べられたもので、さらにその図版が著者模本として掲出されている。この段階では、池田亀鑑が模写したものによって間接的にしか知り得なかったものである。稿者は、早くにこの断簡に注目し、出光美術館『見ぬ世の友』の伝顕昭筆断簡が、書名不詳の『源氏物語』の注釈として認識されていた段階で、(2)それが他ならぬ『源氏釈』そのものであり、一次本との校異を記す珍しい資料で、同一の形式のものに池田模写の竹柏園所蔵断簡があることを述べたところである。(3)ただその後の、データベースの項目で掲げた拙論や、渋谷著書なども、引き続きこの模写資料によらざるを得ないという状況には変わりがなかったのである。ところがこの資料は、今日では新たな所蔵者の手に移り、しかも写真版で公開されるという、研究者にとって恵まれた状況となっている。

田中登『平成新修古筆資料集』第五巻（思文閣出版、二〇一〇年）の一〇二ページに「四八　顕昭　建仁寺切（源氏釈）」として書影が掲出され、翻刻と、簡にして要を得た解説が記されたものがそれである。この書影によって、断簡の本文や文字、書写の形態まで正確に認識することが出来るようになった。写真に拠れば、池田の模写が極めて精密であることも改めて確認出来るのである。

古筆切の研究が進むと、同じ断簡がほぼ同時に複数の論文で翻刻や研究がなされたり、(4)複数の文献に写真版が掲載されたりすることがある。いわゆる国宝四大手鑑のようなものは厳密な複製と安価な写真版とが並行して刊行されることがあり、これは利用者にとって至便でもある。また講談社『古筆学大成』所収の『源氏釈』の断簡が、角川書店『古筆手鑑大成』のものと重複することなどは良く知られたところである。今後は、一つの断簡がどのような形で翻刻や影印がなされているか、すべての情報を集約する必要があろう。

本章末尾に付載した『源氏釈』古筆切一覧表はその試みである。この表を土台に、今後新しい情報を付け加えていきたいと考えている。

その第一として、存在は早くから知られてはいたものの、古筆切の現物自体の確認ができなかった、竹柏園蔵の『源氏釈』手習巻断簡は、現在では竹柏園旧蔵田中登所蔵断簡と呼ぶのが適切であろう。

三　引歌作者名を記す『源氏釈』

『源氏釈』の古筆切の中には、引歌作者名を記す珍しいものもある。

『大東急記念文庫善本叢刊』中古中世篇別巻三『手鑑　鴻池家旧蔵』（汲古書院、二〇〇四年）所収のもので、七八「顕昭　源氏釈（建仁寺切）」がそれである。橋姫巻断簡で、第一節の文献2と3ではすでに紹介されている。

以下に全文を掲出する。

　しくらし給とあるは　赤人
　　かりのゆえみねのあさきり□れすのみ
　　思たへせぬはなのうえかな
みすのをとなみのひゝきにも物わすれ
うちしてよるなともこゝろとけて
ゆめをたにみるへきほとなくてすこくふき
はらひけりとあるは　つらゆき
　　うちかはのなみのまくらにゆめさめて
　　よるはしひめのいやねさるらん
なをしのひてとようゐ○《し》たまひつるに

□くれなき御にほひにそかせにしたかひて

本文系統は、『源氏釈』のほとんどの古筆切同様に前田家本系統である。参考のために、冷泉家本と前田家本の当該箇所をあげる。傍書、補入、ミセケチなどが多岐にわたるので丸カッコに入れて示した。隅付きカッコは、鴻池切（以下この略称を使用する）に存在しない箇所である。

○冷泉家本

しくらし給

かりのゆくみねのあさきりはれすのみ

おもひたえ（「つき」と傍書）せぬよのなかのうさ

水のをとなみのひき（「ひき」をミセケチ）ひと、きにも物わすれうちして

よるなと心とけてゆめをたにみるへき程も

なきにふき（「は」を補入）らひたり【ひしりたちたる御ためには

か、るしもこそ心とまるもよる〳〵ならめといふ所】

うちかはのなみのまくらにゆめさめて

よるはしひめのいやはねらる、（「ねさるらんイ」と傍書）

【（「かほる大将のあさえのもとにて、宮をはしますに程に姫君のもとへまいり給」と傍書）

山かつのおとろきもうるさしとてすいしんのを

ともせさせ給はすしはのまかきとを（「を」をミセケチ）わけつ、そこ

はかり（「り」をミセケチ）となきみつのなかれともをふみしたく

こまのあしをとも】なをしのひんとよういし給へる

にかくれなき御にほひにそかせにしたかひて

○前田家本

しくらし給といふは

　かりのゆくみねのあさきりはれすのみ
　おもひつきせぬ世中のうき

みつのをとなひのひゝきにも物わすれ
うちしてよるなともこゝろとけてゆめ
をたにみるへき程なくすこくふき
はらへたりとあるは

　うちかはの浪のまくらにゆめさめて
　夜のはしひめいやねさるらん

なをしのひてとよふゐし給つるに
かくれなき御にほひかせにしたかひて

前田家本系統と言っても「かりのゆえ」と「かりのゆく」、「思たへせぬはなのうえかな」と「おもひつきせぬ世中のうき」、「ふきはらひけり」と「ふきはらへたり」、「よるはしひめの」と「夜のはしひめ」と、異文がかなり存する。ただ、冷泉家本と比べれば【ひしりたちたる御ためにはかゝるしもこそ心とまるもよる〳〵ならめといふ所】、【（「かほる大将のあさえのもとにて、宮をはします程に姫君のもとへまいり給」と傍書）山かつのおとろきもうるさしとてすいしんのをともせさせ給はすしはのまかきとを（「を」をミセケチ）わけつゝそこはかり（「り」をミセケチ）となきみつのなかれともをふみしたくこまのあしをとも】の、冷泉家本独自の長文を持っていないことの意味は大きく、相対的に前田家本（二次本）に近いということは認めて良かろう。

　この鴻池切のツレがすでに報告されている。

　それは手鑑『かたばみ帖』所収のものである。『かたばみ帖』とは、小林茂俊所蔵の古筆手鑑で、無銘の手鑑であるが、同手鑑中の伝忠通筆切に拠って仮に命名されたものである。全体の解題を書いた佐々木孝浩と、石澤一志・久保木秀夫・中村健太郎等によって詳細な調査がなされ、三弥井書店から、書影・翻刻・解説が付されて公刊されている。(5) その中の「一四七　伝顕昭　『源氏釈』　建仁寺切」として紹介されているものがそれで、「大東急記念文庫蔵鴻池家旧蔵手鑑所収のツレに直接繋がる部分」と明確に位置づけられている。ただ、従来のデータベース（最新の国文学研究資料館のＤＢも含めて）には掲出されていないし、何よりも他の『源氏釈』断簡にはない様々な問題を内包しているので、以下詳しく検討することとする。

　まず、本文系統についてみてみる。かたばみ帖切（以下この略称を使用する）、冷泉家本、前田家本の順に列挙する。山型カッコは前田家本に存在しない箇所である。

○かたばみ帖切

ぬしゝらぬかとおとろかる　つらゆき
　ぬしゝらぬかはにほひつゝ秋のゝに
　たかぬきかけしふちはかまそも
はしらにすこしいかくれてひわ□を
まえにおきてはちをまさくりにしつゝ
くもかくれたりつる月にはかにいとあかく
さしいてたれはあふきならてこれして

もつきはまねきつへき（「き」をミセケチ）かりけりとて
さしいてたるかほいみしくらうたけに、
おひやかなるへしそひふしたる人は
ことのうへにかたふきかゝりているひを

○冷泉家本
ぬししらぬかとをとろく所
ぬしゝらぬかこそにほへれ秋の、に
たかぬきかけしふちはかまそも
はしらにすこしゐかくれてひわを御まへにおき
てはちをまさくりにしつゝゐたるに雲かく
れたりつる月にはかにいとあかくさしいてたれは
あふきならてこれしても月はまねきぬへかりけり
とてさしのそきたるかほいみしうらうたけに、
ほひやかなるへしそひふしたる人はことのうへに
かたふきかゝりて入日を

○前田家本
ぬしゝらぬかとおとろくいゑ〳〵と有は
ぬしゝらぬかにこそにほえあきの、に
たかぬきかけしふちはかまそも

はしらにすこしゐかくれてひわを
まへにをきてはちをてまさくりに
してくもかくれたりつるつきには
かにあかくさしいてたれはあふきならて
これして月はまねき〈以下ナシ〉つへかりけりとて
さしいてたるかほ〉いみしくらうた
けににほひやかなるへしそひふし
たるひとはことのこゑにかたふきかゝ
りている日をかへすはちこそありけれ

この切に関する限り、現存する前田家本とは相違がある。引歌の第二句「かはにほひつゝ」（かたばみ帖切）「かこそにほへれ」（冷泉家本）「かにこそにほえ」（前田家本）という対立もあるが、それ以上に、「（月はまねき）つへかりけりとてさしいてたるかほ」の部分を持たないという、かたばみ帖切や冷泉家本とは大きな相違点を前田家本は持つ。ただ、現在の前田家本の形のままでは前後がうまく繋がらず、意味が通じない上に、欠けているのは十六文字分、写本のほぼ一行分であるから、書写の段階で誤って誤脱したものではないかと思われる。したがって、この部分を持たないのは『源氏釈』の本文、二次本前田家本の本文の本来的性質の反映ではないと考える。あるいは現存前田家本かその親本あたりの誤脱ででもあろうか。

かたばみ帖切は冷泉家本とは概ね一致するが「しつゝ」と「しつゝゐたるに」、「さしいてたる」と「さしのそきたる」などの小異は存する。また、かたばみ帖切「おとろかる」冷泉家本「をとろく所」前田家本「おとろくいゐ〳〵と有は」という相違がある。この切に関する限りは、本文系統は不明とせざるを得ない。前田家本の祖本には誤脱した一行は本来存在していた可能性はあろうし、その立場に立てば前田家本の本来の本文とはさほど遠くなく、また一方で、冷泉家本とも大差はないので、冊子本の『源氏釈』のどれとも共通する箇所で、本文系統は探りにくい。ただ、鴻池切とかたばみ帖切は「ツレ」で「直接繋がる」と指摘されているから、鴻池切が前田家本に近ければ、かたばみ帖切も同様に考えて良いのではないか。歯切れが悪いがこのように考えておく。

さて、この鴻池切・かたばみ帖切の最も重要な問題は、この二つの断簡の、ともに第一行にある。そこには「赤人」「貫之」などの歌人名が見られる。いまその部分を、二行後ろまで含めて再掲してみよう。

○鴻池切

しくらし給とあるは　赤人

かりのゆえみねのあさきり□れすのみ

思たへせぬはなのうえかな

○かたばみ帖切

ぬしゝらぬかとおとろかる　つらゆき

ぬしゝらぬかはにほひつゝ秋の、に

たかぬきかけしふちはかまそも

後者の例がわかりやすいので、そちらから先に見ていく。これは『源氏物語』本文の「ぬしゝらぬかとおとろかる」の部分が、「ぬしゝらぬかはにほひつゝ秋の、にたかぬきかけしふちはかまそも」の和歌を踏まえた表現で、その和歌の作者が「つらゆき」（貫之）ということなのであろう。鴻池切の方も、断簡の前の部分を前田家本などで補って考えれば「（みねのあさきりはるゝをりなくてあか）しくらし給とあるは」の部分が「かりのゆえみねのあさきり□れすのみ思たへせぬはなのうえかな」の和歌を踏まえた表現で、その和歌の作者が「赤人」であると述べているのである。これらは引歌の作者名表記であるが、これに関しては不審と考えられる点が三つある。

まず最大の問題であるが、そもそも、『源氏釈』自体では、引歌を掲出するにしても、その作者名を記すことはない、ということである。これは、完本の冷泉家本・前田家本、残欠本の書陵部本、残存本の北野本に共通することで、現在報告されている『源氏釈』の古筆切にも言えることである。すなわち『源氏釈』は、引歌は掲出するものの、その作者名は記さないことを原則としている(6)。その結果、『源氏釈』が引歌として掲出した和歌の中には、歌集名も作者名も不明のものがかなり存在するのである。しかしそれらの引歌も、本文理解に必須の和歌であることがほとんどで、今日ではそれらを「源氏釈所引和歌」という名前で研究に使用しているのである。

引歌を掲出することこそが眼目で作者名を表記しないというのは、注釈としてはそれで十分であって、作者名が誰であろうと、その和歌を踏まえさえすれば、文脈の理解はできるからである。その作者が誰で、どの歌集に入っているかは、注釈・研究的興味であって、物語の本来の読みとは無縁であるからである。したがって、注釈史の初期の資料である『源氏釈』や『奥入』は、引歌として掲出した和歌の作者名を記さないのである。それは注釈が深められていないのではなく、必要とされない時代の産物であることによる。

このように考えてくると、これら二つの断簡に記された作者名表記は、『源氏釈』としては本来的な記述ではない、と推察することができよう。

第二の問題点は、第一の問題点と大きく関連する。それは引歌の作者名が記されている位置である。『紫明抄』や『河海抄』に至って引歌の作者名表記がなされ始めるが、その場合、引歌の上部や下部に割注の様に二行書きで記されるか、引歌の和歌の前後に記されるのが最も一般的な形式である。前者は文字の大きさから他の部分と区別が付きやすく、後者の場合は、改行などを行い、『源氏物語』の本文と、詠者名を含めた注釈とは明確に区別された書式になっている。

ところが、鴻池切、かたばみ帖切の二枚では、引歌の作者名は、『源氏物語』本文の引用部分の下部に記されているのである。直前の文字との間に多少の空白があって直結していないとはいえ、極めて異例の書き方である。これは、本来、『源氏物語』の本文のあと、改行されて引歌（作者名はない）が記されていた形が原型であって、転写過程の段階で後からそこに作者名を書き込んだのではないか。その時、行間に細く書き込むのではなく『源氏物語』の本文の下部の余白の部分に書いたのではないかと推測される。その結果、『源氏物語』の本文が、あたかも引歌の詞書のようにさえ見えるのである。

こうした、第一・第二の問題点から、当該断簡の作者名表記は、『源氏釈』が後世、といっても断簡が書写された時代を下限とするから、鎌倉時代後期ぐらいであろうか、転写される段階で、『源氏釈』の著者以外の人物によって書き加えられたものではないかと強く推測されるのである。

第三の問題点は、記されている作者の名前に関する不審である。

鴻池切の方は「かりのゆえみねのあさきり□れすのみ思たへせぬはなのうえかな」に「赤人」と記すが、『万葉集』の赤人詠や、『赤人集』にはこの歌は見出せない。後代の歌集においても「赤人」の作者名で掲出されることはない。

この和歌と細部まで完全に一致するものは現存和歌資料には見出せないが、おそらくは『古今和歌集』巻十八、雑下、九三五「雁のくる峰の朝霧はれずのみ思ひつきせぬ世中のうさ」がこれに該当するのであろう。この九三五番歌は読人しらずの和歌で、これを赤人の作と伝える資料は、中世の古今和歌集注釈などを見ても一切存在しない。別出は『新撰和歌』巻四、恋・雑、二五五番や、『藤六集』二七番（物名「くるみ」）などであるが、どこにも赤人作を窺わせるものはない。

わずかに『古今和歌六帖』が巻一の「きり」の題の下に、六三二番「春山の霧にまがへる鶯もわれにまさりて物思ふらんやは」、六三三番「夕霧に衣はぬれて草まくらたびねするかもあはぬ君ゆゑ」、六三四番「かりのくるみねのあさ霧はれずのみ思ひつきせぬよの中のうさ」、と列挙して、六三二番の詠者名を「人まろ」とするものが、万葉歌人とのつながりを考える端緒となるかもしれない。これにしても、『古今和歌六帖』の作者名表記は不分明なところが多いから、「人まろ」の表記が三首目の「かりのくる」の和歌までかかるかどうか確証はない。

かたばみ帖切の方は、更に問題点が明白である。「ぬしゝらぬかはにほひつゝ秋のゝにたかぬきかけしふちはかまそも」の和歌に対して「つらゆき」と記載するが、この和歌は素性法師の和歌として極めて良く知られたものである。すなわち『古今和歌集』巻四、秋上の二四一番に「ふぢばかまをよめる　そせい　ぬししらぬかこそにほへれ秋ののにたがぬぎかけしふぢばかまぞも」とある和歌である。『古今和歌六帖』巻六、「らに」三七二七番や、『和漢朗詠集』「蘭」二九〇番などにも採られ、素性の代表歌の一つである。この和歌を「つらゆき」とするのは解せないところである。

しいて誤謬の原因を探れば、『古今和歌集』の素性の和歌の直前に位置する二四〇番歌は、紀貫之の「ふぢばかまをよみて人につかはしける　やどりせし人のかたみかふぢばかまわすられがたきかにゝほひつゝ」であるから、こうしたことが、この和歌を貫之作と誤解させたのかもしれない。猶、『古今和歌六帖』でも、貫之歌・素性歌は並んでいる。

以上の点を考えると、これらの切（もしくはその親本）で和歌の作者名を書き入れた人物は、和歌の知識がやや不十分な人物であるかもしれない。

四　伝津守国冬筆『源氏釈』断簡の紹介

『源氏釈』の古筆切は、いわゆる建仁寺切と称される伝顕昭筆断簡が圧倒的に多いが、それ以外では、伝称筆者を、寂蓮、慈鎮、後京極良経、阿仏尼ら鎌倉時代初期の人物に極められる断簡が一、二枚ずつ報告されている。時代が下った伝称筆者名を持つものには、鎌倉末期から南北朝期の浄弁の切があるが、ここにもう一人鎌倉時代後期の津守国冬を伝称筆者にする断簡を加えることが出来ると思われる。

当該断簡は、久曽神昇編『物語古筆断簡集成』（汲古書院、二〇〇二年）に「伝津守国冬筆源氏物語注」として、掲出されているものである。鈴虫巻末から夕霧巻頭の注釈である。『物語古筆断簡集成』では書名を特定せず、一般的な「源氏物語注」として掲出されている。まず本文を示す。

又如経文者随餓鬼中仍七月

十五日設盂蘭盆救之是明事也

廿四　ゆふきり

まことにかへるさはわすれはてぬな

かそらなるわさかないゐちはみえす

とあるところ

　　かへるさの道やはかかはるかはらねと

　　とくるにまとふけさのあはゆき

これを諸注釈書の該当部分と比較してみよう。

○『源氏釈』前田家本

　不如経文者餓鬼中云々仍七月十五日設盂蘭盆是明事也

廿三　ゆふきり

なかそらなるわさかないゐちはみえすとあるは
　帰さのみちやはかはるかはらねと
　　とくるにまとふけさのあは雪
○『奥入』大橋家本
但如経文者随餓鬼中仍七月十五日説盂蘭盆救之是明事也
横笛之同年夏秋也
夕霧
伊行
まことにかへるさはわすれはてぬな
かそらなるわさかないゐちはみえす
とあるところ
　　かへるさの道やはかはるかはらねと
　とくるにまとふけさのあはゆき
○『光源氏物語抄』
又如経文者随餓鬼中仍七月十五日設盂蘭盆
牧之是明事歟　奥
光源氏物語抄廿三
ゆふきり
當巻号夕霧事

漢書陰陽みたれて霧となる　素寂
山里のあはれをそふる夕霧にたちいてむ空もなき心ち
して
以此哥有此号歟　今案
横笛同年夏秋也　奥入
まめひとの名をとりてさかしかり給大将この一条宮の御あり
さまを猶あらまほしと心にと丶めておほかたの人めにはむか
し
をわすれぬようゐにみせつ丶いとねんころにとふらひ
きこえ給ト云事
文集　展季《テンキノマメヒト》　又真人　素寂［中略］
なかそらなるわさかな家ちはみえすト云事
（道信）帰るさの道やはかはるかはらねととくるにまと
ふ今朝の淡雪　奥伊

『源氏釈』『奥入』『光源氏物語抄』の本文のいずれとも微妙に重なり合う。このうち『光源氏物語抄』は、夕霧の巻頭で、巻名由来について述べ、次いで［中略］の部分、「帰るさの道」の注釈の前に、多数の注釈項目があるから、伝国冬筆断簡との直接の関連はないと断じてよかろう。『源氏釈』と『奥入』の本文には大きな差はないが、これは一つには『奥入』に「伊行」とあるように、『奥入』が『源氏釈』を引用しているからである。そして『奥入』には「横笛之同年夏秋也」と、鈴虫巻と横笛巻の時間関係を示す独特の表現があるが[7]、この『奥入』固有の表現が伝国冬筆断簡には見られないのである。とすれば、この断簡は『奥入』などではなく、ほかならぬ『源氏釈』そのものと断定してよかろう。念のために『紫明抄』や『河海抄』と比較してみると、目連伝説と盂蘭盆会に関する部分の本文が異なり、この二つの注釈書ではないことは明白である。

かくして伝国冬筆断簡は、出典を明確に『源氏釈』と定めてしかるべきであるが、それではこの断簡の本文系統はどのようなものであろうか。前田家本『源氏釈』の本文は上掲したので、それを参照することとし、次に冷泉家本『源氏釈』の当該箇所を掲出する。隅付きカッコは、伝国冬筆断簡に存在しない箇所である。丸カッコは冷泉家本に存在しない箇所である。

○冷泉家本

目連初得天眼見母生所而堕地獄砕骨焼肉
仍乗神通自行地獄逢獄卒相代先請母獄答曰
造悪業者自受其業大乗利也不可免云々
則煙不見目連悲空帰

廿四　ゆふきり
【ほのかに御こゑのきこゆる御けはひになくさめつゝ】
まことにかへるさはわすれはてぬな
かそらなるわさかないゐちはみえす
（ナシ・とあるところ）
　かへるさのみちやはかはるかはらねと
とくるにまとふけさのあはゆき

前田家本は、伝国冬筆断簡が有する「まことにかへるさはわすれはてぬ」の部分を欠いていたり、夕霧巻の巻数を「廿三」とするなど、本文に相違があるようである。ただ、「まことにかへるさはわすれはてぬ」の部分が最初からなければ「かへるさのみちやはかはる」の引歌の指摘が出来ないのであって、当然この部分は前田家本（第二次本）の祖本には存在していたはずである。おそらく今日の前田家本に至る転写過程で誤脱したものであろう。一方、鈴虫巻末の目連伝説と盂蘭盆会に関する注釈本文の相違の問題は大きい。冷泉家本と前田家本とのこの部分の相違は、誤脱や竄入によって生じたものではなく、明らかに典拠、引用資料の相違である。『奥入』『光源氏物語抄』ともほぼ共通する「又如経文者随餓鬼中仍七月十五日設盂蘭盆救之是明事也」は、二次本である前田家本にみられるもので、冷泉家本とは明瞭な相違を見せるのである。

かくして伝国冬筆断簡も、伝顕昭筆断簡など多くの『源氏釈』の古筆切と同様に、前田家本系統の本文であることが確認できるのである。

おわりに

以上、本章では、『源氏釈』の古筆切について様々な角度から追補を試みてみた。模写資料から写真資料へと、研究者にとって利便性が高まったものや、『源氏物語』の注釈断簡とされていたものを具体的に『源氏釈』に認定したもの、そして、従来紹介済みであるが、他の『源氏釈』断簡とは異質の性格を持っている古筆切の内容分析などである。今後もこうした作業を継続して、『源氏釈』の資料を一枚でも二枚でも蒐集して、正しく位置づけていかねばならない。稿者もその作業を継続するつもりであるが、多くの研究者によって同様の作業がなされることを期待して止まない。こうした資料は公開して、共有してこそ、次の研究段階に繋がるからである。

猶、現在何らかの形で公開されている『源氏釈』の古筆切一覧表を作成し、末尾に付載しておいた。各断簡の、巻名、前田家本の巻ごとの項目番号、伝称筆者名、寸法、一面行数、書き出しの本文、所在（所蔵者）、複製・影印などの公開資料名（古筆学大成を古筆大成、古筆手鑑大成を手鑑大成、平成新修古筆切集を平成新修、などで略称した）、国文学研究資料館・渋谷・田坂のデータベースとの対応（それら資料に載っているものは○で示し、田坂の注(1)論文や本章で言及したものは□で示した）、などについて記しておいた。後続する研究者が同じ手間をかけずに済むようにとの思いで作成したものである。断簡によっては寸法や行数の不明なものもあるが、所蔵者や研究者によってこれらが補足されることを期待して筆を擱くこととする。

注

(1)『藝文研究』一〇九の一、二〇一五年十二月。本書第二章。

(2)『国宝手鑑　見ぬ世の友』（出光美術館、一九七三年）。是澤恭三〈出光美術館選書〉八『見ぬ世の友』（出光美術館、一九七三年）は、その解題の普及版である。

(3)田坂「『源氏釈』『源氏古鏡』管見—建仁寺切『源氏釈』の紹介をかねて—」（『天理図書館善本叢書・月報』五二、一九八二年十一月）。

(4)伝西行筆「源氏集」の例などがそれに当たる。小島孝之「〈翻刻〉「源氏集」断簡—古筆切拾塵抄（四）—」（『立教大学日本文学』五四、一九八五年七月）、佐佐木忠慧・鬼束隆昭「新出・伝西行筆古筆切（いつ〳〵に）」（『宮城学院女子大学研究論文集』六三、一九八五年十二月）と、まったく違う方面からほぼ同時に一つの資料に到達した。このことは田坂「昭和六〇年国語国文学界の展望　中古（散文）」（『文学・語学』一一〇、一九八六年七月）や、「伝聖護院道増筆断簡考—新出賢木巻断簡の紹介から、道増の用字法に及ぶ—」（『王朝文学の古筆切を考える　残欠の映発』武蔵野書院、二〇一四年。本書第一章）でも述べた。

(5)『日本の書と紙—古筆手鑑『かたばみ帖』の世界』（三弥井書店、二〇一二年）。

(6)唯一の例外が、『源氏物語大成』資料篇で掲出された、伝後京極良経筆の御法巻断簡である。ここでは、「も、ちとりさへつる春は」和歌の頭に「古今第□　不知読人」と細字で記されている。

（7）『奥入』の一次本大島本などにもみられ、年立的記述の萌芽ともされるものである。大朝雄二『源氏物語正篇の研究』（桜楓社、一九七五年）、伊藤博『源氏物語の原点』（明治書院、一九八〇年）ほかがこの記事について指摘する。

【『源氏釈』古筆切一覧表】

巻名	前本番号	伝筆者	寸法	行数	書き出し	所在	公刊	国文研	渋谷	田坂
桐壺	7・8・9	顕昭	一四・九×一四・八	11	れをもてまいれと	田中登	平成新修3		○	○
桐壺	7	寂蓮	一六・二×一三・六	10	又はねをならへ	観音寺手鑑	古筆大成24・手鑑大成14	○	○	○
花宴	1	阿仏尼		5	はなのゑん	個人蔵手鑑	古筆大成24		○	○
松風	8・9	浄弁	二四・五×一五・九	9	あか月のねさめ	浄照坊	古筆切集浄照坊蔵	○	○	○
横笛	1・2	顕昭			はなのさかりは	高城功一	渋谷源氏釈		○	
鈴虫夕霧	3・1	国冬	一四・三×一四・六	8	又如経文者	久曽神昇	物語古筆断簡集成			□
夕霧	3・4	顕昭	一五・九×一五・一	9	けにこの御名の	田中登	続古筆切入門	○	○	○
夕霧	5・6	顕昭	一五・八×一五・一	9	こちかけたまふ	久曽神昇	源氏物語断簡集成	○		□
夕霧	5・6	阿仏尼	一四・五×一四・六	9	とかこち給けしき	久曽神昇	物語古筆断簡集成			□
御法	1	顕昭	一五・六×一四・七	9	ちりいちのよゝの	古筆手鑑	古筆大成24の1		○	○
御法	3・4	良経		9	はなのいろさきちる	尊経閣手鑑	源氏物語大成7		○	○
橋姫	2・3・4	顕昭	一五・五×一五・一	11	しくらし給とあるは	鴻池家手鑑	大東急善本叢刊	□	○	

橋姫	4・5	顕昭	一五・五×一五・二	11	ぬしゝらぬかと	かたばみ帖	三弥井書店			□
椎本	4	顕昭	一五・四×一五・八	9	けにはかなきこと	MOA翰墨城	古筆大成24の2		○	○
総角	26・27	慈鎮			人のくにゝありける	個人蔵手鑑	渋谷源氏釈		○	
宿木	14	顕昭	一六・七×九・三	5	王昭君かたちを	個人蔵手鑑	古筆大成24の5	○	○	
東屋浮舟	9・1・2	顕昭	一五・五×一五・三	9	斑女閨中秋扇色	見ぬ世の友	古筆大成24の3		○	○
浮舟	3・4	顕昭	一五・八×一三・〇	9	今日さえかくて	久曽神昇	源氏物語断簡集成			□
浮舟	15・16・17	顕昭		10	道口	古筆手鑑	古筆大成24の4		○	
浮舟	17・18	顕昭			わか恋は	京都古書目録12	渋谷源氏釈		○	
手習	2・3・4	顕昭	一五・二×一三・六	10	ここにしもなに	信綱・田中登	源氏物語大成7・平成新修5		○	

第四章　初稿本系『紫明抄』古筆切考

はじめに

鎌倉時代、河内方の素寂によって書かれた『紫明抄』はきわめて重要な注釈書であるが、伝存資料はあまり多くない。稿者はこれまでに『紫明抄』の資料を、完本、残欠本、残存本、抄出本などに関わらず調査を行ってきたが、同時に古筆資料にも調査の幅を広げて報告を行った(1)。ただ古筆切については、その資料の性格上、まだまだ埋もれているものもあるかと思われる。従来使用されてきた京都大学文学部本の『紫明抄』とは別系統の、東京大学総合図書館本の翻刻を刊行するに際しても(2)、重要な古筆切についての説明を追加したが、解説としての性格上あまり十分に述べることはできなかった。実はその古筆切は、一般の『紫明抄』の本文と大きく異なる重要なものなのである。そこであらためて当該断簡を正面から取り上げて論じてみたい。またそれに関連して、さらなる新資料も紹介してみたいと思う。

一　伝二条為世筆紫明抄切

当該資料は二つの文献に写真版が掲載されている。久曽神昇編『源氏物語断簡集成』(3)第三部第二四図（二二一ページ）にはA四判一ページを使って精密な書影（縮小率八四％）が、春日井市道風記念館展観図録『国文学と古筆』(4)の三二ページには四辻善成筆細川切など八葉と共に小さく写真版が掲載されている。両書ともに内容に関する解説などは書かれていないが、『断簡集成』には「縦二七・四糎×横一六・三糎」と寸法の記載がされている。

まず、「二条為世筆」との極札のある紫明抄切を原型に近い形で掲出してみよう。

○伝二条為世筆紫明抄

紫明抄巻第十　自東屋巻 至夢浮橋

紫雲寺隠侶素寂撰

光源氏物語巻第卌三　東屋《アツマヤ》　宇治六

四阿《アツマヤ》　唐令云、宮殿皆四阿　辨色立成云四阿　阿都末夜

雨下《マヤ》　同令云、庶人門舎、不得過一門 々々辨色立成 雫麻夜

つくは山をわけ見まほしき御心はありなから

つくは山葉山しけ山しけゝれと思いるにはさはらさりけり

ことひわのし《師》とてないけうはうのわたりよりむかへとりつゝならはす

内教坊　おほとのゐかたはら也

巻頭部分の断簡であるが故に、「紫明抄巻第十」との文面を持っているため、「紫明抄切」と簡単に認定されるようであるが、実は、この断簡を『紫明抄』であると決定するためにはいささかの困難が伴う。今日、活字翻刻のある『紫明抄』と比べると完全に一致するわけではないのである。むしろ大きく異なっているとも言える。

たとえば、最新の翻刻である、東京大学総合図書館所蔵南葵文庫旧蔵本を底本とした〈源氏物語古注集成〉(5)本で掲出してみよう。この翻刻には、『紫明抄』の巻ごとの項目番号と、当該箇所の『源氏物語大成』のページ数行数が付されているので、これもあわせて掲出した。

○東大本

紫明抄巻第十　自東屋巻 至夢浮橋　紫雲寺隠侶素寂撰

光源氏物語巻第卅三　あつまや　東屋　宇治六

四阿《アツマヤ》　唐令云、宮殿皆四阿　辨色立成云四阿　阿都末夜

雨下《マヤ》　同令云、庶人門舎、不得過一門雨下　弁《辨》色立成云雨下麻夜

1つくはやまをわけ見まほしき御心はありなから（一七九三1）

　つくは山は山しけ山しけ、れと思入にはさはらさりけり

2かみ《守》のことも（一七九三7）　子共

3とくいかめしうなとあれは（一七九四5）　徳

4かうけのあたり（一七九四9）　豪家《カウケ》

5さうそくありさま（一七九四12）　装束　」（一オ）

6こしおれたるうたあはせ（一七九四12）　折腰哥合

7物かたりあはせ（一七九四13）　物語合

8かうし（一七九四13）　庚申
9さへあり（一七九五2）　才也
10てうと（一七九五10）　調度
11まきゑらてん（一七九五11）　蒔絵　螺鈿
12ことひわのし（一七九六14）　箏　琵琶師
13ないけうはう（一七九六1）　内教坊　おほとのゐのかたはら也
14ろくをとらする事（一七九六2）　禄
15こくの物（一七九六3）　曲
16おさ〳〵（一七九七14）　幹了
17うちの御方（一七九九7）　内房
18すらう（一七九九11）　受領
19てにさゝけたること（一七九九12）　如捧手
20しんしち（一八〇一10）　真実　」（一ウ）
21もはら（一八〇一10）　専

伝為世筆が一葉（一丁の片面）であるので、東大本は念のため一丁分（一オ、一ウ）を掲出してみた。そうすると、伝為世切と東大本とは大きく異なることが理解されよう。東大本を基準にすると、伝為世切は、「あつまや」巻名記述、東大本の第一項目の「つくはやま」、第一二項目「ことひわのし」第一三項目「ないけうはう」の注釈から成り立っており、第二項目から第一一項目に当たる部分が欠如していることが分かる。しかも東大本においては、第一二項目「ことひわのし」と第一三項目「ないけうはう」は明確に区別されているが、伝為世切においては「ことひわのしとてないけうはうのわたりよりむかへとりつゝならはす」と一続きになっているのである。

これらは、東大本と比較することにより発生する問題なのであろうか。そこで、内閣文庫本系統の伝本である東大本ではなく、系統の異なる京大本系統の京大文学部本の翻刻（6）とも比較してみよう。従来から使用されてきた京大本の翻刻には、項目番号など附載されていないが、比較のために項目の頭に通し番号を付してみた。ここでも二面分を掲出する。京大本は一丁裏から本文が始まっているので、一ウ二オの部分である。

○京大本

紫明抄巻第十　自東屋巻 至夢浮橋　紫雲寺隠侶素寂撰

光源氏物語巻第卅三あつまや　東屋　宇治六

四阿《アツマヤ》　唐令云、宮殿皆四阿　弁色立成云四阿　阿都末夜

雨下《マヤ》　同令云、庶人門舎、不待遇一門雨下　弁色立成云雨下　麻夜

1つくは山をわけ見まほしき御心はありなから

つくは山は山しけ山しけゝれと思いるにはさはらさりけり

2かみのことも　子共

3とくいかめしうなとあれは　徳

4かうけのあたり　高家《カウケ》

5さうそくありさま　装束

6こしおれたるうたあはせ　折腰哥合

7物かたりあはせ　物語合

8かうしん　庚申

9さへあり　　才　」(一ウ)
10てうと　　調度
11まきゑらてん　蒔絵、螺鈿
12ことひわのし　箏、琵琶、師
13ないけうはう　　内教坊　おほとのゐのかたはら也
14ろくをとらする事　　禄
15こくの物　　曲
16おさ〳〵　　幹了
17うちの御方　　内房
18すらう　　受領
19てにさゝけたること　　如捧手
20しんしち　　真実
21もはら　　専
22なをひと　　直人
23とみといふめるいきほひ　　富　徳《イキホヒ》
24らいねん　　来年　」(二オ)

こうして見ると、東大本と京大本は、東屋巻巻頭では基本的に同形同文であると言って良い。「かうけ」に漢字を当てる第四項目の注釈が、東大本「豪家」京大本「高家」とあるのが目立つ相違である。伝為世切と共通する部分でも「おほとのゐのかたはら也」を一行に書くか二行分かち書きかという違いこそあれ、「ことひわのし」と「ないけうはう」の注釈はきちんと二項目に分けられている。

結局、通行の活字翻刻と比較する限りは、伝為世切は『紫明抄』とは一致しないのである。『紫明抄』には京大本の影印(7)の他に、内閣文庫本系統では龍門文庫本の影印(8)も刊行されているが、それらも当然、伝為世切には一致しない。それ以外で、巻十を持っている、京大本系統京都大学図書館本、内閣文庫本系統島原松平文庫本・神宮文庫本・内閣文庫十冊本などに範囲を広げてみてもまったく変化はない。

こうした中で、ただ一つだけ、伝為世切と親近性を持つ(9)『紫明抄』の伝本がある。

それは稿者が初稿本の系統を引く伝本と位置づける内閣文庫三冊本である（内閣文庫には、十冊本、一冊本、三冊本の『紫明抄』があり、本文系統がそれぞれ異なる）。

この内閣文庫三冊本の、巻十の冒頭の一葉を掲出してみよう。

○内閣文庫三冊本

紫明抄巻第十　自東屋巻至夢浮橋

光源氏物語巻第卅三

東屋　四阿　雨下

つくは山をわけ見まほしき御心はありなから

つくは山はやましけ山しけゝれと思ひ入にはさはらさりけり《りしもせし》

ひとひはの《師》しとてないけうはうのわたりよりむかへとり

内教坊也　尾張前司教行説万秋楽又内教坊説と云事在之云々、水原に見えたり

おほとのゐのかたはら　大宿直傍

たなはたはかりにてもかやうに見たてまつりてかよはんは

契りけん心そつらき織女の年に一たひあふはあふかは
一もとゆへにこそはとかたしけなけれと
紫の一本ゆへにむさしの丶草はみなからなつかしきかな

まず、前掲の東大本や京大本の『紫明抄』と大きく異なっていることが看取されよう。東大本の項目番号を入れてみると次のようになる。

紫明抄巻第十　自東屋巻至夢浮橋
光源氏物語巻第卅三
東屋　四阿　雨下
1つくは山をわけ見まほしき御心はありなから
つくは山はやましけ山しけ丶れと思ひ入にはさはらさりけり《りしもせし》
1312ひとひはの《師》しとてないけうはうのわたりよりむかへとり
内教坊也　尾張前司教行説万秋楽又内教坊説と云事在之云々、水原に見えたり
13おほとのゐのかたはら　大宿直傍
34たなはたはかりにてもかやうに見たてまつりてかよはんは
契りけん心そつらき織女の年に一たひあふはあふかは
35一もとゆへにこそはとかたしけなけれと
紫の一本ゆへにむさしの丶草はみなからなつかしきかな

内閣文庫三冊本は、従来抄出本とか省略本などと言われてきたが、それはこの部分を見るだけでも明らかである。最初の一葉に三五項目中の五項目が抄出され、単純に項目数で言えば七分の一に圧縮されている。さらに、項目を

単純に抄出するだけではなくて、第三四項目は東大本や京大本では「契りけん心そつらき」の『古今集』の興風の和歌以外に、「年ことに逢とはすれと七夕のぬる夜のかすそすくなかりける」という『古今集』の躬恒の和歌も掲出するのだが、これは内閣文庫三冊本では省略されたものか、存在しない。それ以外でも引用本文の長短や注釈の一部の文章が異なる点などの相違は多々あるのである。

このように、通行の『紫明抄』とは大きく異なっていることが確認できる内閣文庫三冊本であるが、実は伝為世切とは大きな共通点がある。それは、第一項目から第一二項目まで飛ぶこと、第一二項目と第一三項目とがひとつになっていることである。この二点は偶然の産物ではあり得ず、特に一般の『紫明抄』では別々の項目である「ことひわのし」と「ないけうはう」が一続きとなっていることは重要である。このように伝為世切と内閣文庫三冊本は親近性を有しており、伝為世切は内閣文庫三冊本に近い系統の『紫明抄』であると断じてしかるべきであると思われる。書写年代は伝為世切の方が圧倒的に古く、内閣文庫三冊本の祖本に近いものと考えて良かろうか。

もちろん、伝為世切と内閣文庫三冊本とは完全には一致しない部分もある。たとえば東屋の巻名の説明部分では『唐令』の引用部分が内閣文庫三冊本にはなく、「尾張前司教行説万秋楽又内教坊説と云事在之云々、水原に見えたり」の部分が伝為世切にはないという相違はあるが、根幹部分の共通性と言うことは認めて良かろうと思う。

かくして、伝二条為世筆の断簡は、内閣文庫三冊本と同系統の『紫明抄』の本文を持つことが確認できたのである。このことはきわめて重要な意味を持つ。稿者は、内閣文庫三冊本は『紫明抄』の初期段階の姿を残存させる貴重な資料と考えているが、一般的にはこの資料は、抄出本・省略本であり、同時に誤写の多い杜撰な書写態度もあって、あまり重視されては来なかった。

ところが伝二条為世筆断簡の出現によって、内閣文庫三冊本系統の古写の資料が確認されたのである。現在は、写真資料を通してという大きな限界はあるが、それにしてもこの資料が室町時代まで下るとは考えられない。鎌倉時代後期か下っても南北朝期のものではなかろうか。と言うことは、内閣文庫三冊本の祖本は『紫明抄』の成立時期にまで遡りうると言うことである。

誤写の多い杜撰な書写態度は、内閣文庫三冊本の祖本（稿者の言う初稿本）に内在する問題ではなく、祖本からの転写過程で生じたものと思われる。おそらく現在の内閣文庫三冊本書写者固有の問題ではなかろうか。この部分でも、伝為世切の「ことひは（琴琵琶）」が内閣文庫三冊本では「ひとひは」と意味不通の本文となっている。また第一二項目と第一三項目が一続きになるという点では共通性があるが、内閣文庫三冊本では、第一三項目の注釈内容、「内教坊」が「おほとのゐのかたはら」にあるという注釈から、「おほとのゐのかたはら」が独立してしまい、まるで『源氏物語』の本文であるかのように立項されているなど、混乱の極にあると言えよう。

本節の検討で明らかになったことは、伝二条為世筆の『紫明抄』の断簡は、通行の標準的な『紫明抄』の本文とは異なり、内閣文庫三冊本にだけ近い内容を持っていると言うことである。とすれば、今日最も一般的に使用されている京都大学文学部本の翻刻や影印では不十分で、稿者の刊行した東京大学総合図書館本を援用しても、こうした断簡の出典は究明しづらいと言うことである。翻って伝為世切を見てみると、巻頭部分の一葉であったために「紫明抄巻第十」という書名と「紫雲寺隠侶素寂撰」という一種の作者表記が記されているという僥倖に恵まれている。断簡自体に「紫明抄」や「素寂」の名前がなかったら、はたして『紫明抄』の一部と確定されていたかどうか分からない。おそらくは、活字本文に一致しないことを以て、書名不明の『源氏物語』の注釈という段階に留まっているのではないか。そのように考えてくると、まだまだ内閣文庫三冊本と同系統の『紫明抄』の断簡が埋もれているのではないかと想像される。そうした目で見たところ、もう一葉、やはり『紫明抄』断簡ではないかという資料の存在に気がつく。次節はその報告である。

二　伝慈円筆源氏物語注釈切

『古筆学大成』第二十四巻（講談社、一九九二年）三四ページに、慈円筆と伝える『源氏物語』の注釈の断簡が掲出されている。写真版によれば以下のような本文である。

光源氏物語巻第卅四　浮船《うきふね》　宇治七
いさむるよりもわりなし
　こひしくはきても見よかしちはやふる神のいさむる
　みちならなくに
山さとのいふせさこそみねのかすみもたえまなく
わか宮の御まへにとてうつちまいらせ給
　またふりに山たちはなつくりてつらぬきそへたる枝に
　杈椏　方言云　江東謂樹枝曰、々々　砂鴉二音 和名末太布利

一面の字配りや改行などは可能な限り原態に近いものとした。

同書同巻三八〇ページの解題には以下のように記されている。料紙の寸法や原態などこの解題でしか知ることのできない重要な情報を含んでおり、出典の推測などもなされているので、煩を厭わず全文を掲出する。

図版の切は、個人蔵の未装の一葉。料紙は鳥の子。紙の寸法は、たて二五・二センチメートル、よこ一六・〇センチメートル。図版の端裏書きに「慈円」の名が記されているが、この書風は、それよりも一世紀も後の一四世紀初めころと推測される。図版に見える内題は、「河内本源氏物語」に適合する。したがって、この注釈

書は関東方で成立したものと察せられる。かような眼で現存本の『源氏物語』の注釈書を探ると、素寂の『紫明抄』に近似する。

図版の本文と『紫明抄』を比較すると、両本が注を加える『源氏物語』本文は、左のとおり。

(1)をしこめて物ゑんししたる　『紫明抄』

(2)（神の）いさむるよりも、わりなし　「伝慈円筆切」『紫明抄』

(3)山さとのいふせさこそ、みねのかすみも、たえまなく　「伝慈円筆切」

(4)わか宮の御まへにとて、うつち、まいらせ給　「伝慈円筆切」『紫明抄』

(5)またふりに、山たちはなつくりて、つらぬきそへたる枝に　「伝慈円筆切」『紫明抄』

両本の注を見較べると、多少の差異が認められる。(4)の本文中「うつち（卯槌）」については、『紫明抄』は「江次第云」として、大江匡房〈一〇四一―一一一一〉の『江家次第』巻第二「正月乙」における「卯槌」の項を抜粋引用している。しかるに、この「伝慈円筆切」には本文のみで、その注記がないのは、煩雑を避けて書写を省略したのか。もしも、この「伝慈円筆切」が『紫明抄』の本文を転写したと仮定すると、『源氏物語』の摘出本文(1)・(3)が合致しないのは不合理である。したがって、この「伝慈円筆切本《（ママ）》」は『紫明抄』とは別の注釈書であったといえる。「伝慈円筆切」が『紫明抄』に先行するものであろうか。あるいはまた、佚亡していまは幻となった、源光行の『水原抄』の断簡ではないかと、想像をめぐらしている。

紙幅の制限があったためか、右の解題は多少わかりにくい書き方の箇所があるので、補足敷衍しておこう。「伝慈円筆切」と『紫明抄』には(4)の項目が共通するが『紫明抄』には本文も注釈もあるのに対して、「伝慈円筆切」には注釈部分がない。これは省略したと考えれば、両者が同一資料であることを考える上では必ずしも決定的なマイナスではない。

これに対して、「伝慈円筆切」は⑵⑶⑷⑸の部分があり、『紫明抄』には⑴⑵⑷⑸の部分がある。本断簡を『紫明抄』と断定するためには『紫明抄』には存する⑴の項目を欠くことが「不合理」で、逆に本断簡の⑶の項目が『紫明抄』にはないことが、両者を同一資料と考えるには「不合理」であり、これらを考えると、「伝慈円筆切」は『紫明抄』ではない。

さて、以上の解説はきわめて厳密に考察されており、『水原抄』の可能性はともかく、二つの資料がそれぞれ独自の項目を持ち、一方のみの欠脱とは考えにくいことから、「伝慈円筆切」は「『紫明抄』とは別の注釈書であった」とする結論は間断ないようであるが、どうであろうか。以下検討してみよう。

まず、『紫明抄』浮舟巻の冒頭の本文を、前節同様に、東京大学総合図書館本の本文で『源氏物語大成』のページ数行数と共に掲出してみよう。

○東大本

　光源氏物語巻第卅四　浮舟　宇治七

1をしこめて物ゑんしゝたる（一八六〇2）

　怨

2神のいさむるよりもわりなし（一八六〇5）

　戀しくはきても見よかしちはやふる神のいさむる道ならなくに

3わか宮の御まへにとてうつちまいらせ給（一八六三12）

　江次第云

春宮被獻卯杖、大進着腋陣、付藏人進之

次、大舎人進卯杖六十束

次、糸所進卯槌　如糸所　或者可居和歟
其料糸卯槌御机組幷縫覆敷料十両二分《十両イ》更三川糸
結組料七両二分　丹波糸　已上申請納殿、蔵人取之、
結付畫御帳懸角柱、副立細木為柱、槌末出五尺許

4またふりにはなれつ《ヒイ》くりてつらぬきそへたる枝ニ（一八六四5）
杈椏　方言云　江東謂樹曰、―砂鴉二音、和名末太布利

たしかに、東大本には「伝慈円筆切」にはなかった第一項目の「をしこめて物ゑんしゝたる　怨」という注釈、そして第三項目の「うつち」についての『江次第』などを引用した長文の注釈が存する。この二項目は東大本など内閣文庫本系統の独自項目ではなく、京大本系統にも同文があるのである。

○京大本
光源氏物語巻第卌四うきふね　浮舟　宇治七
1をしこめて物ゑんしゝたる
怨
2神のいさむるよりもわりなし
恋しくはきても見よかしちはやふる神のいさむるみちならなくに
3わか宮のおまへにとてうつちまいらせ給
江次第云
春宮被献卯杖、大進着腋陣、付蔵人進之
次、大舎人進卯杖六十束

次、糸所進卯槌　如糸所　或者可居机歟

其料糸卯槌御机組幷縫覆敷料十両二分参川糸　結組

料七両二分丹波糸　已上申請納殿、蔵人取之、結付昼御帳

懸角柱、副立細木為柱、槌末出五尺許

4またふりに山たちはなつくりてつらぬきそへたるえたに

杈椏　万言云　江東謂樹枝曰、――砂鵶二音、和名末太布利

こうしてみると「伝慈円筆切」と、東大本や京大本の『紫明抄』との懸隔は大きく、『古筆学大成』の言うように、『紫明抄』と断定するわけにはいかないようである。そこで、前節でも使用した内閣文庫三冊本と比べるとどうであろうか。

〇内閣文庫三冊本

光源氏物語巻第卅四　宇治七

浮舟

いさむるよりもわりなし

恋しくはきてもみよかしちはやふる神のいさむる道ならなくに

わか宮の御前にとてうつちまいらせ給またふりに

山たち花をつくりてつらぬきそへたる枝に

卯槌也　杈椏方言　河東謂樹枝口也

砂鵶二首　末太布利　和名

東大本や京大本の『紫明抄』の浮舟巻の冒頭から四つの項目と比較してみると、内閣文庫三冊本もやはり第一項目

の「物ゑんし」の項目自体を持たないという点において、「伝慈円筆切」と一致する。また第三項目である「わか宮の御前にとてうつちまいらせ給」という項目自体の本文は有しながらも、この見出しに対する注釈、すなわち『江次第』などを引用して「うつち」を説明する東大本・京大本『紫明抄』の注釈を持たないという点においても、内閣文庫三冊本と「伝慈円筆切」は共通する性質を持つのである。

さらに、第三項目の注釈がないために、「わか宮の御前にとてうつちまいらせ給」という第三項目の見出しと「またふりに山たち花をつくりてつらぬきそへたる枝に」の見出しとが一続きとなってしまっているという共通点もある。「伝慈円筆切」では、本来は第四項目の見出しである「またふりに山たち花つくりてつらぬきそへたる枝に」の部分が、「わか宮の御前にとてうつちまいらせ給」（第三項目の見出し）に対する注釈本文のようになっていた。これが、内閣文庫三冊本では「わか宮の御前にとてうつちまいらせ給またふりに山たち花をつくりてつらぬきそへたる枝に」と一続きとなって、見出し本文になってしまっているという点において、書写年代の下る内閣文庫三冊本の方が誤認の段階が一層進んでおり、転写を重ねる過程でこうしたことが生じたという点においても、前節の東屋巻断簡と通底するものがあるのである。

このように考えてくると、「伝慈円筆切」は単なる「源氏物語注釈切」ではなく「紫明抄切」と断定しても良さそうであるが、そのためには越えなければいけない問題が存するのである。それは、「伝慈円筆切」の、「神のいさむるみち」の引歌の項目と、「うつち」「またふり」が合体した項目の間にある、「山さとのいふせさこそみねのかすみもたえまなく」の一文である。これは『源氏物語』の本文であって、項目の見出しと目されるものであるが、この本文は、東大本や京大本はもちろん、内閣文庫三冊本のような特殊な写本や古筆切なども含めて、現在知られている『紫明抄』関係資料にはまったく目にすることのない項目なのである。この部分について解決ができない限り、「伝慈円筆切」は『紫明抄』と断ずることはできないのである。

この状況を打破するために、伝慈円筆の源氏物語注釈切に、東大本を翻刻した〈源氏物語古注集成〉一八『紫明抄』に倣って、『源氏物語大成』のページ数行数を入れてみる。

光源氏物語巻第卅四　浮船《うきふね》　宇治七
いさむるよりもわりなし（一八六〇5）
　こひしくはきても見よかしちはやふる神のいさむる
　みちならなくに
山さとのいふせさこそみねのかすみもたえまなく（一八六三4）
わか宮の御まへにとてうつちまいらせ給（一八六三12）
　またふりに山たちはなつくりてつらぬきそへたる枝に（一八六四5）
　杈椏　方言云　江東謂樹枝曰、々々 砂鵶二音 和名末太布利

こうしてみると、「いさむるよりも」の項目（一八六〇5）と「うつち」の項目（一八六三12）の間に、「山さとのいふせさこそみねのかすみもたえまなく」の項目（一八六三4）が、ぴったりと入ることが分かる。

とすれば、この項目は竄入などと考えるよりも、『紫明抄』に本来備わっていた項目と考えるべきではないだろうか。すなわち、何らかの注釈を意図して、「山さとのいふせさこそみねのかすみもたえまなく」という一文を立項したものであると考えるべきであろう。推測を重ねることになるが、「みねのかすみもたえまなく」という表現などに引歌の可能性を感じ取ったのではなかろうか。そうして立項してみたもののふさわしい引歌や、源泉となる表現を確定できずに、最終的にはこの項目は立項者によって削除されたのではないだろうか。後代の注釈書も、この部分に典拠を見いだすには至ってはいない。わずかに『岷江入楚』が「山さとのいふせさ」に対して「物思ひのはれすいふせき心也」と注しているぐらいである。いったんは注釈を意図したものの、適切な用例を見いだせずに、

項目自体を取り除いたのであろう。

このように考えてくると、葵巻や賢木巻で、一般的な『紫明抄』にはない項目でありながら、項目のみ立項していたり、具体的な注釈を示さずに「未勘」「可勘」などという形で記していた内閣文庫三冊本と通底することが分かる。稿者は、未整理段階の項目が立項されているという点において、内閣文庫三冊本を『紫明抄』の初稿本と推定したのだが、「伝慈円筆切」もまさにそうした性格を具備していると思われるのである。

初稿本の要素を残存させている資料と言っても、現存内閣文庫三冊本は書写年代も下り、かつ誤写誤脱の多い本文であるから、本来の初稿本に近い「伝慈円筆切」には残存しているが、内閣文庫三冊本には伝わっていない要素もあると考えるべきではないだろうか。

こうしたことを総合して考えると、「伝慈円筆切」は『紫明抄』と決定してよく、『紫明抄』が推敲を重ねて最終的に久明親王に献上されるまでの作成過程における、初稿本に近い姿を伝えているとみるべきであると考える。

おわりに

以上、『紫明抄』の断簡二葉について考えてみた。伝二条為世筆東屋巻巻頭切は、「紫明抄」という書名があるがために、作品認定が可能であった。ただしその本文は、今日活字翻刻や影印で見ることのできる一般的な『紫明抄』の本文と大きく異なっていた。もし切そのものに「紫明抄」という書名がなかったら、作品認定は著しく困難であったに違いない。また従来「源氏物語注釈切」とされていた伝慈円筆の断簡も『紫明抄』との関係が推測されながらも断定することが躊躇され、慎重に「注釈切」とされてきていた。

これら二葉は、特異な本文を持つ内閣文庫三冊本の『紫明抄』とのみ親近関係を有しており、『紫明抄』の初期の段階、初稿本的要素をもつ断簡と思われる。こうした資料は、東大本や京大本のような一般的な（流布本と言ってもよかろうか）『紫明抄』を基準に検討する限りは発掘できないものである（書名が断簡中に出てくるなどの僥倖があれば別であろうが）。同類の資料を探索するためには内閣文庫三冊本の存在が欠かせないのである。誤写誤脱の多い写本ではあるが、内閣文庫三冊本の翻刻とデータベース化が必要なのではないだろうか。そのことにより、初稿本系の古筆切が一枚でも多く究明されれば、『紫明抄』の成立過程が一層明らかになると思われるのである。

注

（1）田坂「『紫明抄』の古筆資料について」（『源氏物語享受史論考』風間書房、二〇〇九年）。
（2）田坂〈源氏物語古注集成〉一八『紫明抄』（おうふう、二〇一四年）。
（3）『源氏物語断簡集成』（汲古書院、二〇〇〇年）。
（4）二〇〇四年十月一日から十月十七日にかけて行われた秋の特別展「国文学と古筆」のために作成された図録、全四〇ページ。
（5）注（2）書
（6）『紫明抄・河海抄』（角川書店、一九六八年）。
（7）『京都大学国語国文資料叢書』（臨川書店、一九八一・八二年）。
（8）『龍門文庫善本叢刊』（勉誠社、一九八八年）。
（9）田坂「『水原抄』から『紫明抄』へ」「内閣文庫蔵三冊本（内丙本）『紫明抄』について」（『源氏物語享受史論考』風間書房、二〇〇九年）。

II

『紫明抄』を校訂する

第五章　二種類の『紫明抄』

はじめに

物語や歌集、あるいはそれらの注釈書は、現存する諸本を精査した上で、諸伝本の親疎関係によって、いくつかのグループに分類することから本文研究が始まる。

本章は、『源氏物語』の古注釈書である素寂の『紫明抄』の諸本が、大きく二大別出来るということを改めて主張するものである。具体的にいえば、内閣文庫所蔵の三冊本の『紫明抄』を、他の諸伝本すべてから切り離し、成立次元の異なるものとするという、明快な二分類を提案する。「二種類の『紫明抄』」と、標題に述べたところである。内閣文庫三冊本をあらかじめ特殊な本として除外するのである。これを除いた他の諸伝本の中が、従来言われてきた京都大学本系統と内閣文庫本系統に下位分類されるべきである、という考えである。

稿者はこれまでも、『水原抄』との関わりにおいて、内閣文庫三冊本を他と区別すべきことを主張したり、東京大学総合図書館本『紫明抄』の翻刻の解題においてそのことに言及したりしたが、今回『紫明抄』の諸伝本についての考察を進めるに当たって、諸本分類の最も重要な問題として、最初に取り上げるものである。

一　『源氏物語事典』の分類など

『源氏物語』の古注釈書について、最も早く総合的に記述したものは、東京堂から刊行された『源氏物語事典』の注釈書解題である。(1)今から半世紀以上前の刊行であるが、諸伝本の博捜と正確な位置づけ、視野の広い総合的記述、この二つが相まった高水準の解題は、今日でも参看されるべき基本文献としての地位はいささかも揺らいでいない。『紫明抄』に関しても、それ以前の到達点である池田亀鑑の分類から、いわゆる『異本紫明抄』（『源氏物語事典』ではこの名称で項目を立てる。論者によっては『別本紫明抄』との名称も使用される。現在では『光源氏物語抄』と呼ばれることが一般的である）を別資料として切り離している点が注目される。取り上げられている写本も、残存本である慶應義塾図書館本や鶴見大学図書館本を除けば、完本や残欠本のすべてを網羅している。ただ「内閣文庫三冊本は、十冊本（稿者注、内閣文庫十冊本のこと。内閣文庫本系統を代表する意味で使われている）の内容を少し省約したと思われるもので、本文などの挙げかたが粗雑なようである」という文言が多少誤解を与えやすかった感は否めない。『紫明抄』の伝本は、池田亀鑑の分類した、京都大学本系統と内閣文庫本系統に別れるとされてきたから、この記述では、内閣文庫三冊本は京都大学本系統の本文ではなく、内閣文庫本系統の分類に属すると受け取られかねないのである。(2)

『源氏物語事典』の段階で知られていた写本としては以下のものがある。まず、京都大学本系統としては、京都大学文学部本（完本）、京都大学図書館本（残欠本、若紫～花散里・玉鬘～竹河欠）、内閣文庫一冊本（残存本、桐壺～末摘花巻存）である。内閣文庫本系統（すべて残欠本、若紫～花散里欠）としては、内閣文庫十冊本、神宮文庫本、東京大学総合図書館本、龍門文庫本である。猶、その後発見された写本も含めての一覧は、記述の都合上、本編の最後にあたる、第十章「京都大学本系統『紫明抄』校訂の可能性」の第一節に掲出している。

京都大学本系統、内閣文庫本系統という、従来から使用されている二つの系統名は、内閣文庫に三種類の『紫明抄』があり、そのうちの一つ内閣文庫一冊本が、内閣文庫本系統の外に出て、京都大学本系統に属するという、多少分かりにくい点がある。それでも、内閣文庫三冊本を除けば、それ以外の諸本を二つに分類する点においては、極めて妥当である。ただ、この二分類と、「十冊本の内容を少し省約したと思われるもので」という記述が結びつけられれば（それに系統名としての内閣文庫本という影響もあるかもしれない）、三冊本は、京都大学本系統と内閣文庫本系統に二分類したものの中に吸収されてしまうことになろう。

しかし、内閣文庫三冊本は、京都大学本系統・内閣文庫本系統という二つの分類の外に立つものであって、まずこの写本を独立したものとして分類した上で、その後に従来の二分類を置くべきであるというのが稿者の考えである。すなわち、内閣文庫三冊本を初稿本として分離させ、他の写本を再稿本、もしくは成稿本などとして、その成稿本の分類として、京都大学本系統・内閣文庫本系統を分けるという方式である。

このことについては、小著『源氏物語享受史論考』所収の論考中で述べたが[3]、その補足の意味もかねて再述してみたい。小著では、河内方の宗家と分家、すなわち聖覚・行阿に対抗する素寂という観点を導入して、聖覚側の資料である『水原抄』の残存本と見なすべき『葵巻古注』を資料として援用した。そのため、『水原抄』や『原中最秘抄』との関係もあって、葵巻を中心にして、内閣文庫三冊本『紫明抄』について述べた。本章では、その考えを補強するために、葵巻の前後の巻である花宴巻と賢木巻とをとりあげて、再稿本系統の最善本である京都大学文学部本（以下、京大本と略称）と、初稿本と目すべき内閣文庫三冊本を、各巻頭から数項目完全に比較してみたい。

二　花宴巻の三冊本と京大本

まず、花宴巻の冒頭部分約一〇項目を比較してみよう。最初に京大本の冒頭九項目まで挙げる。項目には通し番号を付している(4)。また、内閣文庫三冊本との比較において、項目の排列が重要な問題と思われるので、項目位置を示すために、当該項目の『源氏物語大成』の当該ページと行数を示した。改行などは出来るだけ原形を復元したが、注記は本文より二字下げの形で記した。

1きさらきのはつかあまり南殿のさくらの宴せさせ給（二六九1）
　天徳三年三月に内裏に花の宴せさせ給けるに、九条右大臣師輔公
　さくら花こよひかさしにさしなからかくてちとせの春をこそへめ

2上達部みこたちよりはしめてそのみちのはみなたんゐん給はりてふみつくり給（二六九4）
　探韻也　各分一字詩也　小野宮記云、重陽宴、各一字於御前取孔子探得何字云々、以之可知之

3さての人はみなおく《臆》しかちにはなしろめるおほかり（二六九7）
　はなしろめる　嗚呼事也云々

4かゝるかたにやんことなき人おほく物し給ころ（二六九9）
　一条天皇御代をいふにや

5やう〳〵いり日になるほとにはるのうくひすさえつるといふまひおもしろく見ゆ（二六九13）
　春鶯囀一越調

6頭《致仕》中将いつらをそしとあれは柳花苑といふまひをいとおもしろくまひ

給へはおほんそ給はりてめつらしきれいに人おもへり（二七〇3）

柳花苑　有楽無舞

此楽、舞面婆羅門僧正持来、然而未舞、女形舞也、其姿《スカタ》如

吉祥天女、舞躰柔々静々而已、但貴人間有舞楽例歟　可尋之

賜御衣事、同可尋之

7詩とも講するに源氏の君の御をは講師もえよみやらすく《句》ことにす《誦》しの丶しる（二七〇6）

詩歌ともに御《オム》といふ常事也

8おほろ月よににる物そなきとうちすしてこなたさまにはくる物か（二七一8）

不明不暗朧々月、非暖非寒漫々風　文集嘉陵春月詩

てりもせすくもりもはてぬ春のよのおほろ月よにしく物そなき　大江千里

9いと心あはた丶し（二七二5）

周章

次に同じ部分を、内閣文庫三冊本から引用する。項目の通し番号の付し方は、京大本に同じである。改行などもできるだけ原形のまま掲出することにつとめた。注記本文は原写本では引用本文より四字下げぐらいで記すが、比較の便のため京大本の形に合わせて二字下げにした。京大本に存在しない、内閣文庫三冊本の独自項目は、「2の2」の形で記した。京大本と共通する第二項目の次に、もう一つ新たな項目があるとの意味である。かつ、内閣文庫三冊本の独自項目として丸囲み数字で番号を付けている。

1きさらきのはつかあまり南殿の桜のえんせさせ給（二六九1）

天徳三年に内裏に花のえんせさせ給ける

九条右大臣

桜花こよひかさしにさしなからかくて千年せの春をこそつめ

2かんたちめみこたちよりはしめてそのみちのはみなたんいん給てふみつくり給（二六九4）

探韻也　各分一字詩也　小野宮記云、重陽宴、各分一字御前取乃子探得何字云々、以之可知

①2の2宰相中将春といへるし給れりとの給こゑさへ人にことなり（二六九5）

六条院于時宰相中将也

3さての人はみなおくしかちにはなしろめるおほかり（二六九7）

嗚呼事也

4かゝるかたにやんことなき人おほくものし給ころ（二六九9）

一条天皇御代をいふにや

5やう〳〵いり月なるほとに春の鶯さえつるといふまひ（二六九13）

春鶯囀也　一越調子

6頭中将いつらをそしとあれは柳花苑といふまひをいとおもしろく舞給へはおほんそ給てめつらしきれいと人思へり（二七〇3）

柳花苑は有楽舞なし、此楽舞は面婆羅門僧正持来、然而未舞、如形舞也、其姿如吉祥天女、舞時柔々静々而也、但貴人有舞楽例歟、可尋之、賜御衣事、同可尋之

7詩をも講せるに源氏の君のは講師もえよみやらす」
□□《ママ》句ことにすしの丶しる（二七〇6）
　詩歌ともに御といふ常事也
②7の2おくのくる丶ともあきて（二七一6）　くる丶戸也
8おほろ月夜ににる物そなきとうちすして（二七一8）
　てりもせすくもりもはてぬ春夜のおほろ月夜ににる物そなき
　文集　不明不暗朧々月、非暖非寒漫々風　嘉陵春月詩
9いと心あはた丶し（二七二5）　周章也

まず、基本的事実の確認から進めたい。当然のことであるが『紫明抄』の引用本文は、京大本であるにせよ、内閣文庫三冊本であるにせよ、河内本系統であることが一目瞭然である。

第二項目「かんたちめみこたち」とあるが、これは河内本の独自の形で、青表紙本では「みこたちかんたちめ」と転倒した形の本文である。第七項目「詩とも（内閣文庫三冊本は「詩をも」）」も、青表紙本では「ふみども」とあるところである。従って『紫明抄』の引用本文は河内本資料としても有効であるし、『紫明抄』の写本間で『源氏物語』からの引用本文に相違がある場合、河内本の中の異同と連動する可能性もある。『源氏物語』の本文資料としても『紫明抄』は重要なのである。

さて、第五項目を取り上げて比較してみよう。注記項目を立てるに際して、京大本『紫明抄』の『源氏物語』からの引用本文が「やう〳〵いり日になるほとにはるのうくひすさえつるといふまひおもしろく見ゆ」であるのに対して、内閣文庫三冊本『紫明抄』の引用本文が「やう〳〵いり月なるほとに春の鶯さえつるといふまひ」で止まっており、後続の「おもしろく見ゆ」の部分を持たない。このような引用本文の長短が『紫明抄』の諸本によって見

られるものであることは、従来から気がつかれていたことであり、これは『紫明抄』諸本の親近度を計ったり、系統分類をするときに、ある程度の目安となるものである。その一方で、内閣文庫三冊本は、引用文の「入り日に」を「入り月」と誤ったり、注釈部分の「一越調」を「一越調子」とするなど、書写態度の厳密性という点で疑念を挟まざるを得ない点があることも間違いないところである。

書写態度の厳密性に不安があるという点では、第七項目も同様で、京大本のように、「源氏の君の御をは」とあるからこそ、「詩歌ともに御といふ常事也」という注記が必要なのであって、内閣文庫三冊本のように「源氏の君のは」の本文では、注記が浮いてしまうのである。第六項目の注記本文にも、誤写による異文の派生を見ることができる。これは書写者の知識や教養に関わる問題かもしれない。

こうした、内閣文庫三冊本の書写者や書写態度の問題点の存在は、あるがままに認めた上で、注目すべき事は、独自の注釈項目の存在である。

当該部分、京大本『紫明抄』の注釈項目数が九項目であるのに対して、内閣文庫三冊本『紫明抄』は一一項目である。そもそも内閣文庫三冊本は、他の『紫明抄』諸本に比べて圧倒的に項目数が少なく、それゆえに従来は省略本とか抄出本とか言われてきたのであるが、この箇所は内閣文庫三冊本の方が項目数が多く、独自の二項目を持つのである。単なる省略本ならば独自項目など存在しないはずである。

内閣文庫三冊本『紫明抄』の独自項目は、「2の2」「7の2」の形で示したように、京大本の第二項目、第七項目の、それぞれ次に位置する注釈である。それら二項目を再掲すれば次のようになる。

2の2

宰相中将春といへるし給れりとの給こゑさへ人にことなり（二六九5）

六条院于時宰相中将也

7の2
おくのくる丶ともあきて（二七一6）　　くる丶戸也

2の2の項目の「六条院于時宰相中将」という書き方といい、7の2の項目の「戸」という漢字を充てる形の注釈といい、ともに『水原抄』[5]や七毫源氏[6]の行間注などにも見られた初期の注釈の形式であることが注意される。さらに、付記した『源氏物語大成』のページ数行数から明らかなように、これらの独自項目が適切な場所に存在しているという点も重要である。本来の第2項目が『源氏物語大成』二六九ページ四行目、第3項目が同ページ七行目、そのわずかな間に、同ページ五行目の「宰相中将春といへるし給れりとの給こゑさへ人にことなり」の項目が正確に入っているのである。注釈項目数に相違がある場合、後から追加されたか、削除されたかの二つの可能性があるが、この例のように、言わばピンポイントで正しい位置に入っている場合は、項目数の多い形から削られたと考える方が自然であろう。『源氏物語』の原本を横に置いて、一つ一つ注釈の位置を確認しながら挿入していくということまで想定する必要はなかろう。7の2の項目も、京大本の七番目と八番目の項目の間にぴたりと入っている。注釈の内容や、注釈の位置の問題などを総合的に考えて、京大本のような形の『紫明抄』に、後人が書き加えたという可能性は低いと思われるのである。

結局、内閣文庫三冊本『紫明抄』は、従来知られていた諸本とは異なる系統の伝本であるとせざるを得ないのである。

三　賢木巻の三冊本と京大本

次に、賢木巻の冒頭部分数項目を挙げて比較してみよう。京大本の冒頭の五項目と、それに該当する内閣文庫三冊本の七項目である。まず京大本を掲出する。

1斎宮の御くたりちかうなりゆくまゝに御息所は心ほそくおもほす
　おやそひてくたり給れいはことになかりけれと（三三三1）

斎宮母子下向例
円融院御時、斎宮規子女王　伊勢へおはするに、母女御徽子女王号斎宮女御も
くしておはすとて
よにふれは又もこえけりすゝか山むかしのいまになるにやあるらん
この女御はもと斎宮也、式部卿重明親王一女也、母太政大臣忠平公貞信公
女也、朱雀院御時承平六年九月為斎宮、帰京之後、天暦二
年十二月入内、同三年四月為女御云々、年二十、為村上女御、生
女宮規子、彼姫宮為斎宮、向伊勢国之時、詠此哥、又女御徽子
おほよとの浦にて
おほよとのうらたつなみのかへらすはかはらぬ松のいろを見ましや

2かはらぬいろをしるへにてこそいかきもこえ侍にけれ（三三六2）
ちはやふる神のいかきもこえぬへしいまはわか身のおしけくもなし
おほ宮人の見まくほしさにとも

3十六日御はらへし給つねのきしきにまさりてちやうふそうしなとやむ
ことなき人すへてさらぬ上達部心にくゝよしあるかきりつかう
まつり給へり（三三八13）

長奉送使
天暦御時、斎宮くたり侍ける時の長奉送使にてまかり
かへらんとて　　　　　　　　　　　　中納言朝忠
よろつよのはしめとけふをいのりをきていまゆくすゑは神そしる覧拾遺

4かけまくもかしこき御まへにとて（三三九2）
かけまくはかしこけれともいはまくもゆゝしけれともかすか山記詮人丸高市親王奉短哥

5大将殿よりれいのつきせぬ事ともきこえ給へりかけまくもかしこき御
まへにとてゆふにつけてなるかみたにこそ（三三九2）
あまのはらふみとゝろかしなるかみもおもふなかをはさくる物かは

第一項目の引用本文は、『源氏物語』では二箇所に分かれており、「斎宮の御くたりちかうなりゆくまゝに御息所は心ほそくおもほす」という冒頭部分と、約一五〇字後ろの「おやそひてくたり給れいはことになかりけれと」という二つの部分を、『紫明抄』では直結させている。『源氏物語』の引用本文については、小さな異同であるが、「御息所は（河内本）」「御息所（青表紙本）」、「そひて（河内本）」「そひ（青表紙本）」、「れいは（河内本）」「れいも（青表紙本）」、「なかりけれと（河内本）」「なかりけれ（青表紙本）」と、河内本の本文の特質がここでもよく見えている。第三項目の「十六日御はらへ」も河内本の独自の本文であり、青表紙本は「十六日桂川にて御はらへ」とあり、別本陽明文庫本・御物本は河内本に同じく、保坂本は青表紙本と同文である。

次に、この部分を内閣文庫三冊本で掲出してみる。

1斎宮の御くたりち（ママ）くなるまゝにみやすん所は心ほそく
おもほすおやそひてくたり給れいはことになかりけれは（三三三1）

斎宮母子下向例　円融院御時、斎宮規子女
王伊勢へおはするに、母女御徽子女王　号斎宮女御も具しておはす
よにふれは又もこえけりすゝか山昔のいまになるにやあるらん
此女御はもと斎宮也、式部卿重明親王一女也、母太政
大臣貞信公忠平公女也、朱雀院御時、承平六年九月
為斎宮、帰京之後、天暦二年十二月入内、同三年
四月為女御云々、年廿、為村上女御、生女宮規子、後
姫宮為斎宮、下向伊勢国之時、詠此哥、又女御徽子
おほよとの浦にて
大淀の浦たつ浪のかへらすはかはらぬ松の色をみましや

①1の2いとあまりむもれいたきに（三三四4）　未勘

②1の3秋のくさみなおとろへてあさちかはらもかれ〳〵になるむしの音を松風すこく吹あはせたる（三三四6）　未勘

2かはらぬ色をしるへにてこそいかきもこえ侍にけれさも心うくときこえ給（三三六2）

ちはやふる神のいかきもこえぬへし今は我身のおしけくもなし

3十六日に御はらへし給つねのきしきにまさりてちやうふそうしなとやんことなきすへて上達部心にくゝよしあるかきりつかうまつり給へり（三三八13）　長奉送使事

天暦御時、斎宮下侍ける時の長奉送使にて

まかりかへらんとて　　中納言朝忠

万代の始とけふをいのりをきていま行末は神そしるらん

4かけまくもかしこき御まへにとて（三三九2）

万短かけまくもかしこけれともいはまくもゆ、しけれともかすか山　人丸

5ゆふにつけてなる神たにこそ（三三九3）

あま原ふみと、ろかしなる神も思ふ中をはさくる物かは

京大本の第五項目の引用本文が「大将殿よりれいのつきせぬ事ともきこえ給へりかけまくもかしこき御まへにとてゆふにつけてなるかみたにこそ」と長文であって、しかもその中に第四項目の引用本文の「かけまくもかしこき御まへにとて」が重出する形であったのに対して、内閣文庫三冊本では、第五項目が「ゆふにつけてなる神たにこそ」と末尾の部分だけの形となって、第四項目の引用本文ときちんと棲み分けた形になっている。第五項目は「あま原ふみと、ろかしなる神も思ふ中をはさくる物かは」の引歌を注記しているのであるから、「なるかみ」というキー・ワードに絞り込んだ内閣文庫三冊本の引用本文の形が簡にして要を得たものであるといえる。もっとも、内閣文庫三冊本の引用本文の形が常によいわけではない。第二項目は京大本が「かはらぬいろをしるへにてこそいかきもこえ侍にけれ」とあるのに対して、内閣文庫三冊本はさらに続けて「さも心うくときこえ給」と長く引用する。「ちはやふる神のいかきもこえぬへしいまはわか身のおしけくもなし」の引歌に対しては、京大本のような形で十分であり、要するに引用本文の長短は、伝本の分類には使えても、優劣を測ることはできないと考えるべきである。

さて、賢木巻の冒頭部分の比較において、もっとも目を引くのは、京大本の五項目の間に、内閣文庫三冊本の独自項目が二項目割り込んだ形となっている。すなわち、花宴巻と同様に、三冊本の方が項目数が多いのである。

今回の賢木巻冒頭近くの独自項目の特徴は、項目のみの掲出で、注釈本文が見られないという点にある。

1の2

いとあまりむもれいたきに（三三四4）　未勘

1の3

秋のくさみなおとろへてあさちかはらもかれ〳〵になるむしの音を松風すこく吹あはせたる（三三四6）　未勘

ここに見られる、二つの「未勘」という文字こそが、内閣文庫三冊本の独自項目の特質を最もよく示していると思われる。小著で詳述したことであるが、具体的な引歌が思いつかなくとも、なんらかの引用があるのではないかと思われる箇所は項目だけを挙げておき、後考を俟つという形を取っていることこそが、初稿本的要素なのである。長期にわたる注釈書作成作業の中で、まず必要な項目をすべて列挙して、すぐに正答が得られる部分については並行して書き込みながら、難義語、難義注については保留にしておいたのである。保留項目のうち、後日解答が得られたものは書き込んだが、最後まで（注釈書としての一応の区切りを付けるまで）求める答えが得られなかった場合は、最終的に項目を削除したのであろう。削除した最終形式のものが京大本などである。議論を単純化するために、初稿・再稿という言葉を用いているが、もちろん、三度、四度と全体にわたって手を入れた可能性はある。ただ、現在残っている伝本による限り、内閣文庫三冊本とその他の伝本の二つに分けるのが自然であると思われる。

なお、内閣文庫三冊本の独自項目の引用本文のうち「秋のくさ」はやはり河内本（別本国冬本・伝為相筆本も同じ、陽明文庫本は「秋の草も」）独自の本文で、青表紙本や保坂本などでは「秋の花」とあることも確認しておきたい。また、二つの独自項目が、『源氏物語』本文の流れの中で、正しい場所に位置していることも、花宴巻と同様であることを述べておきたい。

このことは、三冊本の独自項目が、もし『紫明抄』成立後に後人によって書かれたとするならば、正確に河内本の本文を使用し、正確に既存の注釈の間に挿入するという、きわめて慎重な作業をなしたことになる。そのように考えるよりは、『紫明抄』の成立過程を反映したもので、初稿段階や草稿段階の形態をとどめていると考える方が蓋然性が高いといえるのではなかろうか。

おわりに

以上、内閣文庫三冊本『紫明抄』と京大本『紫明抄』の花宴巻・賢木巻の巻頭部分を完全に比較してみた。内閣文庫三冊本の特徴と思われる部分を抽出して、伝本の総合的位置づけを行うことは『源氏物語享受史論考』で試みたので、今回は、いわば定点観測の形で、内閣文庫三冊本と京大本の違いを浮かび上がらせようとしたのである。結論を述べれば、『紫明抄』の伝本は、内閣文庫三冊本と、それ以外の諸伝本との二種類の『紫明抄』があると考えるのが最も妥当である。

注

（1）池田亀鑑編『源氏物語事典』（東京堂、一九六〇年）下巻。「注釈書解題」の執筆者は大津有一。

（2）その後の『日本古典文学大辞典』（岩波書店、一九八四年）の「紫明抄」の項目（山本利達執筆）では、「本文上は二系統に別れる（中略）三冊本は内閣文庫本のみで、同じ本文系統（稿者注、内閣文庫本系統）の略本である」と記され、『紫明抄』の伝本を、京大本系・内閣文庫本系に二大別するという考えが一層推進されている。

（3）田坂「『水原抄』から『紫明抄』へ」「内閣文庫蔵三冊本（内丙本）『紫明抄』について」（『源氏物語享受史論考』風間書房、二〇〇九年）。

（4）　田坂編〈源氏物語古注集成〉一八『紫明抄』（おうふう、二〇一四年）所載の番号と一致する。
（5）　『水原抄』については、寺本直彦『源氏物語論考―古注釈・受容』（風間書房、一九八九年）所収の諸論考、及び田坂注（3）書を参考のこと。
（6）　七毫源氏については、近時、豊島秀範「吉川家本（毛利家伝来『源氏物語』）の目録と巻末注記―七毫源氏との比較」、太田美知子「七毫源氏「須磨」巻の本文について」、浅川槙子「七毫源氏「浮舟」巻について」（いずれも『源氏物語本文の再検討と新提言』三、二〇一〇年）などの報告がある。行間注を含めた全文翻刻が待たれる。

第六章　内閣文庫三冊本『紫明抄』追考

はじめに

内閣文庫には三種類の『紫明抄』が所蔵されている。冊数でいえば、十冊の本（和三一九五四、特一〇の四）、一冊の本（和一七六八七、二〇三の二〇）、三冊の本（和二四八九四、二〇三の二一）である。『紫明抄』の諸本の系統に関しては、従来、京都大学本と内閣文庫本が系統の代表名のように使用されてきた。京都大学には、文学部と図書館に二種類の『紫明抄』が所蔵されているが、これは本文系統が同じであるために、京都大学本系統という呼称と矛盾しない。それに対して、内閣文庫の三種類は、十冊の本が内閣文庫本系統の呼称の由来となったものであるのに対して、一冊の残存本（桐壺巻から末摘花巻まで）は京都大学所蔵の二本に近く本文系統としては京大本系に含まれるので注意を要する。残る三冊本は、従来は所謂内閣文庫本系統に近いものとされてきたが[1]、京都大学本系統のみならず内閣文庫本系統の諸本とも距離を有する伝本であり、内容的には初稿本的要素を残存させているものと考えるべきである[2]。稿者は、近年『紫明抄』の諸本についていくつかの論考を公にしている[3]。しかし内閣文庫三冊本については、『水原抄』の残巻と思われる『葵巻古注』との関連から述べたために、葵巻や賢木巻の考察が中心であった[4]。そこで本章では、同じく三冊本の特徴がよく現れている手習巻を中心に取り上げて考察してみたい。

一　内閣文庫三冊本の特色

内閣文庫三冊本の特色を最もよく表していると思われる箇所を掲出してみよう。一項目だけを抜き出すと恣意的になるから、数項目まとまった箇所で見てみる。手習巻の冒頭から四分の一ぐらい過ぎた部分である。

三月下旬の頃、宇治院の裏手で瀕死の状態で横川の僧都に発見された浮舟は、僧都の妹尼の住む坂本の小野に身を寄せていた。季節は夏から秋に移り、僧都から戒を受けた浮舟は手習をしつつ自己の半生を振り返るようになる。そこに尼の婿の中将という新しい人物が現れ、物語は新たな波乱を胚胎させていくというあたりである。

まず比較対照のために『紫明抄』の注釈を京都大学本系統で示してみる。(5)

27なにゝほふらんとくちすさひて（二〇一〇3）

　こゝにしてなにゝほふらんをみなへし人の物いひさかにくきよに

28あま君まつちの山となん見給ふるといひいたし給（二〇一二7）

　いつしかとまつちの山のさくら花まちいてゝよそにきくかゝなしさ後撰

　たれをかもまつちの山のをみなへし秋をちきれる人そあるらし小野小町

29しかのなくねになとひとりこつ（二〇一五10）

　山さとは秋こそことにわひしけれしかのなくねにめをさましつゝ古今　忠峯

項目の前の数字は、手習巻の注釈の通し番号である。(6)この部分、京大本と内閣文庫本系統とに項目数の相違はない。括弧の中の漢数字とアラビア数字は当該本文の『源氏物語大成』のページ数と行数である。

この部分に該当する内閣文庫三冊本の注釈を掲出してみる。

Rおまへかきをみなへしを折てなに匂ふらんと口すさみて（二〇一〇3）

こゝにしもなに匂ふらん女郎花人の物いひさかにくき世に

Sあま君まつちの山となむ見給ふる（二〇一三7）

後撰いつしかとまつちの山のおみなへし

誰をかもまつちの山の女郎花秋を契れる人そあるらし小町

TUまらうとは、いつら、あな心う、秋を契れるはすかひ給ふにこそ

ありけれ（二〇一四6）鹿の鳴ねになとひとりこつ（二〇一五10）

古山里は秋こそことにさひしけれ鹿の鳴音にめをさましつゝ忠峯

アルファベットは、内閣文庫三冊本の注釈の通し番号の代わりに用いたもの。大文字から小文字へと移行する。したがって、Rとは内閣文庫三冊本の第一八番目の項目、Sとは内閣文庫三冊本の第一九番目の項目である。aならば二七番目の項目になる。多少分かりづらいが、数字を使うと京大本の番号と混乱するために、あえて英文字を使った。最後の項目にTUと二項目分の英文字を割り当てたことについては後述する。

さて、上掲の部分を一見すると、R（アルファベット一八番目）とS（アルファベット一九番目）が、京大本の二七、二八項目に該当することが分かる。この時点で、内閣文庫三冊本は京大本よりも項目数が九項目少なくなっている。内閣文庫三冊本が抄出本と言われる所以でもある。ただし、引用本文で内閣文庫三冊本の方が京大本より長かったり、内閣文庫三冊本には独自項目もあることから、単純な抄出本と考えるには問題がある。さて、この二項目を比較すると、小異はあるものの「こゝにしも（京大本こゝにして）なに匂ふらん」「いつしかとまつちの山の」「誰をかもまつちの山の」の三種の引歌を掲出する注釈は一致することが分かる。「も」「て」の助詞一文字の相違、集付の位置が上か下か、という微細な相違である。内閣文庫三冊本は、「いつしかとまつちの山のおみなへし」が上の

句のみであるが、これはこの写本にはしばしば見られることで、抄出・省略という意識の一つの表れであろう。

注釈部分の近似性に比べると、項目を立項する『源氏物語』からの引用本文では長短精粗の差が著しい。

京大本二七項目の「なに丶ほふらんとくちすさひて」の部分の前に内閣文庫三冊本R項目では「おまへかきをみなへしを折て」の部分が加わった形である。「かき」は「ちかき」の「ち」を脱したもので「御前近き女郎花を折りて」の意味である。このように誤写・誤脱が極めて多いことが内閣文庫三冊本固有の性格をわかりにくくしている。「おまへ」の部分も『源氏物語』の主要諸本すべてが「まへ」であって、内閣文庫三冊本が「御」を有している『源氏物語』の本文を引用しているのか、単なる誤写であるのかは不明である。ともあれ、内閣文庫三冊本R項目の方が、京大本に比して引用本文が長く、「をみなへし」の部分をも持っているために、「こ丶にしもなに匂ふらん女郎花」の引歌との関連が緊密である。

これに対して、内閣文庫三冊本S項目の「あま君まつちの山となむ見給ふる」は京大本の「あま君まつちの山となん見給ふるといひいたし給」の末尾七文字を省略した形で、ここは京大本のように「といひいたし給」の部分は注釈には必須の箇所ではない。

この二箇所の『源氏物語』本文の引用は内閣文庫三冊本の方が、京大本や所謂内閣文庫本（引用しなかったが内閣文庫本系統も京大本とほぼ同文）よりも適切な引用になっているが、優劣の問題はさておき、現象としての引用本文の長短と言うことのみ確認しておこう。(7) 引用本文の相違は、『紫明抄』の系統を見極める上で重要な要素であるが、この二箇所では、京大本・内閣文庫本系統が一致して内閣文庫三冊本に対して共通異文を形成していることを押さえておきたい。

そのうえで、TUとして掲出した「まらうとは、いつら、あな心う、秋を契れるはすかひ給ふにこそありけれ、鹿の鳴ねになとひとりこつ」の部分について考えてみよう。これも一見すると、京大本の「しかのなくねになとひとりこつ」にそれ以前の本文が付着した形のように思われ、注釈も同じ『古今集』忠峯の「山里は秋こそことにわひしけれ（内閣文庫三冊本は「さひしけれ」）鹿の鳴音にめをさましつゝ」を引歌として掲出しているから、内閣文庫三冊本R項目と同様に、注釈内容も同じで、引用本文の長短だけの差異と思いがちである。しかし、内閣文庫三冊本では一続きで記されている「まらうとは、いつら、あな心う、秋を契れるはすかひ給ふにこそありけれ、鹿の鳴ねになとひとりこつ」は『源氏物語』の本文に照らしてみれば「まらうとは、いつら、あな心う、秋を契れるはすかひ給ふにこそありけれ」と「鹿の鳴くねになとひとりこつ」とは、二首の和歌を間に挟み、五〇〇字以上隔たった場所にあるのである。とすればこれは、元来は別々の項目であったものと考えるべきではなかろうか。本来の形として、次のような姿を想定すべきであろう。

Tまらうとは、いつら、あな心う、秋を契れるはすかひ給ふにこそありけれ（二〇一四6）

（本来はここに注釈本文があるはず）

U鹿の鳴ねになとひとりこつ（二〇一五10）

古山里は秋こそことにさひしけれ鹿の鳴音にめをさましつゝ忠峯

これが何らかの事情でTの項目の注釈の部分が記されなかったがために、TとUの引用本文同士が隣り合ってしまい、さらには一続きのものと認識されて、一文のように記されたのが、内閣文庫三冊本の形なのであると推察される。「秋を契れる」は、第二八項目（内閣文庫三冊本本S項目）の「待乳の山」の注釈と同じく「誰をかもまつちの山の女郎花秋を契れる人そあるらし」の小町歌に依るものだから、略記されたか何かで短い注釈であったものが、後に省略されたか、誤脱したかで、引用本文のみが残ったのであろう。現在の内閣文庫三冊本が、実に多くの誤写誤脱を経ているということも、こうした誤認の背景にあるだろう。本節の冒頭で、この部分にTUの二つの英文字を割り当てたのは、本来は別々の項目であったという認識による。

「はじめに」で述べたごとく、内閣文庫三冊本を除けば、『紫明抄』は、京都大学本系統と内閣文庫本系統に二大別される。従って両系統とそれぞれ比較しなければならないが、京都大学本系統と内閣文庫本系統が一致して内閣文庫三冊本と対立する箇所がほとんどであるので、煩瑣を避けて京都大学本系統の京大文学部本で代表させているが、内閣文庫本系統が京都大学本系統と異なる本文の場合は、当然それをも目配りに入れなければならない。

ここでは、京大本第二七項目（内閣文庫三冊本R項目）が問題になってくる。内閣文庫本系統の東大本によれば以下のようになっている。

27なにしほふらんとくちすさひて（二〇一〇3）

こゝにしてなにしほふらん女郎花人の物いひさかにくき世に

「なに匂ふらん」の部分、『源氏物語』の本文も引歌も、京都大学本系統も内閣文庫三冊本も同文であるが、内閣文庫本系諸本はここが、「なにしほふらん」である。『源氏物語』の諸本では、河内本・青表紙本ともに「にほふらん」であるが、単純な誤写とも言い難いようである。別本陽明文庫本は「しほふらん」の本文を持ち、『紫明抄』内閣文庫本系統の本文が孤立しているわけではないということを指摘しておこう。

二　複数項目の合体

本節では、前節のTUの例のように、複数の注釈が一続きになって、通常の『紫明抄』に対して異文を形成する場合の代表的なものをみてみよう。

まず手習巻冒頭を京大本と内閣文庫三冊本で掲出する。

1てしのなかにもけんあるしてかちしさはく（一九八九10）　弟子　験　加持

2なかゝみふたかりて（一九八九13）　長神
3しそくへきいんをつくりつゝ（一九九〇14）　退　印
4きつねの人にへんけするとむかしよりきけと（一九九一5）　変化
5しんこんをよみ（一九九一10）　真言
6ひさうのけしからぬ物（一九九一11）　非常
7むかしありけんめもはなもなかりけんめおに《目鬼》ゝやあらん（一九九二13）

　文殊楼無目児事歟

ABCD故朱雀院おほん領にて宇治院といひし所（一九八九14）　もの、
ゐたるすかたなりきつねのへんけしたるにこそ見あ
らはさむ（一九九〇11）かしらのかみあらはふとりぬへき心地す（一九九〇14）むかし
ありけむめもはなもなかりけんおにゝやあらん（一九九二13）

　女鬼　文殊楼無目児事歟　惣持院

内閣文庫三冊本は、京大本の七番目の項目の注釈を持っているが、引用本文は実は異なる四箇所からの引用をつなぎ合わせた形になっている。『源氏物語大成』のページ数行数から分かるように、内閣文庫三冊本は、京大本の第一から第六までの項目を持たずに、その代わり、「宇治院」「きつねのへんけ」「かしらのかみ…ふとりぬ」の三つの項目を内包させている。いづれも注釈が必要と考えても不思議ではない部分で、内閣文庫三冊本の祖本はこれらの項目に注釈を付する予定であったのであろう。猶、「きつねのへんけ」は、京大本第四項目と同じように見えるが、本文引用箇所は別の部分である。「宇治院」と「きつねのへんけ」の本文引用の間には、約二字分の空白があり、本来は別項目であったことを示している。しかし三項目とも改行と項目との間には関連がなく、内閣文庫三冊本の書写者は一続きと認識しているようである。

次に、京大本二五・二六項目の箇所、三六・三七項目の箇所、三九項目、四五項目の注釈を取り上げる。四つに分けて見てみる。

25すいはん（二〇〇八1）　　水飯

26はすのみ（二〇〇八1）

　藕実一説云、蓮子ハ盃之一名也、是ハ盃ヲイタセルヲイフニヤト云々　但ス、シヤカニウルハシキハスノミ、トソ心ウヘキ

NOPQ世中にあらぬ所はこれにやあらんとそかつは思ひなされける（二〇〇六8）

かきほにうへたるなてしこもおもしろくをみなへしき、やう

なとさきはしめたり（二〇〇七2）人々にすいはんなどやうの物くはせ

君にもはすのみやうの物いたしたり（二〇〇八1）うちたれかみの見えつるは（二〇〇九7）

　垣ほに植たる瞿麦　女郎花　桔梗　水飯　藕実

ここでも「すいはん」「はすのみ」の項目の前に二項目、後ろに一項目繋がる形になっている。そのうち内閣文庫三冊本の二番目の項目Oは「垣ほに植たる瞿麦女郎花桔梗」と漢字を宛てる形の注釈が付されている。一番目Nと四番目Qの項目には該当する注釈がない。おそらく前者は「これにやあらん」という文章が下接していることから、引歌か出典を予想したもの、後者は「うちたれかみ」の語釈でもあろうか。このうち項目Nについては、『花鳥余情』が、「世の中にあらぬ所もえてしかな年すきにけるかたちかくさん」の『拾遺集』の和歌を挙げている。[8] Qについては、現代の注釈書が「髪の様子から、凡々たる女房の身分ではないと見た」[9]などと注するが、古注では特に目に付くものはない。内閣文庫三冊本は、引用本文が複数連接するときも、最後の引用本文に対して注釈を付するのが一般的であるが、これは最終項目の「うちたれかみの見えつるは」に注釈がない。これは注釈が誤脱したか、

項目立項のみで注釈が付されなかったかであろう。

36ほさつ（二〇一七10）　菩薩

37まひあそふ（二〇一七11）　舞遊

ｂｃｄこくらくといふなる所には菩薩なともみなかゝる事をして

天人まひあそふこそたふとかなれ、をこないまきれつみ

うへき事か。（二〇一七10）みなこと物とこゑやめつるをこれにのみめて

たると思ひて、たりたんな、ちり〳〵たりたんな、とかき返し

はかりにやひきさひ、ことはともはかりなくふるめかし（二〇一八2）

和琴をひきたるていなり

京大本では「ほさつ」「まひあそふ」が独立項目であるが、内閣文庫三冊本は長文を引用することで一続きとなっている。二つの注釈が繋がったと考えて内閣文庫三冊本のｂｃ項目とした。ただし、「菩薩」「舞遊」などの漢字を宛てる注釈は脱している。ｂｃの本文の後に独自の項目ｄが後続する。これは小学館『日本古典文学全集』などが「難解で、古注釈以来諸説ある」(10)とするところであるが、通常の『紫明抄』では立項されない。これを内閣文庫三冊本は「和琴をひきたるていなり」と簡潔ながら明瞭な注釈をする。「古注釈以来諸説」を多少掲出すれば「此は笛のねのかくきこゆる也それを和琴に尼君のひきたる也唱哥なとにおなし後拾遺哥云笛のねの春おもしろくきこゆるは花ちりたりとひけはなりけり」（『花鳥余情』）、「笛の唱哥を和琴にうつし引たる也」（『弄花抄』(11)）などと記されている。

39ふたもとは又もあひきこえんと思給人あるへし（二〇二〇8）

はつせかはふるかはのへにふたもとあるすきとしをへて又もあひみん

ふたもとあるすき

ef たきの葉にをとらぬほとにをとつれわたるいとむつかしくもあるかな（二〇一九3）二本は又もあひこん《きえイ》と思ふ人あるへし（二〇二〇8）

初瀬川ふるかはのへに二本ある杉年をへてみもあひみん二本の杉

ここでは「ふたもとは又もあひきこえん」の注釈の前に、内閣文庫三冊本の引用本文が一つ接続した形になっている。例によって誤写が甚だしいが「たきの葉」は原文「をきの葉」、「あひこん」は「あひきこえん」である。異文校合もおそらくは「きこえイ」とあるべきところで、内閣文庫三冊本の祖本は他本もきちんと参看したらしいが、現存本に至る過程で多くの誤写を重ねているようである。猶e項目の「ほとに」は『源氏物語』の大部分の伝本は「ほと〳〵に」であるが、河内本系鳳来寺本が「ほとに〳〵」、別本が「ほとに」であるから、これは誤写ではないかもしれない。e項目は、おそらくは引歌の存在を推量したのであろうが、究明できずに注釈が空白となり、そのために「二本の杉」の項目と繋がってしまったのであろう。この引歌は『花鳥余情』により『後拾遺集』の「荻のはに吹過て行秋かせの又たかさとををとろかすらん」、『源註拾遺』により『後撰集』の「秋風の吹くにつけても訪はぬかな荻の葉ならば音はしてまし[12]」などが指摘されている。

45たまのきすあらん心ちし侍（二〇二一14）

毛詩曰、自圭之玷、尚可磨也、斯言之玷、不可為也、玷《タマノキス》

hi 玉にきすあらん心地し侍るといふ（二〇二一14）ひとつ橋あやうかりてかへりきたるりけむ物のやうにわひしくおほゆ（二〇二三14）

京大本第四五項目の毛詩の注釈は内閣文庫三冊本にはない。「玉にきす」云々の文章に「ひとつ橋あやうかりて」以下の文章が直結する。後続の文章は内容から考えて何らかの説話の出典があると思われる箇所である。さればこ

その内閣文庫三冊本の祖本は立項したのであろう。『河海抄』にはこの注釈はないが、『花鳥余情』には「此事の縁いまた勘得すなをたつぬへし」とあり、『弄花抄』に至り「諸注に見えす師説とて云身を投んとおもひとりて行人の道に一はしの有を渡るとてあやうかりて帰りしと云何の書に見えたるとはなし但此心叶へり手習も既に身をなけんとて出し人の不意に命ありて今又老尼にやくはれんとおちたる心にたとへたり此外難心得」と注されるに至る。後代まで具体的な出典は究明されないが、古来難義とされていた箇所であったのである。

三　明瞭な独自項目

前節では二つ以上の項目が接続してその中に独自注を意図して立項されている本文がある例を見たが、本節では、内閣文庫三冊本が独自の注釈を意図していることが明瞭に分かる例を見てみよう。

京大本第二〇項目「ひとゝせたらぬつくもかみおほかる所」（二〇〇二14）の注釈は内閣文庫三冊本でも継承されている。引用本文が内閣文庫三冊本では「ひと、せたらぬつくもかみ」と短く、引歌も「もゝとせにひとゝせたらぬつくもかみわれをこふらしおもかけにみゆ」の上句のみ掲出など、内閣文庫三冊本の省略性がここでも窺われる。その次の項目に「門田のいねかるとて所につけたる物まねひしつゝひた引ならすもをかし」の文章があり、数字分あけて、「しからみかけてたれかとゝめし」と次の項目の引用本文が見られる。「(ひた引)ならすもをかし」と「しからみかけてたれかと、めし」は同じ行に書かれているが、明瞭に区切れ意識があり、内閣文庫三冊本の書写者の段階でも、別項目と意識していたことが窺われる。

さて、「門田のいねかるとて所につけたる物まねひしつゝひた引ならすもをかし」はどのような注釈を意図したものであろうか。おそらくは「門田のいねかるとて」の出典を探そうとしたのか、「ひた」の語釈を付けようとしたのか、あるいはその両方であろう。『河海抄』では「かと田のいねかるとて所々につけたる物まねひしつゝわかき女こはうたうたひ」の部分に「ゐなかなりけれは田からんとて」云々の『伊勢物語』五十八段の長岡の女の話を引用している。さらに「ひたひきならすをともおかし」を立項しているが、これには注釈がない。(13)『岷江入楚』などを見ても、「門田の稲かる」の注釈は『河海抄』を引用するだけで、「ひた」は項目立項のみである。

京大本第二一項目は内閣文庫三冊本も有しているが、二二項目は省略されている。その次の行に内閣文庫三冊本は「我かくてうき世の中にかくるとも誰かはしらん月のみやこに」(二〇〇五9)と一行で記している。これは内閣文庫三冊本の独自項目である。自己の半生を回想する浮舟の哀切なまでの和歌であるが、注釈としては「月のみやこ」で『竹取物語』を引用しようとしたものであろうか。古注釈では『岷江入楚』が「秘尤あはれなる哥也とりあつめてよろつの事をおもひたるさま也(14)」と述べている。内閣文庫三冊本の文章はちょうど丁の変わり目で、次項(京大本二三項目、内閣文庫三冊本M項目)の「むかし見し都鳥に似たる事なし」の注釈は改丁一行目から書き始められている。

次に、京大本第六二、六三項目と、それに対応する内閣文庫三冊本nop項目を見てみよう。

62松門にあかつきいたりて月に徘徊すと法師なれといとよし〳〵しく
　はつかしけなるさまにての給（二〇三六14）
　　松門暁到月徘徊、枯城盡日風蕭瑟
63かみはいつへのあふきをひろけたるやうにこちたきすゑつきなり（二〇三八6）
　　冬扇有三重五重

n松門に暁いたりて月に徘徊すとほうしなれといとよし〳〵しく
はつかしけなるさまにての給（二〇三六14）

松門暁到月徘徊　―

o けふはひねもすに吹風の音もいと心ほそきにおはしたる人も
あはれに山ふしはかゝる日そねはなかるなるかしといふ（二〇三七1）
p かみはいつへ扇を ひろけさるに こちたき末つき也（二〇三八6）冬扇有三重五重

京大本六二項目に内閣文庫三冊本n項目が該当する。引用本文が短くなっており、出典の漢詩も上句のみで、以下略すという意向なのか直線を短く引いている。改行後、「けふはひねもすに」云々の項目oの文章が二行にわたって記されている。次の項目は、引用も注釈も記されているが、引用文は一度脱しかけたのか、頭部余白に細字で「かみはいつへ扇をひろけさるにこちたき末つき也」と記入されている。いずれにせよ、内閣文庫三冊本独自項目の存在が明瞭な例である。

この部分の注釈は二つの可能性があろう。「ひねもすに吹風の音もいと心ほそきに」か、「山ふしはかゝる日そねはなかるなるかし」か、どちらかに出典があると考えたのであろう。後者については特段典拠となるものはなかろう。前者は、六二項目で引用されていた下句「枯城盡日風蕭瑟」が該当するのであるが、繰り返しになるので掲出を迷って、引用本文のみが残ったものであろうか。それとも項目nで敢えて上句のみ掲出し、項目oで下句を示そうとしたのであろうか。現在の注釈書では、岩波書店『新日本古典文学大系』が、「松門に暁到りて月徘徊す」の部分の注釈に敢えて原文を挙げずに、「ひねもすに」の部分にいたって「「松門に……に」に続く「枯城盡日風蕭瑟たり」による。[15]」と注するのがやや近い立場を取る。古注釈では『岷江入楚』が、この漢詩を二箇所に分けて注を付し、「けふはひねもすにふく風」の箇所で「枯城盡日風蕭瑟白氏文集私皆つゝきたる句也」と記している。

四　手習巻のその他の項目

その他の内閣文庫三冊本の注目すべき項目を一括して述べる。

京大本第三一項目（内閣文庫三冊本W項目）の「あたらよを」（二〇一五13）云々の引歌の注釈の後、内閣文庫三冊本は「なにかをちきなさともにか心み侍ぬれいつらいそ《くイ水原》たちこととりまいれ」の文章がある。後半は、京大本三二項目「いつらくそたち」（二〇一六11）と共通し、その前に「なにかをちきなさともにか心み侍ぬれ」（二〇一五14）の引用本文があって、二つの項目が直結した形になっている。例によって内閣文庫三冊本独特の誤写があるようで多少不分明であるが、これは中将の言葉「何か、をちなる里も、こころみはべりぬれば」の部分である。「をちなる」を「をちきな」と誤読し、「さとも」を「さともにか」と衍字が生じた結果であろう。当然「をちなる里」に引歌を想定すべきところで、現行の注釈書では、「引歌があるらしいが未詳。また宇治川右岸を「をちかた」の略とする説もある」[16]などと述べる。古注では『花鳥余情』が「哥の詞あるへしいまた見出し侍らす」、『弄花抄』が「引歌未見云々」、『岷江入楚』が「秘引哥未勘哥なくては心得かたき也箋」などと述べている。猶三二項目と共通する部分で、内閣文庫三冊本「いそたち」の「い」の横に「くイ水原」と記していることが注目される。

内閣文庫三冊本r項目では、京大本六五項目と共通する「かたちこそみ山かくれのくちきなれ」の引歌を指摘した後、改行して「氷りわたれる水の音さへせぬ心ほそくて春やむかしの春ならぬ我身ひとつはもとの身にして」と注する。ここも「氷りわたれる水の音さへせぬ心ほそくて」（二〇四〇14）と「春やむかしと」（二〇四一10）の二項目が続いてしまった例である。内閣文庫三冊本の祖本の意図は、「氷りわたれる」とか「水の音せぬ」という表現の背景を探ろうとしたものであろうか。『岷江入楚』では「箋宇治はこほらぬ川音也こゝはこほりて水の音のせぬもさひしきと也、私小野の山川なとは音もさひしき物也冬はこほりて音のせぬも又さひしきといへる歟如」などと述べている。

次にH項目は京大本一九項目と同じであるが、京大本などが「兎道稚郎子皇子活生事在日本紀」と短く記すのに対して、内閣文庫三冊本は以下のような長文の文章を引用する。

Hつゐにかくていきかへりぬるかと思ふもいみしう口おし（二〇〇―12）

太子少兎道稚郎子、王子今若宮也我知不可奪兄王之志。豈久生之、煩天下畢、乃自死焉。時大鷦鷯尊、聞太子薨之經三日、時大鷦鷯尊、摽擗叨哭、不知所如。乃解髮跨屍、以三呼曰、我弟皇子、乃應時而活、自起以居、爰大鷦鷯尊、語太子曰、悲兮、惜兮、何所以之自逝之、君死者有知、先帝何謂我乎。向天皇々々之御所、具奏兄王聖之、且有讓矣。然聖王聞我死、以急馳遠路。豈無勞乎、乃進同母妹八田皇如、雖不足納采、僅於掖庭之数。乃且伏棺而薨。於是、大鷦鷯尊素、爲之發哀、哭之甚慟。仍葬於菟道山上。大鷦鷯尊為弟日本紀第十一死亡者活生例太子索服事

ところどころ誤写もあるせいか読みづらいが、おおむね仁徳天皇即位前紀[17]に一致する。古注釈でこの部分でこうした引用をするものは見あたらない。

五　浮舟巻・蜻蛉巻の例

手習巻には内閣文庫三冊本の独自項目が多いが、近接する浮舟巻・蜻蛉巻にも同様のものが多少存する。それらについても、簡単に見ておく。まず浮舟巻から。

内閣文庫三冊本Ｉ項目として「つらかりし御ありさまを中〳〵なに〵たつね出けむなとの給（一八七九5）」の本文がある。注釈はなく、京大本第一八項目（三冊本Ｊ項目）「袖の中にそと〵め給へらんかし（一八八一3）」の引用本文に直結する。「中〳〵なに〵たつね出けむ」に引歌の可能性を見たのであろうか。多少類似の表現では「思ひねの夢といひてもやみなまし中々なにに有りとしりけん」『後撰集』八七二番、「いくよしもあらじさくらをゆく春の中々なににのこしおきけむ」『道命阿闍梨集』二二四番などがある。[18] 完全に一致するものではないので古注釈書がこれらの和歌を掲出することはない。『花鳥余情』は「二条院にての事也」と述べる。

京大本と共通の「おのかきぬ〳〵」の項目の後、内閣文庫三冊本は改行してＬ項目として「あやしかりける里の契りなとおほす」（一八八一13）を立項する。「あやしかりける里」について注釈しようとしたものか、引歌を考えたのか不明である。古注釈書でこの項目を立項するものはない。改行してＭ項目として「ありやなしやときかぬまや見えたてまつらんもはつかし（一八八三10）」を立て「心ありてとふにはあらす」と注する。『弄花抄』は「実否の事也、匂宮の疑ひ給へはみえにしと也、又匂宮に人のいか〵聞けん其実否をきかてははつかしと也」と注する。

京大本二三項目（内閣文庫三冊本Ｏ項目）「さむきすさきにたてるかさ〵き」の注釈の後、内閣文庫三冊本は改行してＰ項目として「柴つみ舟のところ〳〵に行ちかひたるなとほかにてはめか（「か」をミセケチ）なれぬこと〵ものみとりあつめたる所なれは」（一八八七13）を立項する。注釈として「いとひてはたれか別のかたからんありしにまさるけふはかなしも」の引歌を掲出するが、これは次項（京大本二四項目、内閣文庫三冊本Q項目）の注釈であって、例によってQ項目の引用本文が脱落して二つの項目が繋がってしまったもの。内閣文庫三冊本P項目は「柴つみ舟」の語釈や用例などを博捜しようと意図したものであろうか。古注釈書でこの項目を立項するものはない。

京大本三五項目「おやのかうこ」（一八九七1）と三六項目「ましりなは」（一八九九6）は内閣文庫三冊本にもそのまま存するが、内閣文庫三冊本ではその間に独自項目Zとして「あやしかりし夕暮れの」（一八九七12）「いつとても恋しからすはなけれともあやしかりける夕暮の空」がある。前後が改行されていて、独自項目であることが明瞭な例である。小異はあるが、『小町集』一〇一番「いつとても恋しからずはあらねどもあやしかりける秋の夕ぐれ」を指摘したものである。『河海抄』は「いつとても恋しからすはあらねとも秋の夕はあやしかりけり」を掲出する。こちらは『古今集』五四六番の小町の歌を挙げたもので、四句五句が転倒している。

京大本五六項目「すこしおすかるへき（一九一七7）をそかるへき歟」の部分は、内閣文庫三冊本はｉｊ項目の二つの見出しが接続した形で「をのつから草もつみてん（一九一七4）すこしおひすかるへき事を思ひよる（一九一七7）をひすかるとは追つく心也」となる。前半の項目は、当然「忘れ草つむ」という語句を含む和歌を掲出すべきところ。ただあまりに頻用されるために『岷江入楚』では「箋引哥に及はすたゝをのつから程へは忘れんとなり諸抄不載引哥」と注している。「おすかる」という語が分かりにくかったために京大本では遅いの意味であろうかと注しているが、内閣文庫三冊本では「おひすかる」の本文を立てて「追つく心也」と注している。内閣文庫三冊本の祖本が『源氏物語』の本文を誤読したものか。ただ河内本御物本は「おすする」などとしており、理解に苦しむ部分であったようである。『紫明抄』の中でも判断が揺れていて面白い。

京大本六〇項目は「山かつのかきねのをとろむくらのかけにむかはきといふ物をしきておろしたてまつる（一九二一6）匂宮宇治におはしましたるに、薫大将きひしくかたため給へるによりて、侍従君をむかへて、むかはきをしきて、対面し給し事をいへる也」というものである。これが内閣文庫三冊本では引用本文が「この侍従をいてまいる（一九二一3）山かつの垣根のをとろむくらのかけにむかはきといふ物をしきておろしたてまつる（一九二一6）」となっている。注釈部分はほぼ同文である。これまでの例から考えれば「この侍従をいてまいる」と「山かつの垣根のをとろむくらのかけに」云々の本文が隔たっているから、二つの注釈があり、「この侍従をいてまいる」では侍従の人物説明などがあるかとも考えられるが、そうではなかろう。上の引用本の中では、河内本「むかはき」青表紙本「あをり」との対立箇所であるが、敷物の名称がいずれにせよ、河内本の注釈は（匂宮が）「侍従の君をむかへて、むかはきをしきて、対面し給」という本文なのである。通常の『紫明抄』の引用本文では「侍従君」が不分明であるが、内閣文庫三冊本のように数十字前の「この侍従をいてまいる」の一文があることによって注釈が明解になる。ここは、人物関係を鮮明にするために、少し前の本文から引用し、中略をして立項したと考えるべきであろう。

蜻蛉巻の京大本の第二三項目は「いとしけき木のしたにこけをおましにて（一九五六12）」と引用本文を立項するだけで注釈はない。京大本の図書館本も同様で、内閣文庫本系統の十冊本、東大本、龍門文庫本、島原松平文庫本、神宮文庫本まで、この部分を有する『紫明抄』のすべての本が注釈を欠いている。ところが内閣文庫三冊本は「こけのおましにて」と引用本文を短くする一方で「苔御座也」と漢字を宛てる注釈を付している。おそらく他の伝本の共通祖本が早くにこの注釈を脱したのに対して、内閣文庫三冊本のみに残った珍しい例ではないかと思われる。

「こけのおましにて」の注釈から改行して、内閣文庫三冊本は「いかなるさまにていつれのそこのうつせにましりにけん（一九五七10）」を立項し「うつせとは貝也　身のなきをいふ歟」と注する。この項目自体も、他本には存しないものである。このあたり他の『紫明抄』の祖本に誤脱か何かを想定すべきかもしれない。『河海抄』では「うつせとはむなしき瀬也、うつせかいなといへり」と述べており、おそらく源泉を同じくする注釈であろう。『河海抄』にはさらに、「かたの、物語にありと云々　水原抄」の記述のあることも注目される。「うつせかい」「かたの、物語」ともに『水原抄』を淵源とする注釈である可能性もあろう。とすれば内閣文庫三冊本『紫明抄』のこの項目は『水原抄』からの引用かもしれない。「かたの、物語」と同じく散逸物語である「せりかはの大将のとほきみの（一九七二14）」の部分は二つの物語か一つか意見の分かれるところであるが(19)、京大本が「古物語」とだけ述べるのに対して、内閣文庫三冊本が逸文と思われる文章を引用していることも注目される。

蜻蛉巻では冒頭の項目も注目される。内閣文庫三冊本では「かしこには人〴〵おはせぬをもとめさわけとかひなし物語のひめ君の人にぬすまれたらん朝のやうなれはくはしくもいひつ、けすあしすりをしてなくさまわひしき子の様也」と三行にわたって一続きで書いているが、『源氏物語』の本文では「くはしくもいひつゝけす」と「あしすりをして」とは四〇〇字近く離れている。通常の『紫明抄』は「あしすりをして」の項目の前に「身をなけたまへるか」の別の項目が入っていて、冒頭の文章はない。内閣文庫三冊本は、『紫明抄』他本の第一項目を省略する代わりに、冒頭の部分の注釈を意図したと思われる。「物語のひめ君」の出典を探そうとしたのであろうか。『河海抄』は「古物語の今世につたはらぬおほし」とし、『花鳥余情』は「住吉の物語」の可能性を示唆し、『弄花抄』は「浜松の物語と云に有」と後代の諸注釈書も苦労しているだけに、素寂としても考察はしてみたものの結論に至らず、最終的には削除されたものであろうか。

おわりに

内閣文庫三冊本『紫明抄』は省略本でありながらも、他の『紫明抄』諸本のどの本も持たない項目を立項することがある。ただそれは、全体に均等に見られるのではなく、葵・賢木巻のあたりと、宇治十帖の後半部分に集中している。花宴・葵・賢木の三巻に二〇項目、浮舟・蜻蛉・手習の三巻で二五項目もあるのに対して、花散里巻から夕霧巻までは独自項目は一項目もない。それ以外の巻でもところどころに一項目程度出現するだけである。こうした独自項目の偏在性と、誤写誤脱の多い現存本の限界性から、内閣文庫三冊本の祖本の本質が見えなくなっていると言わざるを得ない。

本章では内閣文庫三冊本の特質を少しでも明らかにすべく、手習巻を中心に取り上げてみた。その結果、『紫明抄』諸本の中での揺れのようなものを提示できたのではないかと考える。転写の段階で誤脱してしまった可能性は皆無ではなかろうが、内閣文庫三冊本の独自項目が項目立項に留まって、具体的な勘注がないものがほとんどであったことは、やはり無視できないものである。注釈を意図したものの、具体的な究明が出来なかったか、立項すること自体が不適切と考えたか、最終的にはそれらの項目は削除されていったのではないかと思われる。内閣文庫三冊本は、やはり草稿段階の『紫明抄』の姿を残存させているのではないかと考えるものである。

注

（1）「内閣文庫三冊本は、十冊本の内容を少し省約したと思われるもの」（『源氏物語事典』東京堂、一九六〇年）。「三冊本は内閣文庫本のみで、同じ本文系統（稿者注、内閣文庫本系統）の略本である」（『日本古典文学大辞典』岩波書店、一九八四年）。

（2）田坂「『水原抄』から『紫明抄』へ」「内閣文庫蔵三冊本（内丙本）『紫明抄』について」（『源氏物語享受史論考』風間書房、二〇〇九年）。

（3）本書第Ⅱ部「二種類の『紫明抄』」「内閣文庫本系統『紫明抄』の諸本について」「京都大学本系統『紫明抄』と内閣文庫本系統『紫明抄』」「京大文学部本『紫明抄』と京大図書館本『紫明抄』」、本書第Ⅲ部「表記情報から見た内閣文庫本系統『紫明抄』」、の各論稿、及び「『紫明抄』校異の試み」（『源氏物語本文データ化と新提言』Ⅰ、二〇一一年）。

（4）田坂注（2）論文、および注（3）「二種類の『紫明抄』」。
（5）『紫明抄』の京都大学本系統の本文は、『京都大学国語国文資料叢書』（臨川書店、一九八一・八二年）の京都大学文学部本による。
（6）項目番号は、〈源氏物語古注集成〉一八『紫明抄』（おうふう、二〇一四年）のそれと一致する。
（7）京大本三五項目「あつまこと　和琴」という簡潔な注が、内閣文庫三冊本では「女にては昔あつまことをこそ事もなくひき侍しは」と無用に長文化している、逆の例などもある。
（8）『花鳥余情』の本文は〈源氏物語古注集成〉一『松永本花鳥余情』（桜楓社、一九七九年）による。
（9）小学館『日本古典文学全集』二九六ページ頭注九。
（10）三〇九ページ頭注一四。
（11）『弄花抄』の本文は〈源氏物語古注集成〉八（桜楓社、一九八一年）の内閣文庫本による。
（12）『源註拾遺』の本文は『契沖全集』第九巻（岩波書店、一九七三年）の天理図書館蔵自筆本による。
（13）『河海抄』の本文は、『紫明抄・河海抄』（角川書店、一九六八年）の天理図書館本による。
（14）『岷江入楚』の本文は、〈源氏物語古注集成〉一四（おうふう、一九九三年四刷）の専修大学本を使用したが、『源氏物語古註釈叢刊』第九巻（武蔵野書院、二〇〇〇年）の国会図書館本を参照して一部改めた箇所がある。
（15）三七三ページ脚注三六。
（16）『日本古典文学全集』三〇六ページ頭注五。
（17）『新編日本古典文学全集』二六～二八ページ。
（18）和歌の引用は原則として『新編国歌大観』によるが、表記を一部私に改めた箇所がある。
（19）連続する二つの物語の可能性を考えるのが玉上琢彌「昔物語の構成」（『源氏物語研究』角川書店、一九六六年）。小木喬『散逸物語の研究　平安・鎌倉時代編』（笠間書院、一九七三年）は諸説を詳細に検討した上で一つの物語が妥当とする。

第七章　内閣文庫本系統『紫明抄』の諸本について

はじめに

前章で、『紫明抄』諸本のうち、初稿本的位置にある内閣文庫三冊本は特殊な資料として、一旦脇に置くこととして、それ以外の伝本で『紫明抄』の本文を考えるべきであるということを述べた。それ以外の伝本は、従来の分類通り、京都大学本系統と内閣文庫本系統に二大別される。本章では、そのうち、内閣文庫本系統の諸本について概観する。

この系統に属する伝本は以下の五本である。本来ならば系統名の由来となった内閣文庫十冊本を最初に記すべきであるが、後述するごとく、本文内容の比較検討の結果を受けて、五番目に置くのが妥当と考える。

東京大学総合図書館本
島原松平文庫本
龍門文庫本
神宮文庫本
内閣文庫十冊本

本章では、この五伝本の相互の親疎関係を明らかにしようとするものである。

一　引用本文と注釈本文の書式から

右の五本のうち、東京大学総合図書館本（以下東大本と略称）・島原松平文庫本に対して、龍門文庫本・神宮文庫本・内閣文庫十冊本が共通して対立することが多い。

たとえば初音巻第九項目と第一〇項目を東大本で示してみると以下のようになる。注の所在箇所を示すために必要に応じて『源氏物語大成』のページ数と行数を（七六四12）のように示した。

けにちとせの春をかけていはゝんにことはりなる日なり（七六四12）

さくら花こよひかさしにさしなからかくてちとせの春をこそへめ 拾遺 九条右大臣

とし月をまつにひかれてふる人にけふうくひすのはつねきかせよ（七六五3）

よろつ代をまつにそ君をいはひつるちとせのかけにすまんと思へは 古今 素性

前者は初音巻の冒頭から間もないあたり、六条院の春の町における光源氏と紫の上の唱和を受けて、たまたま元旦が子の日に当たるので千歳の春を祝うのにふさわしいと述べている場面である。「ちとせの春」の和歌の代表例として、『拾遺集』の藤原師輔の和歌を掲出する。後者は、同じ春の町の明石の姫君のもとで、光源氏が明石の君から届けられた鬚籠や破子などと共に、明石の君の和歌を見る場面である。明石の君の「とし月を松にひかれて」の和歌の引歌として『古今集』の素性の和歌をあげるのである。この二つの場面は、『源氏物語』の原典では近くにはあるが文章そのものが直結しているわけではない。

ところが、この箇所を龍門文庫本で示してみると次のようになっているのである。

けにちとせの春をかけていはゝんにことはりなる日なり（七六四12）

さくら花こよひかさしにさしなからかくてちとせの春をこそへめ 拾遺 九条右大臣

とし月をまつにひかれてふる人にけふうくひすのはつねきかせよ（七六五3）

よろつ代をまつにそ君をいはひつるちとせのかけにすまんと思へは 古今 素性

『源氏物語』の原文である「とし月を」の和歌が、注釈部分と同じ高さから書き始められているため、一見すると「けにちとせの春をかけて」の部分に「さくら花」「とし月を」「よろつ代を」の三首の和歌が注釈として掲出されているように見える形となっている。これは『源氏物語』からの引用部分である「とし月を」の部分が作中和歌であるために生じた、転写の際の誤謬であろうと思われる。そしてこの誤謬は神宮文庫本・内閣文庫十冊本とも共通するのである。島原松平文庫本は東大本と同じく、「とし月を松にひかれて」の部分を『源氏物語』からの引用本文として正しく表記している。かくして、東大本・松平文庫本に対して、同一の誤謬を共有することから、この龍門文庫本・神宮文庫本・内閣文庫十冊本の三本の強い親近性が窺われる。

こうした例は他にも多数見いだせる。別の巻からもう一例挙げておこう。胡蝶巻の第二二項目と二三項目である。

戀の山にはくしのたふれまねひつへきけしきにうれへたる（七八九9）

いかはかり戀の山ちのしけゝれは入といりぬる人まとふらん

孔子仆事、子細在別紙

盗跖之利口、少児之問答等に、孔子併詰畢、以此為仆也

おもふとも君はしらしなわきかへりいはもる水にいろしみえねは（七八九13）

柏木権大納言 于時中将　以此哥号岩漏中将事

前半は、玉鬘に求婚する鬚黒大将を、戯画的に、恋の山には「孔子の倒れ」そっくりと表現している部分の注釈

である。後半は、同じく求婚者で玉鬘の異母兄柏木の和歌で、この和歌の下句から柏木を「岩漏る中将」とも呼ぶのだという注釈である。前の例と同様に、比較的近い場面ではあるが、文章が直結しているわけではない。

右に掲出したのが東大本の形であるが、これが龍門文庫本では次のようになっている。

戀の山にはくしのたふれまねひつへきけしきにうれへたる（七八九9）

いかはかり戀の山ちのしけゝれは入といりぬる人まとふらん

孔子仆事、子細在別紙

盗跖之利口、少児之問答等に、孔子併詰畢、以此為仆也

おもふとも君はしらしなわきかへりいはもる水のいろしみえねは（七八九13）

柏木権大納言〔于時中将〕　以此哥号岩漏中将事

これでは、「おもふとも」の和歌が、「くしのたふれ」の典拠のように見えてしまう。注釈部分には、引歌や語の用例としての和歌が挙げられることが多いから、こうした誤謬も派生しやすいのである。ここでも、神宮文庫本・内閣文庫十冊本が、龍門文庫本と同様の誤りとなっており、松平文庫本は東大本と同じく正しい表記となっている。

以下、同様の例は多数あるが全体像は別稿に譲り（1）、分かり易い例だけを略述する。須磨巻の二〇番目の「からくにに名をのこしける人」の項目は、東大本・島原松平文庫本は、引用本文を注釈本文より一、二字高く書き始める通常の書き方であるが、龍門文庫本と神宮文庫本・内閣文庫十冊本は、引用本文の部分が第一九項目「大江殿といひける所」の注釈本文と同じ低い位置から書き始められていて、一見第一九項目の注釈が連続しているように見える。行幸巻の一二番目の「うちきらしあさくもりせしみゆきには」の和歌に対する注釈の部分、ここでも東大本・島原松平文庫本は、引用本文を注釈本文より一、二字高く書き始める通常の書き方であるが、龍門文庫本・神宮文庫本・内閣文庫十冊本の三本は、引用本文の部分が第一一項目「太政大臣かかる野の行幸につかうまつり給へるた

めし」の注釈本文と同じ低い位置から書き始められているために、第一一項目の注釈が連続しているように見える。特に一二項目の見出しの「うちきらし」が玉鬘の作中歌であるから、引歌や典拠として和歌をあげているように見え、一二項目の引歌である『拾遺集』の家持の和歌と二首並べて引用している形となっており、初音巻の例と同様の誤謬である(2)。

このように注記項目が、本来の『紫明抄』の書き方としては適切ではないと思われる部分で、龍門文庫本・神宮文庫本・内閣文庫十冊本が、ほとんど同じ形式であることから、『紫明抄』内閣文庫本系統の五本は、龍門文庫本・神宮文庫本・内閣文庫十冊本と、東大本・島原松平文庫本とに、二大別されることが想像される。

二　本文の異同などから

次に、本文の異同、表記の形式、本文の有無などで龍門文庫本・神宮文庫本・内閣文庫十冊本が、東大本・島原松平文庫本と対立する例をいくつか挙げる。

玉鬘巻巻末近く「まとゐはなれぬみもしそかし」の部分で、東大本は『古今集』雑上の八六四番歌を「おもふとちまとゐせるよはからにしきたゝまくおしき物にてありける」の形で引用するが、第五句がこの形と一致するのは島原松平文庫本のみで、龍門文庫本・神宮文庫本・内閣文庫十冊本は通常の『古今集』の「物にぞありける」である。

蛍巻第一四項目の菩提・煩悩という『源氏物語』本文の引用部分で、東大本・島原松平文庫本は「ほたひ」と表記し「ひ」の横に「い」と傍書する形を取るが、龍門文庫本・神宮文庫本・内閣文庫十冊本は「ほたい」の表記である。

本文の有無としては、『源氏物語』からの本文を引用して項目の見出しとする部分に相違が見られる。

初音巻第一一番目、明石の君の消息にあった「をとせぬさとの」に関する項目では、東大本・島原松平文庫本は「をとせぬさとのときこえ給」と引用本文を掲出した下に、小さな文字で「へるをけにあはれとおほしる」と続ける。(3)『源氏物語』からの引用本文を補った形である。これが龍門文庫本・神宮文庫本・内閣文庫十冊本では、追加補足のように見えた部分も本文と同じ大きさで「をとせぬさとのときこえ給へるをけにあはれとおほしる」の形となる。東大本・島原松平文庫本の補入が、龍門文庫本などでは完全に本文化した形となっている。ちなみにこの項目、別系統の京都大学文学部本（以下京大本と略称）では「をとせぬさとのときこえ給」までが引用本文である。すなわち東大本などは、京大本と同文を掲出した上で、『源氏物語』原典の後続分を補って細字で記入した形で、龍門文庫本などはそれを更に一歩進めて本文化したものとなっている。もちろん逆の展開も考えられるが、今はこの可能性を考えておく。

同じく、朝顔巻第九項目の見出しは、東大本では「いひこし程になときこえか丶るまはゆさよ」と記した上で、後半の約三分の二に該当する「なときこえか丶るまはゆさよ」の部分全体にミセケチ記号を付した上で、「或無」と記している。島原松平文庫本も同形式である。一方、龍門文庫本・内閣文庫十冊本・神宮文庫本は、最初から「いひこし程に」までしかなく、それ以下の部分は全く記していない。京大本は「いひこしほとになときこえか丶るまはゆさよ」と全文を有している。これは、東大本は、京大本と同様の本文を一旦掲出した後、不要の部分をミセケチにし、龍門文庫本以下は、その部分を完全に削除した形である。

この朝顔巻の例は、上述した初音巻第一一項目とちょうど反対のパターンとなる。今それを分かりやすく示すと次のようになる。簡略化するために、東大本と島原松平文庫本を東大本で代表させ、龍門文庫本・神宮文庫本・内閣文庫十冊本を龍門文庫本で代表させる。

京大本→細字補入・東大本→完全本文化・龍門文庫本（初音巻第一一項目）

京大本→ミセケチ・東大本→完全削除・龍門文庫本（朝顔巻第九項目）

補入するにせよ、削除するにせよ、東大本が、京大本と龍門文庫本との中間的な形態で、東大本から龍門文庫本が派生したといって良いのではなかろうか。

注釈本文の本文の有無では次の例を挙げておく。玉鬘巻第三七項目「いたゝきをはなれたるひかりやはある」の注として、諸本「すくれたる上臈といふ也」とあるが、東大本・島原松平文庫本のみこれに続けて「日出光照高山云々」と小字で記載している。龍門文庫本・神宮文庫本・内閣文庫十冊本にはこの小字の部分がない。

以上、前節・本節の用例から、内閣文庫本系『紫明抄』は、龍門文庫本に代表されるグループと、東大本に代表されるグループに分かれることが確認出来た。

三　龍門文庫本・神宮文庫本と内閣文庫十冊本の対立

前節の検討を見る限り、龍門文庫本・神宮文庫本・内閣文庫十冊本が一つのグループを形成することは明らかである。それでは、この三本の関係は等間隔であろうか。

この三本に絞って子細に見れば、龍門文庫本と神宮文庫本はかなり近く、これに対して内閣文庫十冊本は多少距離を置いていることが推測される。

薄雲巻第一五項目「かうけにことよせて」の部分。東大本の注釈は「高家也イ、豪家也、或千人卿云豪」である。「かうけ」とは「豪家」の意で「高家」説は異説というのであろう。島原松平文庫本は東大本と同文である。京大本は「豪家也、或千人卿云豪」で、完全に「豪家」説である。これに対して、龍門文庫本・神宮文庫本は「高家也、豪家也、或千人卿云豪」で「高家」説「豪家」説を併用した形になっている。内閣文庫十冊本は今回は東大本や島原松平文庫本と同様「高家也イ」の本文を持っている。龍門文庫本や神宮文庫本に「イ」の注記がないことについては、誤写による脱落の可能性もあろうが、内閣文庫十冊本のみが東大本同様に異文注記を持っていることは注目される。

常夏巻第一項目「にしかはよりたてまつるあゆおまへにてうしちかきかはのいしふしなとやうの物せうようし給」の注記は、問答体のかなり長文のものである。その注釈の最後の部分を東大本で示せば「逍遙し給なといへるこそ侍らめ」となっている。島原松平文庫本は例によって東大本と同文であるが、龍門文庫本・神宮文庫本は最末尾が「にそ侍らめ」とある。ここでも内閣文庫十冊本は「にこそ侍らめ」と小異があり、これは京大本と同文である。

若菜上巻第五六項目東大本では「なをのこれる雪としのひかにくちすさひ給」（一〇六二14）とあり、「しのひかに」の横に「やかに或」と傍書する。これは、京大本が「しのひやかに」とあることから同本などとの異文校合と思われる。内閣文庫十冊本は、東大本と同じ本文であるのだが、龍門文庫本は本行本文の部分が「しひかに」となっており、「しのひかに」から「の」の一文字を脱した形なのである。神宮文庫本も龍門文庫本と同じで、この箇所においては、東大本・島原松平文庫本と内閣文庫十冊本というグループ、龍門文庫本・神宮文庫本というグループに分かれるのである。

夢浮橋巻の最後の項目は、『紫明抄』全体の大尾の項目でもあるが、夢浮橋という巻名に関する問答など、長文の項目である。その中で『涅槃経』を引用して「無起無滅、無来無去」と記す部分があるが、この箇所でこの本文を持つものは京大本と内閣文庫十冊本であり、東大本・龍門文庫本・神宮文庫本は「無起無滅、無来無来無去」となっている。ここでは、内閣文庫十冊本は、系統の異なる京大本と一致するのである。

第一節で見たように、内閣文庫十冊本は、基本的に龍門文庫本・神宮文庫本と同グループを形成し、これら三本の親近性は動かし得ないが、内閣文庫十冊本のみは、用例は少ないながら時として東大本や島原松平文庫本と一致したり、内閣文庫本系統の枠すら超えて京大本系統と一致するなど独自の本文を持つことがある。

また内閣文庫十冊本のみ独自の形式を持つ場合もある。

須磨巻の第二二項目「かひのしづくもたへがたし」の注釈で、諸本「このゆふへふりくる雨はたなはたのとわたる舟のかひのしつくか」の和歌を「赤人」の名前と共に引用している。この和歌の第三句「たなはたの」の横に東大本・島原松平文庫本・龍門文庫本・神宮文庫本「あまの河或本」の傍書を持つが、内閣文庫十冊本のみこの傍書がない。ただし、内閣文庫十冊本のみの誤脱の可能性もあろうから、これは本文系統に引きつけて考えるのは危険かもしれない。

かくして、龍門文庫本グループの中では、内閣文庫十冊本がやや異質な本文を持つことが確認出来た。

四 東大本と島原松平文庫本

次に東大本グループについて考えてみる。東大本と島原松平文庫本の親近性は、裏返して云えば龍門文庫本・神宮文庫本・内閣文庫十冊本との距離の遠さであり、第一節や第二節で掲出した用例のすべてが、ここでも使えるわけであるが、今回は先に挙げなかったパターンの用例を挙げておこう。

澪標巻第一五項目は「たみの丶しま」についての注釈であるが、この部分東大本では「たみの丶しま」とある下に小さく二行に分かち書きで「田簑嶋 在摂津国」「にてみそきつかふまつるほと」とある。細字二行の内「田簑嶋 在摂津国」の部分は「たみの丶しま」の説明であり、このあとに掲出される「なにはかたしほみちくらし」「あめによりたみの丶しまを」の二首の『古今集』歌と相俟って注釈を形成している。一方「にてみそきつかふまつるほと」は、「たみの、しま」に直結する『源氏物語』の本文で、引用部分を補った形である。この部分、龍門文庫本・神宮文庫本・内閣文庫十冊本は共に「たみの、しまにてみそきつかふまつるほと」と完全に本行本文化して、その下に小さく「田簑嶋」「在摂津国」と注釈のみが二行に分かち書きで記されている。ちなみにこの項目の京大本の引用本文は「たみの、しま」のみである。東大本や島原松平文庫本は、京大本の本文に「にてみそきたてまつるほと」の部分を小字で補っているが、それを一歩進めた形が龍門文庫本のグループである。

野分巻第四項目の引用本文は、東大本で示せば「かせこそけにいはほも吹つきあけつへき物なりけれ」であるが、この「吹つきあけつへき」と同じ本文は島原松平文庫本のみである。龍門文庫本・神宮文庫本・内閣文庫十冊本は通常の『源氏物語』本文と同じく「吹あけつ」である。「吹つきあけつへき」は、おそらく誤写によって派生した本文であろうが、こうした誤写の部分を共有することこそ、東大本と島原松平文庫本の親近性を雄弁に物語るものである。

同じく、野分巻第一八項目では、周知の堤中納言兼輔の代表歌「人のおやの」の和歌が引歌として指摘されるが、内閣文庫本系統諸本では結句が「まよひぬるかな」である。そして龍門文庫本・神宮文庫本・内閣文庫十冊本のみ「まよひ」の横に「と歟」と傍書があるが、この傍書は東大本と島原松平文庫本のみ共通してこれを欠く。傍書がない場合は、誤脱の可能性を常に考えなければならないが、以上に述べた用例を積み重ねてみると、これも本文系統の問題に関わるものと見なして良かろう。

こうした中でも、極めて注目されるのは次の項目である。

初音巻第三二項目は、男踏歌に関する長文の注釈が続く部分である。龍門文庫本・神宮文庫本・内閣文庫十冊本などの写本では、この項目だけで二丁から三丁を費やすくらいの分量である。ところが、東大本のこの項目は、更に長く四丁に及んでいる。それは写本の文字の大きさなどによるのではなく、項目の冒頭部が重出するからである。

東大本のこの項目は第五分冊の一五丁の裏の六行目から始まる。いま、この項目の冒頭からできるだけ原形に近い形で再現してみよう。

ことしお《（ママ）》とこたうかあり

踏哥事

聖武天皇天平十四年正月十六日天皇御大極殿、宴群臣、酒酣奏五節四舞畢、更令」（一五ウ）

少年舞女踏哥

男踏哥事

円融院、天元六年正月十四日有男踏哥、太政大臣藤原頼忠公承香殿東庭、左大臣源雅信公桂芳坊、右大臣藤原兼家公藤壺、大納言藤原為光卿神鳴壺、権大納言藤原朝光卿梨壺、各差上首有踏哥、今度以後男

（二行分程度の空白）」（一六オ）

ことしはおとこたうかあり

踏哥事

持統天皇七年正月丁酉漢人《アヤヒト》奉踏哥

天武天皇三年正月朔、朝大極殿詔男女丑剋闇夜踏哥

女踏哥事
聖武天皇天平十四年正月十六日天皇御大極殿、
宴群臣、酒酣奏五節四舞畢、更令少年
童《舞或》女踏哥　」（一六ウ）
男踏哥事
円融院天元六年正月十四日有男踏哥、太政大臣
藤原頼忠公承香殿東庭、左大臣源雅信公桂芳坊、
右大臣藤原兼家公藤壺、大納言藤原為光
卿神鳴壺、権大納言藤原朝光卿梨壺、各差
上首有踏哥、今度以後男踏哥絶而無之　」（一七オ）

つまり東大本は男踏歌の注釈を、「聖武天皇天平十四年正月十六日」の例から書き始めたが、実はその前に「持統天皇七年正月丁酉」の用例があるのを誤って書き落としてしまったのである。一六丁の表の七行目まで来てそのことに気づいたために、約二行分ぐらい余したまま（東大本は基本的に一面九行で書写されている）、丁を改めて、一六丁の裏に、もう一度最初から書き始めたのである。東大本の書写者の誤りなのか、すでにこのような形であった親本を、東大本が忠実に書写した可能性ももちろん残るであろうが、そもそもの混乱の原因は以上のようなかたちが想定されよう。

そして龍門文庫本・神宮文庫本・内閣文庫十冊本には、こうした重複記載は見られない。これに対して島原松平文庫本のみが、東大本と同じくこの項目の冒頭部が重複するのである。この点から考えても、東大本と島原松平文庫本の強い親近性が窺えよう。

ちなみに、島原松平文庫本は第五分冊一四丁の表の六行目から「ことしおとこ《(ママ)》たうかあり」と書き始める。そして一四丁の裏の六行目に「首有踏哥、今度以後男」と書いて、途中でやめ、一行分ぐらいの空白を置いて、再度「ことしはおとこたうかあり」と改めて書き始めるのである。東大本の場合は改丁してから重複部分が書き始められていたが、島原松平文庫本は同じ丁で、一行の空白を置いて再開しているのである。

これは以下のように考えることが出来る。最初に誤写をしたのは、やはり東大本の書写者ではなかろうか。島原松平文庫本は、東大本のような既に誤写のある写本を書写したのである。最初に誤写した人物はそれに気付いて改丁して新たに本文を記した。その本を親本として転写する場合は、空白の部分を詰めて、ただし一行程度の空白を設けて書写したのではないか。こう考えてくると、島原松平文庫本が東大本のような形の伝本から派生したのではないかと推測されるのである。

五　島原松平文庫本は東大本の転写か

初音巻の踏歌の重複記事の例は、島原松平文庫本が東大本の上に立つことはないことを示すものであるが、同様の例を捜して、この見通しを補強してみたい。

須磨巻の第三五項目の引用本文「かりのなきつゝきてゆくこゑかちのをとにまかへり」の部分、東大本は「かちののをとに」とあって二つ目の「の」の横に「イム」とある。異本には二つ目の「の」が無いという注記である。龍門文庫本・神宮文庫本・内閣文庫十冊本いずれも「かちのをとに」と正しい本文で傍書もない。東大本の言う「イ」とは龍門文庫本・神宮文庫本・内閣文庫十冊本などのことになる。ここで注目されるのは島原松平文庫本で、「かちのをとに」と正しい本文でありながら「の」の横に「イム」と傍書があるのである。一つしかない「の」が無い形なら「かちをとに」となり、『源氏物語』の本文とは異なる。これは島原松平文庫本が東大本と同じ本文を持つ伝本を親本として、傍書まで正確に写したものの、本文の方はうっかり正しく「かちのをと」と「の」を一つ少なく書いてしまったので、傍書との間に齟齬が生じたと考えるべきである。これなども、東大本の本文からさらに枝分かれして島原松平文庫本の本文が派生したことを示す好例である。

注釈本文の異同としては次のような例もある。薄雲巻第二項目「いかにいひてかなといふやうにおもひみたれたり」の部分、東大本は注釈本文として前行から字下げをして、更に二字分空白を設けて「みての後さへひとのつらからはいかにいひてかねをもなくへき」と記す。これは『拾遺集』恋五の読み人知らずの九八五番の和歌で初句は「うらみての」とあるべきところである。ここでも、龍門文庫本・神宮文庫本・内閣文庫十冊本は初句をきちんと保持している。東大本の親本に「うら」の二文字が欠落していたが、東大本はその脱字に気付き二字分の空白を設けた。一方島原松平文庫本は「うら」の二文字を欠く点では東大本と同様であるが、東大本のように空白は設けず、注釈本文の行頭から書き始めている。これは注釈の行頭であるから、空白を見落としたのであろう。少なくとも、島原松平文庫本の形から、東大本の形が派生しないことは明確である。

松風巻第二七項目は、西円法師の逸話でも有名な「小鳥付荻枝事」という項目である。「小鳥をぎの枝に付く」ではなく「小鳥を木の枝に付く」であるという牽強付会な説に固執した播磨坊西円が最終的には論破されるのであるが、そのことを詳述するために『紫明抄』の中でも有数の長文の項目となっている。最終的にはこの項目は「満座入興のあひた、播公逐電とそきこえし、これも猶すきのはなはたしき也、いまのよにはありかたくこそ」と結ばれるのが東大本をはじめとする『紫明抄』の一般的な形である。ところが、この項目の神宮文庫本の最終行を見ると、「ありかたくこそつとめてまいりあまれり《（ママ）》」と一一字分長くなっており、それから改行して「みてのみや人にかたらんさくら花てことにおりていへつとにせん古今素性」の和歌が引用されている。これは第二八項目の引用本文

「つつめてまいりあまれり」が誤って第二七項目の注釈本文の末尾に直結して、追い込みで記されているのである。龍門文庫本・内閣文庫十冊本も同様に、第二七項目と二八項目の切れ目がなくなっている。(4)これに対して東大本は、松風巻第二七項目と第二八項目は整然と区別されている。

ところが、島原松平文庫本は、今回は龍門文庫本など三本と同様に、二項目が一つになっているのである。(5)従って、島原松平文庫本は龍門文庫本などと同グループの本文を持つと見なすこともできようが、そう断定するのはいささか躊躇いを有する。実は、東大本を見ると、第二七項目の末尾が、ちょうど行末となっているのである。そのため、うっかりすると第二八項目に直結するようにも見えるから、そのあたりを島原松平文庫本かその親本などが誤認して独立の項目としなかったのかもしれない。従って、島原松平文庫本が龍門文庫本などと追い込みの形が一致するのは、偶然の所為であって、親近性とは切り離して考えるべきであろう。ただ、この例などは、島原松平文庫本の本文が東大本の上位に位置することがないという証左となる。

かくして東大本グループでは、書写の系統の上位に立つ東大本で代表させることが自然であると言えよう。

おわりに

これまでの考察から、以下のことが判明する。

内閣文庫本系統は、東大本・島原松平文庫本のグループと、龍門文庫本・神宮文庫本・内閣文庫十冊本のグループに、二大別される。

東大本グループでは、東大本が本文系統的には上位に立ち、島原松平文庫本は東大本のような形から転写されたものである。したがってこのグループの本文としては東大本で代表させることが出来る。

龍門文庫本のグループでは、龍門文庫本と神宮文庫本が特に密接な関係にあり、内閣文庫十冊本は少数ではあるが、他の二本と異なる本文を持ち、僅かながら遠い位置にある。龍門文庫本と神宮文庫本を比較すると、後者は書写年代も下がり、独自の誤写もあるようであるから、このグループの本文としては龍門文庫本で代表させることが適当であろう。

内閣文庫本の諸本に京大本を加えてみてみると、補入やミセケチの関係から、京大本と龍門文庫本の中間の形を東大本が持っているから、京大本のような形から、東大本のような本文が派生し、さらに龍門文庫本の本文が生じたと考えることが出来る。

次章においては、東大本を取り上げて、京大本と比較することによって何が見えてくるかを考えてみたい。

注

（1）本書十三章、初出は「表記情報から見た内閣文庫本系『紫明抄』」（『日本古典籍における【表記情報学】の基盤構築に関する研究』Ⅰ、二〇一二年三月）本書十五章、初出は「改丁・改行・字母を通してみた内閣文庫本系統『紫明抄』―表記情報学の確立に向けて―」（『日本古典籍における【表記情報学】の基盤構築に関する研究』Ⅳ、二〇一五年三月）。

（2）行幸巻第一一、一二項目は重要な問題を含んでいる典型的な例であるので、本書第十三章「表記情報から見た内閣文庫本系統『紫明抄』」で詳述する。

（3）「おほししる」は東大本では「おほしくる」の「く」をミセケチで消し、「し」と傍書。松平文庫本は「おほししる」である。

（4）内閣文庫十冊本は書写形式は龍門文庫本・神宮文庫本と同じだが、「つとめてまいりあつまれり」と正しい本文である。

（5）ただし本文は東大本と同じく「つとめてまいりあつまれり」の形である。

第八章 京都大学本系統『紫明抄』と内閣文庫本系統『紫明抄』

はじめに

中世を代表する『源氏物語』の注釈書である『紫明抄』は、もっぱら京都大学本系統の伝本の一つである京都大学文学部本が使用されてきた(1)。しかし、いかに優れた写本でも、原本でない以上、転写過程における多少の誤脱・誤写というものは避けられないわけであるから、他本による本文比較というものは必要である。他本によって校訂するかどうかは別として、特定の伝本のみで論じられている状況というものは改める必要があるであろう。

『紫明抄』は、初稿本的位置にある内閣文庫三冊本を除けば(2)、京都大学本系統と内閣文庫本系統に二大別される。そこで、系統の異なる内閣文庫本から一本を選び、京都大学文学部本と比較することによって、何が見えてくるのかを考えてみたい。

内閣文庫本系統には、東京大学総合図書館本、島原松平文庫本、龍門文庫本、神宮文庫本、内閣文庫十冊本、などがあるが、諸本の中でも相互に本文に異同があるために、今回は、東京大学総合図書館本を代表として、京都大学文学部本と一対一の関係で相違が明確になるように論じた。内閣文庫本系統内の諸本の関係は、別稿(3)を参照されたい。

いささか補っておけば、内閣文庫本系統を代表させる伝本としては、系統の名前に用いられた内閣文庫十冊本を用いるのが分かりやすいかもしれないが、同本の書写年代は同系統の他の伝本と比べて早い時期のものとは言い難く、独自の誤写や誤脱も多いので(4)、本章では使用しなかった。系統名は、従来の研究で使用されてきた内閣文庫本系統というのを改めるのは分かりにくいのでそのままとした。従って系統的には京都大学本系と内閣文庫本系の比較であり、伝本で言えば、京大文学部本と東大総合図書館本（以下、京大本、東大本と略称）の比較である。標題から誤解を生じないように贅言した次第である。

猶、以下『紫明抄』の本文を引用する際に、特に断らない限りは東大本を掲出し、京大本を比較本文として示すこととした。また注の所在箇所を示すために、各巻ごとに漢数字で通し番号を付した(5)。またその番号により「第一六項目」「第一四三項目」の形で述べることもある。また原則として各項目に『源氏物語大成』の該当箇所のページ数と行数を（三七6）のような形で示した。

一　引用本文の長短

『湖月抄』や『首書源氏物語』に代表される江戸時代の注釈書のように、『源氏物語』本文全文を引用する形のものを除けば(6)、『源氏物語』の注釈書は、必要な原文を適宜抜き出して、それに注釈を付加するという形を取っていた。従って、同じ注釈書でも、伝本によって抜き出される原文が微妙に異なることもある。最初の注釈書である世尊寺伊行の『源氏釈』などは、本来は『源氏物語』の書き入れ注であったものを「後人が思ひ思ひに摘記した」ために、引用部分が相違するのであると考えられていたほどであった(7)。もっともこの考えは『源氏或抄物』などの『源氏釈』の新出資料を発掘した伊井春樹によって修正されており(8)、稿者も北野克旧蔵本などによって伊井説に賛

意を表したことがある。(9)

『紫明抄』の場合も、系統によって抜き出される『源氏物語』本文の長短が異なることについては従来から知られていたことであるが、問題を鮮明にするために、代表的な型に分けて整理してみたい。

東大本帚木巻第一六項目は次のような内容である。

女のこれはしもとなんつくましきはかたくもあるかな（三七6）

難《ツクマシキナリ》

この部分、京大本では「はかたくもあるかな」の部分を欠く。注釈は「なんつくましき」に漢字を充てて意味を鮮明にすることにあるから、「はかたくもあるかな」は不要である。東大本のような形は冗長、京大本が簡潔とすることができる。ところが、すぐ近くの二四項目は逆のパターンである。

くらゐみしかくて（三八12）

位卑也、選序令曰、位下也

この部分、京大本では「くらゐみしかくて人けなき」と、東大本より長くなっている。今回は、東大本の方が簡潔である。

引用本文の挙げ方が、一方が詳しく、他方が簡略という特色が出れば、それぞれの伝本の性格が推定できるのであるが、このように両方の型が混在しているので、単純に結論を出すことができない。もう一つ、両方のパターンを挙げておこう。

東大本帚木巻第一四三項目(10)と一五五項目の例である。

きぬのをとなひさゝやかにはら〳〵ときこえて（六五5）

夏衣すゝしにねりひとへをかさね故音

心と〻めてとひきけかし（六八4）

としふれとわすれられはてぬ人のうへは心と〻めてなをきかれける　或本在伊勢集　伊勢物語

この二箇所の引用部分を京大本で見ると、前者は「きぬのをとなひ」のみで「さ〻やかにはら〳〵ときこえて」の部分を欠き、後者は「ねたう心と〻めてとひきけかしとあいなうおほす」と、東大本の前後に本文が伸びた形となっている。前者は「さ〻やかにはら〳〵ときこえて」まであった方が良いようであるが、後者は「心と〻めて」の用例にふさわしい和歌を掲出しているのであるから、「あいなうおほす」の部分は不要ではないだろうか。このように東大本や京大本の『紫明抄』が『源氏物語』本文を引用する場合、一方が長く他方が短くという用例がお互いに出入りするのである。

猶、こうした場合、注釈に必要な最低限の引用の方をどうしても評価しがちであることは注意しておかねばならない。簡潔な引用を良しとして、冗長な引用を退けがちとなってしまう。しかし、他方、短すぎる引用は、注の所在箇所を考える場合不便であり、一定程度の長さがあった方が、分かりやすいという考えもあり得よう。何よりも、注釈の作成者、『紫明抄』の場合は素寂という人物が、『源氏物語』の本文を抜き出して引用するときにどのような癖があるのか(11)、長く引用しがちなのか、短い方を好むのか、ということにもよるから、注釈書として合理的な形が、必ずしも本来の形ではないことに意を致さなければならない。少なくとも、引用本文の長短の優劣を判断することには慎重であるべきであろう。

そうしたことに留意しつつも、以下の例は極めて特徴的なこととして押さえておかなければならない。

今回は京大本の本文を掲げる方が分かりやすいので、京大本で例示し、東大本では存在しない部分をカッコの中に入れる形で示した。帚木巻一六一項目である。

とうもなくて（おくなるにおましにいり給ぬ）（六九13）

無道也うこくこともなしといへり(12)

この部分「無道也」は「とうもなくて」の注であるから「おくなるにおましにいり給ぬ」の部分が不要であるが、それだけなら上述の例と同様である。注目すべきはこのあたり、帚木巻の巻末近く、紀伊守邸へ方違えの場面あたりで、京大本の引用本文が長文になる型が集中していることである。帚木巻一六四から一六六項目を、やはり京大本で掲出し、東大本では存在しない部分をカッコに入れた形で示してみると次のようになる。

(かく)をしたち給(七〇6)

押立也

(人からのたをやきたるにつよき心をしゐてくはへたれは)なよたけの心ちしてさすかにおるへくもあらす(七一1)

なよたけのよなかきうへにはつしものおきゐて物を思ころかな　古今 藤原忠房

なよたけはにかたけ也すへておわかたき性ある竹也

ありしなからの身にて(か丶る御心はえを見ましかは)(七一6)

とりかへす物にもかなや世中をありしなからの我身と思はん

特に、和歌を掲出する後ろ二つの例は、「なよたけ」の用例として『古今集』忠房歌をあげ、「ありしなからの」の引歌として『源氏釈』所引の「とりかへす」の和歌をあげるのであるから、京大本の本文はやや冗長の感は禁じ得ない。すぐ近くに、さらに同種の例がある、一七一番と一七三番がそれである。

(ひきたて丶わかれ給あとほと心ほそく)へたつるせきのとみえたり(七二11)

あふさかのなをはたのみてこしかともへたつるせきのつらくもあるかな

ぬるよなけれは(なとみもをよはぬ御かきさまなと見もいれられす)(七四10)

恋しきをなに丶につけてかなくさめん夢たにみえすぬるよなけれは

ここでもキー・ワードたる「へたつるせきの」「ぬるよなければは」の前後に京大本が、必ずしも必要でない部分を付けた形で引用していることが確認できる。結局、これら和歌四首の部分では、京大本の引用本文は、東大本の倍以上の長さであることを知ることができる。それがやや冗長であることはさておき、重要なのは、京大本を単独で見ていたのではこのことは見過ごしてしまうという点にある。京大本を相対化するために、東大本のような本文を対校してみる意味は大きいであろう。

二　引用本文の相違

前節では、『源氏物語』よりの引用本文が、京大本と東大本によって長短の変化があることを確認した。しかし、それらは全体の分量でいえば少数であり、大多数は引用本文も同じ箇所であることが多い。ただ、それらの中には、完全に同文ではなく、小さな異同を含むものもある。本節では、引用箇所は同じであるが、本文の一部に相違がある例についてみてみたい。

まず、幻巻の第五項目「うないまつ」の注釈を掲出する際の『源氏物語』よりの引用本文を見てみたい。微細な問題を扱うので、京大本と東大本を並置する。

○京大本

中将君とてさふらふはまたちゐさくより見給なれにしをいとしのひて見給ひすくさすやありけんいとかたはらいたきさまに思てつゝみてなれきこえさりけるをうせ給てのちは人よりらうたき思に心とゝめ給へりしかたさまにもかの御かたみのすちにつけてそあはれにおもほしたる心はせかたちめやすくてうないまつまにおほえたるけはひたゝならましよりはらう〳〵しとおもほす（一四〇七1）

○東大本

中将君とてさふらふはまたちゐさくより見給なれにしをいとしのひて見給ひすくさすやありけんいとかたはらいたきさまに思てつれきこえさりけるをうせ給てのちは人よりらうたき物に心と丶め給へりしかたさまにもかの御かたみのすちにつけてそあはれにおもほしたる心はせかたちめやすくてうないまつにおほえたるけはひた丶ならましよりはらう〳〵しとおもほす（一四〇七[13]）

約一三〇字分、一見全文同文のように見えるが、よく見れば三箇所の相違があることが分かる。第一が、京大本「思てつ丶みてなれきこえさりける」と東大本「思てつれきこえさりける」の対立、第二が、京大本「人よりらうたき思に」と東大本「人よりらうたき物に」の対立、第三が、京大本「うないまつまに」と東大本「うないまつに」との対立である。

第一の箇所は、『源氏物語』の本文では、青表紙本では「思ひなれきこえさりける」の形であるが河内本では「思ひつつみてなれきこえさりける」（七毫源氏・大島本・鳳来寺本）「思ひてつつみてなれきこえさりける」（高松宮本・尾州家本・為家本）とあり、青表紙本・河内本の対立が鮮明な箇所である。ここでは京大本『紫明抄』の本文が『源氏物語』の高松宮本・尾州家本などと完全に一致する。対して、東大本『紫明抄』の本文と一致する『源氏物語』の写本は確認できない。

第二の箇所は、青表紙本・河内本を問わず『源氏物語』の多くの本では「人よりも……」の本文であるが、京大本・東大本『紫明抄』と同様に「人より……」の本文を持つものがないわけではない。別本の麦生本・阿里莫本などがそうである。京大本・東大本の対立箇所である「らうたき思に」「らうたき物に」の部分は、『源氏物語』の諸本は「らうたきもの」であって、京大本『紫明抄』と一致するものはない。

第三の箇所は、東大本「うないまつに」が正しく、京大本『紫明抄』は衍字であろう。

結局、第一の箇所は京大本の本文が良く、第二・第三の箇所は東大本の本文に従うべきであり、このように一つの項目の中でも、どちらかの系統の本文だけを見ていたのでは分からない、誤写や衍字などが発見されるのである。右の例は、長文の引用本文であるため、あるときは京大本が正しく、ある箇所は東大本が正しいと揺れた例である。これが、一つの項目の中でどちらかだけが正しい例となると、かなり多くのものを数えることができる。

まず、京大本が正しいと思われる例から。

若菜上巻第六八項目は、東大本では「せきもりのかたらぬたゆみにやいとよくかたらひをきていて給」（一〇七三10）とあるが、これは京大本に「せきもりのかたからぬ」云々とあるのが良い。同じく若菜上巻第一〇一項目は、東大本は「はぬなとを」と見出しを立て「不諾」と注するが、これでは意味不明である。ここは京大本の「うけらはぬなとを」とあるのが本来の形で、東大本は冒頭の三文字を脱したために、文意が通らなくなってしまったのである。

次に、東大本が正しいと思われる例から。

須磨巻第五三項目は、京大本では「うち見るよりうれしきにひとつなみたそこほれつる」（四三二4）とあるが、これは東大本の「めつらしくうれしきに」とある方が正しい。『源氏物語』の伝本で「めつらしく」を欠くものはない。薄雲巻第一四項目は、京大本では「みちのくのかふかへふみとも」とあるが、これは東大本の「みち〳〵のかふかへふみ」が正しい。若菜下巻第四項目は、京大本では「花のかけいと、たつをやすからて」（一一二五12）とあるが、これは東大本の「たつこと」の方が正しい。また、横笛巻第一〇項目は、京大本では「かきりたにあるとうちながめつゝ」（一二七五6）とあるが、東大本の「うちなかめて」の方が正しい。蜻蛉巻第三七項目は、京大本では「なとねたましかほるかきならし給との給に」（一九八一5）とあるが、東大本の「ねたましかほに」の方が正しい。

いま、京大本が正しい例を二つ、東大本が正しい例を五つ掲出したのであるが、『紫明抄』全体を通してみると、京都大学本系統（京大本）と内閣文庫本系統（たとえば東大本）で、『源氏物語』からの引用本文箇所に相違がある場合、京大本系統が良質の本文であることが多い。さればこそ、長い間京大本が『紫明抄』の善本として使用されてきたのであった。しかし、上述したように、逆に東大本（内閣文庫本系統）の本文の方が良く、現存『源氏物語』本文と東大本の方が一致する場合もあるので、京大本一辺倒で『紫明抄』を論じることにはやはり問題があるといわざるを得ない。本節の最後に、もう一度、京大本と東大本を並置して見ておこう。橋姫巻第一一項目である。

○京大本

いとあらましき水のをとなみのひゝきに物わすれうちしよるなと心とけてゆめをたに
見るへきほともなけにすこくふきはらひたり

うちかはのなみのまくらにゆめさめてよるはしひめのいやねさるらん

○東大本

いとあらましき水のをと浪のひゝきにも物わすれうちしよるなと心とけてゆめをたに
なし或本此もの字より末のことはなし
みるへきほともなけにすこくふきはらひたり

宇治かはの波の枕に夢さめて夜はしひめのいやねさるらん

本文自体は、京大本「なみのひゝきに」、東大本「浪のひゝきにも」という微細な相違であるが、ここでも、『源氏物語』のすべての伝本が、東大本『紫明抄』の「ひゝきにも」と同文である。京大本『紫明抄』のみを見ている限りでは、逆に助詞一文字であるだけに、「なみのひゝきに」が、『紫明抄』の伝えた独自異文とまで、考えられかねないのである。対校本文を措定する必要性が改めて痛感される。更に、東大本（内閣文庫本系統に共通する）の独自書き入れによれば、『源氏物語』からの引用文が「いとあらましき水のをと浪のひゝきにも物わすれうちしよるなと心とけてゆめをたにみるへきほとも」までしかない、一〇字以上短い形で掲出される『紫明抄』の存在が、「或本」として示されている。これは現存する京大本の本文とも異なる。前節で見たように、『紫明抄』の各項目で引用される『源氏物語』の原文は、伝本の系統（京大本系・内閣文庫本系）によって長短の相違がある場合があることが、確認されるのであるが、この項目の東大本の書き入れにより、現存する『紫明抄』の系統以外の本文の存在まで推測されるのである。これなどは、失われてしまった系統の『紫明抄』の本文の可能性もあるだろう。

さて、最後の例で見たように、東大本では、「或」「或本」「イ」として異文・異本の注記がなされることが多い。次節ではその問題について検討してみる。

三　「或」「イ」として掲出されるもの

夕顔巻第一六項目を、京大本と東大本とを並置してみよう。東大本では、引用本文の末尾の空白の部分に「或本」と記して、小さな文字で、注釈の異文が記されている。

○京大本

てもあてはかにゆへつきたれは（一〇四9）

あてやかにはかなけにゆへあるさまにかきたるといへる也

○東大本

てもあてはかにゆへつきたれは（一〇四9）

あてやか也　はかなけにゆへふかき也　或本 あてやかにはかなけにゆへあるさまにかきたりといへる也

東大本の本来の注釈は「あてやか也　はかなけにゆへふかき也」であって、更に「或本」には「あてやかにはかなけにゆへあるさまにかきたりといへる也」という言説が見られるという意味である。しかしてこの「或本」の部分は、京大本の注釈に一致するのである。すなわち、ここでは、「或本」＝京大本という、分かりやすい構図が成立しているのである。ちなみに、京大本の方には、東大本にあった「あてやか也　はかなけにゆへふかき也」という注釈は、本行本文にも、傍書にも見られない。

夕顔巻第一六項目と同様に「或本」＝京大本の例はいくつも数え上げることができる。

まず、夕顔の例と同じく、注釈部分において「或本」の本文が並置されている例として、帚木巻第一項目を見てみよう。ここでは「ひかるけんしの名のみこと〳〵しう」（三五1）の本文に対して、準拠として敦慶親王を掲出するが、親王の説明の文章中「延喜八年二月廿八日薨」の「延喜」の横に「長或本」とある。これは、京大本の「延長八年」とする記述と一致する。また、柏木巻第五八項目では「きこえさせやるかたなうてよのつねになり侍にけり」（一二五六1）の見出しに対して、東大本は「戀しきはうき世のつねになりゆくを心はかるそものおもひけるる」とあり、「心はかるそ」の横に「猶或本」と小さく記している。これは京大本ではこの和歌の第四句が「心は猶そ」とある本文に一致する。

「或本」として掲出されるものが京大本に一致するものは、項目の見出し部分、すなわち『源氏物語』からの引用本文の部分においても同様の例が見いだされる。たとえば、常夏巻第二一項目の見出しは、東大本「思いるにはしけくともさはらしかし」とあり、行頭に近い部分に「いりなは或本」と傍書が見られるが、これは京大本の「思いりなはしけくと」云々とある本文と一致する。また夕霧巻第五七項目の見出しには、東大本「いのちたに心にかなはすといとはしうおほす」（一三四三6）とあり、「いのちたに」の横に「さへ或」とあるが、これも京大本の「いのちさへ心にかなはす」云々とある本文と一致する。

このように、注釈部分であれ、『源氏物語』本文からの引用部分であれ、東大本が「或本」という形で小さく異文の注記をした場合、その本文が京大本のものであることが多数確認できるのである。

ところがその一方で、「或本」の本文が京大本には見られないパターンも存在するのである。たとえば、東大本椎本巻第二一項目の見出しは次のようなものである。

　いとゝかゝる事には《物おほえぬこゝちして或本》涙もいつちかいにけんたゝうつふし〳〵給へり（一五六〇13）

これは、東大本が「いとゝかゝる事には涙もいつちかいにけんたゝうつふし〳〵給へり」とある部分は「或本」では「物おほえぬこゝちしていとゝかゝる事には涙もいつちかいにけんたゝうつふし〳〵給へり」となっているということを注記しているのである。第一節で述べた、東大本と京大本とで、引用本文の長短があったことが想起されて、京大本が「物おほえぬこゝちしていとゝかゝる事には」云々となっていると考えそうになるが、実際には京大本は、東大本の本行本文と同一で、「或本」として掲出されている部分は存在しないのである。すなわち、この項目が「物おほえぬこゝちしていとゝかゝる事には」で始まる「或本」とは、京都大学本系統とも異なる別種の本ということになる。

こうした例もまた多いが、二例だけ追加しておく。薄雲巻第二三項目、東大本は「ひしりのみかとのよにもよこさまのみたれいてくる事……」（六二二7）とあり「よこさま」の横に「かう或」と傍書する。「或」本には「かうさま」とあるの謂いであろうが、京大本もまた通行の「よこさま」という本文であって、「或」とは一致しない。手習巻第一項目、東大本は「てしのなかにもけんあるしてかちしさはく」（一九八九10）の本文の「あるして」の横に「ありて或」と傍書するが、京大本も「けんあるして」の本文であり「けんありて」という形ではない。

すなわち、「或本」とある場合、それが京大本の本文である場合もあれば、現存する『紫明抄』のどれとも一致しない、独自の文章であることもあるのである。

「或」「或本」以外に、東大本は「イ」という形で、異本・異文を掲出することがある。これもまた、「或本」同様に、京大本と一致する例、一致しない例の両方が見られる。

まずは、東大本の「イ」本が、京大本と一致する例をあげる。
最初に、『源氏物語』からの引用本文の例から。松風巻第三項目、東大本では「はんなとはこ、になんあれと券文也」（五八一7）とあり、「はん」の横に「けんイ」と傍書する。これは東大本の本行本文では意味が通じず、また「券文也」の注釈からも「けんなとは」とありたいところである。ところが東大本の所属する内閣文庫本系統は「はんなとは」で一貫している。これに対して京大本は「けんなとはこ、になんあれと」の本文で、東大本の言う「イ」本と一致する。次に、注釈文の例から、少女巻第三一項目「かせのちからけたしよはしとうちすし給」（六七九8）の注釈は非常に長い文章であるが、その中には孟嘗君の名前が数箇所出てくる。ところが、東大本ではそのうちの一箇所に「孟嘗若」とあって「若」の横に「君イ」とある。これもまた明瞭な誤写といってよいであろうが、内閣文庫本系諸本はすべて「孟嘗若」であり、この箇所が東大本の異文に言う「孟嘗君」となっているのは京大本の本文である。

逆に、東大本の「イ」本が、京大本と一致しない例をあげる。

須磨巻第五八項目、東大本は「かせにあたらはいはへぬへし」（四三四1）とあり、「あたりてはイ」と傍書するが、京大本の本文は東大本と一致して、「イ」として掲出された本文とは異なる。蓬生巻第三一項目、東大本は「いひしにたかふつみもおふへき」（五三七10）とあり、「おもふへきイ」と傍書するが、ここでも京大本の本文は東大本と一致して、「イ」として掲出された本文とは異なる。

このように、東大本では「或本」「或」「イ」など、様々な形で異文校合がなされているが、それらが、京大本系統との異文である場合もあれば、現在では本文が知られていない別系統の『紫明抄』との校異を示したかと思しき箇所もある。いずれにせよ、東大本の本文を通して、別系統の『紫明抄』の本文を知ることができるのは貴重であろう。猶、「或本」の方が「イ」よりも、京大本に一致する確率は高いようである。

最後に、東大本の異文校合が京大本と一致する例、一致しない例が隣接して出てくる箇所を掲出しておこう。手習巻の第二〇項目・二一項目である。異文校合があるのが東大本である。

○京大本
ひとゝせたらぬつくもかみおほかる所
　もゝとせにひとゝせたらぬつくもかみわれをこふらしおもかけに見ゆ
身をなけし涙のかはのはやきせをしからみかけてたれかとゝめし
　なかれゆくわれはみくつとなりはてぬ君しからみとなりてとゝめよ菅家

○東大本
ひとゝせたらぬつくもかみおほかる所（二〇〇二14）
　百とせにひとゝせたらぬつくもかみ我をこふらし面影にたつ《みゆイ》
身をなけし涙の川のはやきせをしからみかけて誰かとゝめし（二〇〇五5）
　なかれゆく我は水くつとなりはてぬ《ぬともイ》君しからみと成てとゝめよ菅家

共に注釈本文の中の異同であるが、前者では東大本が「イ」として掲出する「面影にみゆ」という本文が、京大本のそれであるのに対して、後者では東大本の「イ」として示される「なりぬとも」という本文は、京大本のそれとは一致しないことが確認できるのである。

四　注釈の相違

一節・二節では、『源氏物語』からの引用本文を中心に、東大本と京大本の相違を見たので、本節では注釈部分について見てみよう。

小さな相違から始めれば、引歌などの出典表記の問題がある。帚木巻第六項目と第八六項目は、東大本で引用すると次のような形である。

しのふのみたれやとうたかひきこゆ（三五6）

かすかの丶わかむらさきのすり衣しのふのみたれかきりしられす古今

いたくつなひきてみせしあひたに（五二7）

ひきよせはた丶にもよらてはるこまのつなひきするそなはたつときく拾遺

本文も注釈も東大本と京大本ほぼ重なるのであるが、第六項目の「古今」という出典や、第八六項目の「拾遺」という出典は、京大本には見られないものである。小さな例であるが、こうした出典注記の有無は、かなりの数を拾い上げることができる。もちろん逆の例もあるわけで、東大本に出典がなく、京大本にのみ記載されているという場合がある。こんどは夕顔巻から挙げてみよう。第四五項目、五二項目である。

をきなか川とちきり給よりほかの事なし（一二〇5）

にほとりのおき中川はたえぬとも君にかたらふことつきめやは

われかのけしきなり（一二三3）

ゆめにたになにとも見えすみゆれともわれかもまとふこひのけしきに

二首とも『万葉集』所収の和歌であるが、東大本は出典を記載していない。これに対して京大本は、歌末に「万」と記している。後者は東大本「なにとも」「けしき」とあるところが、京大本では「なにかも」「しけき」と和歌本文にも小異があるが、やはり出典を記さない東大本に対して、京大本では「万」と出典を記していることが注目される。

出典そのものの有無ではないが、記述の仕方に精粗がある場合もある。玉鬘巻第八項目は「ねさうなとをこなひ給」（七三7）の注であるが、この部分東大本では「後撰第廿賀巻云、年三をこなふとて、女檀越のもとよりす、をかりて侍けれは、くはへてつかはしける仙祐法師　も、とせにやとせをそへていのりくる玉のしるしを君見さらめや」などの注がなされるのであるが、京大本では「後撰」と記されるのみで「第廿賀巻」の巻数と部立ての記述がない。同様の例は玉鬘巻第一七項目「ひ、きのなた」（七二八12）の注釈では、東大本は「昨日こそふなてはせしか伊佐魚とる比治奇のなたをけふ見つる哉　万葉第十七羇旅大宰権帥大伴卿上京時作哥」とあり、同じく第一九項目「からとまり」の注釈で東大本が「からとまりのこのうらなみた、ぬ日はあれともいへにこひぬ日はなし　万葉第十五到筑前国志摩郡之韓亭作哥」と記しているところ、京大本は出典を「万」と短く記すのみである。

逆に、京大本の方が出典表記が詳しいものも多数あり、帚木一〇六項は、京大本「ちりをたになとをやの心をとる　ちりをたにすへしとそ思さきしよりいもとわかぬるとこなつの花　古今みつね」（五七5）とあるが、東大本の出典は「古今」とあるのみである。

出典表記から、一歩進めて、注釈の精粗という問題を取り上げてみよう。

帚木巻第四八項目は、京大本は「うへはつれなくみさほつくりて　操也」（四四7）とあるのみであるが、この部分東大本の注釈は「操也　はちすはのうへはつれなきうらみこそものあらかひはつくといふなれ後撰」と、漢字で「操」の意味を示した後、『後撰集』の和歌を引用している。同じく帚木巻第一三三項目も京大本「けうそく　脇足也」（六三1）の箇所の注釈が、東大本では「脇足也　けうそくをおさへてまさへよろつ代の花のさかりはこゝろしつかに後撰」とある。漢字の注釈のみの京大本と、更に和歌の用例を補って詳しく注する東大本という相違が見られる。

帚木巻の二例は和歌を補ったものであったが、注釈の言説が詳しくなる場合もある。須磨巻第四項目「いちはやき世のいとおそろしう」（三九七13）の注は、東大本では、「伊勢物語云、いちはやきみやひをなんしける」と記し、更に小さく「いちはやきはすくれたるをいふ詞也、すみやかなる事か」と記載する。これが京大本では「いちはやき」と記し、細字で「すくれたるという詞也」と付記する。概ね共通する表現であるが、全体に東大本の方が長い注釈となっている。

明石巻第一八項目「このもかのものしはふるい人」（四五三8）の注は、東大本では「木の葉にうつもれたるしつのをしつのめ也」と記し「木葉なとかきあつむるいやしきもの也」と細字で記入しているが、京大本では「木葉なと」以下の細字の部分が存在しない。若菜下巻第一〇三項目「いはけたる」（一一九四7）の注釈で、東大本は「驚駭　幼」とするが、京大本は「幼」の字を欠く。東大本と京大本で注の文章に長短がある場合、東大本の方が詳しいことが多いが、その中でも目を引くのが次の例である。

若菜下巻の第一一九項目、この巻の最後の文章である「かのおはしますてらにもまかひるさなの」（一二二一4）の注釈として「問曰、物語のならひみな詞をのこさゝるをや、いまこの巻のをはりかくのことし、如何」という問に対して、「答云、言語道断の心のうちはと、むるかたなけれは、真言秘密の摩訶毘盧遮那のことし、といひはてたるにこそ、この詞又ふかき心あるへし（中略）、たゝこの一句を誦しておほくのつみをのそかしめ給へ」と締めくくられるのであるが、東大本はこの後に、以下のような独自の文章が存する。

又天台宗義云、普賢経云、毘盧遮那遍一切処其佛住所名常寂光、天台尺ニハ、毘盧遮那遍一切処舎那尺迦亦遍一切処三佛具足無有闕減三佛相即無有一異といへり、妙示尺ニハ、三千在理同名無明三千果成感稱常楽三千無改無明即明三身並常倶躰倶用ともいへり、又云、無始色心本是理性妙境妙智ともいへり、又云、已證遮一躰不二良由無始一念三千故成道時稱此本理一心一念遍於法界ともいへり、顕密の奥義摩訶毘盧遮那の心をこえたる法名あるへからすとも心うへきならは、この物かたりもはかりかたき秘事ならんかし

以上見てきたように、東大本の方が注釈が詳しい傾向があるが、もちろん逆のパターンもある。澪標巻第四項目「三月ついたちのほとにこのころやとおほしやらる、に人しれすいとあはれにて御つかひありけりとくかへりまいりて十六日に女にてなんたひらかに物し給へるとつけきこゆ」（四八七7）では、「明石中宮誕生」に関して「問云、以母名性及子孫事、有例哉」としてその下に小さく「夕顔尚侍　六条斎宮」と記される。「母名性」は「母名姓」が正しいが、問題は細字記載の部分であって、この部分「夕顔尚侍　六条斎宮　明石品宮　此等也」(14)と京大本の方が詳しくなっている。また東大本・京大本の注釈の精粗が交錯する例もある。早蕨巻第八項目を東大本で示せば、「やとをはかれしと思ふ心ふかく侍を」（一六八四13）の見出しに対して「今そしるくるしき物と人またむやとをはかれすとふへかりけり」の和歌を挙げ「一説、ことをはかれす」と傍書する。この「一説」の注記は京大本にはなく、替わって東大本にはなかった「古今業平朝臣」の出典表記が京大本にはある。

最後に注釈の語句の相違に付いてみてみよう。比較的分かりやすい引歌の例を挙げることとする。まず、橋姫巻第三三項目から。

○京大本

みねの松かせもてはやすなるへし

ことのねにみねの松風かよふらしいつれのをよりしらへそむらん拾遺斎宮女御

○東大本

みねの松かせもてはやすなるへし（一五三六6）

ことのねにみねのまつかせかよふらしいつれのをよりしらへそめけむ斎宮女御

或云、琴有風入松曲、拾遺、松風入夜琴

周知の『拾遺集』所収の斎宮女御の和歌であるが、第五句が京大本の「しらへそむらん」の形では時制が合わない。

この部分は、内閣文庫本系統諸本一致する「しらべそめけむ」の形でなければならない。『拾遺集』本文も、『河海抄』に代表される『源氏物語』の注釈書でも当然この形である。続いて、東屋巻第四八項目から。

〇京大本

いはほの中にともいかにとも思給へめくらし侍ほと

いかならんいはほの中にすまはかは世のうき事のきこえさらん

〇東大本

いはほの中にともいかにとも思給へめくらし侍ほと（一八二一9）

いかならんいわほの中にすまはかは世のうき事の聞えこさらん

この例も、京大本の第五句「きこえさらん」の形では音数が合わない。当然ここでは、内閣文庫本系統の諸本の本文でなければならない。最後に、浮舟巻第五五項目から。

〇京大本

むかしはけさうする人のありさまのいつれとなきに思わひてたにこそ身をなくるためしもありけれ

すみわひてわか身なけてんつのくにのいくたのかはゝ名にこそありけれ大和語

〇東大本

むかしはけさうする人のありさまのいつれとなきに思わひてたにこそ身をなくるためしもありけれ（一九一七1）

住わひぬ我身なけてんつの國の生田の川は名にこそ有けれ大和語

この例も、東大本の本文のように「住わひぬ」と初句切れであるからこそ、二人に求婚されて切羽詰まった女の思いが迸るのであって、浮舟巻の注としては、間違ってほしくない表現である。当然『大和物語』の本文でも、『河海抄』などほかの『源氏物語』の注釈書でも、内閣文庫本系統と同様に、「すみわひぬ」の本文である。ここにあげた三例は、和歌の異文・異伝というよりも、単純に京大本（かその祖本）の誤写によるものであろうと思われる。従って、こうした例がある以上、やはり京大本のみで、『紫明抄』を見ていくことには慎重であらねばならない。誤解のないように付け加えれば、内閣文庫本系統にも誤写による本文の乱れは多く、本文価値の平均点を付ければやはり京大本の方が上である。さればこそ、これまで京大本が『紫明抄』を代表する本文として使われ続けてきたのであった。ただ、京大本も、原本ではなく写本である以上、誤写や訛伝が入り込む余地があり、比較する資料を対峙させる必要があるのである。

五　項目の順番、項目の有無

『紫明抄』では、『源氏物語』の原文を一部掲出して、その文章に注釈の言説を付与して一つの注釈項目を形成する。当然その項目は物語の本文の順番に並んでいるわけであるが、時として、項目が本来の順番とは異なる場合がある。その原因としては、転写の際の誤写の可能性が最も高かろうが、素寂が注釈を書き出していく段階で既に生じていたものもあるかもしれない。

若菜上巻の項目からそうした例を挙げてみよう。今回は、論述の都合上、項目の頭に漢数字で巻頭よりの通し番号を付けている。また原文では極めて近い箇所にある注釈が多いので、注の所在箇所を『源氏物語大成』のページ数行数で示したが、同一行に二箇所の注がある場合は「上」「下」で前後を示した、すなわち（一〇五三5上）（一〇五三5下）とある場合、「上」の項目が本文では先に出てくることを示す。引用本文は東大本のそれである。

三六　らてん（一〇五三2下）　螺鈿

三七　ちん（一〇五三5上）　沈

三八　したん（一〇五三5下）　紫檀
三九　いしなとはたてす（一〇五三1上）　倚子
四〇　ちしき四十枚（一〇五三1下）　地敷
四一　けうそく（一〇五三2上）　脇足
四二　もの丶みやひふかく（一〇五三6）　閑麗
四三　おりたちてさうやくし給（一〇五五3上）
　雑役《サウヤク》、さい〳〵のいとなみなり
四四　こものよそえた（一〇五五3下）　籠物菓子也、木物ともかけり
四五　おほんへきとも（一〇五五5）　御器
四六　上手のつきといひなから（一〇五五13）　継也
四七　すくるよはひもみつからの心にはことに思とかめられす（一〇五四2）
　日月流邁、歳不我與毛詩

『源氏物語大成』のページ数行数から分かるように、実際の原文では、三九、四〇、四一、三六、三七、三八、四二、四七、四三、四四、四五、四六の順番で出てくるのである。項目の順番が、かなり大幅に入れ替わっていることが看取されよう。このうち、三六から四一までは、漢字を充てるだけの簡単な注釈であるし、原文での場所も比較的近接しているので、抜き出すときに多少順番が入れ替わると言うことはあるかもしれないが、四七項目の注などは、場所も隔たっており、『毛詩』を引用する注釈であるので、これがなぜ、四三、四四、四五、四六項目の後ろに出てくるのかは不明である。その原因は不明であるが、現存する『紫明抄』すべてこの順番であるので、少なくとも現存写本の共通祖本の段階で、こうした順番であったことが分かる。ただ、すべてがこのパターンである

かというとそうでもない。異なる三つのパターンが一つの巻に出てくる帚木巻の例を見てみよう。

まず、若菜上巻三六項目～四七項目の時と同様に、すべての『紫明抄』の伝本で共通して順番が誤っている例を挙げておく。

三七　いふかし（四二5）　未審也

三八　ことえりをし（四二2）　撰言也

『源氏物語』本文でも八〇字以上隔たっており、正しくは、三八、三七の順番で出てくるべき所であるが、『紫明抄』諸本すべてこの順番である。猶、「いふかし」は河内本独自の本文で、青表紙本では「ゆかしき」とあるところで、言うまでもなく、『紫明抄』が河内本に注釈を付けたものであることを示す好例である。また、京大本では第三七項目の見出しは「いふかしき」で小異がある。

ところが、こうして例とは異なって、『紫明抄』の諸本で項目の配列が異なっている場合があるのである。

九二　りちのしらへ（五四4）　律調

九三　よくなるわこんをさゝへと、のへたり（五四3）　琴有能鳴調

東大本「律調」京大本「律調也」、東大本「さ、へ」京大本「しらへ」などの小異があるが、それ以上に重要なのは、京大本では九二・九三の項目は前後が入れ替わった形で記載されており、『源氏物語』本文の正しい順番で出てくるのである。これなどは、京大本のような本文から転写されるときに、誤って二つの項目が転倒したものと思しき例である。こうした例だけであれば、従来から上質の本文とされてきた京大本で『紫明抄』を読めば防げる問題のようであるが、実は逆のパターンも見いだせるのである。帚木巻六七・六八項目、一四四～一四七項目の、二つの例を掲出してみよう。

六七　えたのむましく（四八2）　吉

六八　けうして（四八5）　興也

〇

一四四　さゝやか（六五5）　少々、又云、狭々也
一四五　かみ心なしとむつかりて（六五7）　守也
一四六　さうしのかみより（六五8）　障子上也
一四七　よすかさたまり給へる（六五11）　便也

どちらも東大本では、『源氏物語』の本文の記述の順番に並んでいるのであるが、これが京大本『紫明抄』では、六八・六七の順番となって前後が入れ替わっており、一四五・一四六・一四七・一四四番と、三つ前の項目が後ろに来ている場合もあるのである。こうした例がある以上、京大本以外の『紫明抄』を参看する必要が改めて確認できよう。

以上の例は、『紫明抄』の注釈の項目の順番が乱れている例であり、それらは東大本・京大本共通して誤っている場合、東大本のみが誤っている場合、京大本のみが誤っている場合、以上の三つに大別できる。そのうち二つは系統による相違であるが、中には、系統によって特定の項目が存在したり、しなかったりという場合もある。この問題について考えてみよう。東大本『紫明抄』胡蝶巻の第二〇項目は以下のようなものである。

とりにはさくらのほほなかてうには山吹のかさね（七八六14）
　鳥桜細長　蝶山吹重

注釈の文章からも、『源氏物語』の本文からも、「ほほなか」は「ほそなか」であるべきところであるが、東大本以外の龍門文庫本・内閣文庫十冊本・神宮文庫本・島原松平文庫本の内閣文庫本系統いずれもこの本文である。「そ」の字を「ゝ」字と誤認して「ほそなか」→「ほゝなか」→「ほほなか」と変化したものであろう。重要なのはこの

項目自体が京大本にないという点である。可能性としては、京大本の誤脱、東大本の補入という両方が考えられよう。補入とすれば、素寂自身の手になるもの、すなわち『紫明抄』の注釈の進展によるものと、後人の営為、すなわち後の注釈の混入との、更に二通りの可能性に分けられよう。後述するごとく、京大本の『紫明抄』にあって、東大本には欠けているという、逆の場合も存在するから、この例は京大本『紫明抄』の誤脱というように考えておきたい。

同様の例はいくつかあるが、蛍巻第一五項目がやや注目される。これもまた東大本のみの独自項目で「こまのゝものかたり　古物語也」（八一九2）とある注釈は、京大本『紫明抄』には見られないものであるが、東大本ではこの項目の横にさらに「無本」と記しているのである。京大本のような伝本には存在しないという注記であろうか。

さらに、東大本の独自項目として、宇治十帖から二つあげておきたい。

まず、宿木巻第六項目は「はな心におはする宮なれは」（一七一〇8）と、『源氏物語』よりの引用本文があるだけで、注釈本文は存在しない。おそらくは「はな心」に注釈をする予定で項目として立項していたものの、適切な用例がないなどの事情で項目は最終的に削除されたものでもあろうか。京大本系にはこの項目自体が存在しない。内閣文庫本系統に残存するこの部分は、『紫明抄』成立過程を窺わせる好資料である。

遡るが、橋姫巻第二二項目も同様の例である。「あやしくかうなきやうの物のとはすかたりすらんやうにおほさるれと」（一五二八11）と、この部分も、引用本文のみである。「かうなきやうの物」などに注釈の可能性があったであろうが、前件同様の事情で最終的には削られ、京大本系などには項目自体が存在しない。ところで、内閣文庫本系統の内閣文庫十冊本、龍門文庫本、東大本諸本共通して、この項目は、前項橋姫第二一項目「これも月にはなる、物かは」の注釈本文の末尾にそのまま追い込みで記されている。恐らく、『紫明抄』作成過程のある段階では、第二二項目は独立していたであろう。それが、転写過程で、注釈本文がないために誤って二一項目の末尾に接続して書写され、その本が現存する内閣文庫本系統の諸本の共通祖本となったものであろう。こうした点は留意しておかなければならない。

おわりに

本章では、引用本文、注釈本文に分けて、東大本と京大本を比較してみた。その結果、内閣文庫本系統の東京大学総合図書館本も、京都大学本系統の京都大学文学部本も、単独で用いることができる完全な写本ではなく、対校する本を措定する必要があることが確認できた。基本的には、従来から使用されてきた京大本の優位性は動かないが、やはり単独の写本だけで論じるには様々な不安な要素があることがこれまでの検討で確認できた。五節で見たように、項目の順番が入れ替わったり、或いは項目そのものがなかったりする以上、対校本を参看することの重要性は一層強くなるであろう。また、第三節で見たように、内閣文庫本系統の東大本は、京都大学本系統との異同を「或本」「イ」として多く掲出している。本文比較という視点を持っていた点でも注目される。また、「或本」「イ」として掲げられた文章の中には、京大本と一致しないものも少なくなく、これは失われてしまった別系統の『紫明抄』の逸文である可能性もあり、東大本は、様々な点から注目される伝本であると言えよう。

注

（1）京都大学本系統には、京大文学部蔵の完本と、京大図書館蔵の残欠本がある。ほかに慶應義塾大学や鶴見大学に残存本がある。文学部本の翻刻には、戦前に『未刊国文古註釈大系』があるが、最も一般的に使用されているのが、『紫明抄・河海抄』（角川書店、一九六八年）である。影印には、京都大学国語国文資料叢書二七・三三『紫明抄』

（臨川書店、一九八一・八二年）がある。
（2）この伝本については、田坂「二種類の『紫明抄』」（『源氏物語本文の再検討と新提言』3、二〇一〇年三月。本書第五章）及び、『源氏物語享受史論考』（風間書房、二〇〇九年）の各論を参考にされたい。
（3）田坂「内閣文庫本系統『紫明抄』の諸本について」（本書第七章、初出は「内閣文庫本系統『紫明抄』の再検討」『源氏物語本文の再検討と新提言』4、二〇一一年三月）。
（4）注（3）拙稿参照。
（5）田坂〈源氏物語古注集成〉一八『紫明抄』〈おうふう、二〇一四年〉所載のものと一致する。
（6）中世のものでは、残存本から推測される『水原抄』が同じ形式である。同本については、寺本直彦『源氏物語論考古注釈・受容』（風間書房、一九八九年）、田坂『源氏物語享受史論考』（風間書房、二〇〇九年）第三章、など参照のこと。
（7）池田亀鑑『源氏物語大成』研究篇第一部第三章「源氏釈の形態と性質」中央公論社、ほか。
（8）伊井春樹『源氏物語注釈史の研究』（桜楓社、一九八〇年）。
（9）田坂『源氏物語享受史論考』第一章（風間書房、二〇〇九年）。
（10）東大本は「夏衣」の横に「或直」と細字で記すが、これはいま省略した。
（11）素寂は『紫明抄』の序文で、「杜預が伝癖につかれし……素寂が源癖をなやむ」云々と述べている。言うまでもなく、蒙求「元凱伝癖」などでよくしられた杜預の左伝癖を踏まえての表現である。
（12）東大本は「動もなき也　うこくこともなしと云也」といささか表記に相違がある。以下こうした些細な相違は省略することがある。
（13）東大本の原態は「めやすくて」で改行している。いま「うないまつ」以下を追い込みで表記した。
（14）「明石品宮」は、京大本系統の中でも、京都大学文学部本の独自本文で、ここは京都大学図書館本の「明石一品宮」が正しい本文である。田坂「京大文学部本『紫明抄』と京大図書館本『紫明抄』」（本書第九章、初出は「対校資料としての京都大学図書館本『紫明抄』」『源氏物語本文のデータ化と新提言』Ⅱ、二〇一三年三月）参照。

第九章　京大文学部本『紫明抄』と京大図書館本『紫明抄』

はじめに

今日『紫明抄』として、最も一般的に用いられているのは京都大学文学部国語国文学研究室本である。早く戦前に『未刊国文古註釈大系』（帝国教育会出版部）第十巻に翻刻され（これをそのまま複製したものが日本図書センター『日本文学古註釈大成』版である）、のちに『紫明抄・河海抄』（角川書店、一九六八年）として再度正確な翻刻がなされ、以降この角川版から引用されることが多い。また京都大学国語国文資料叢書二七・三三（臨川書店、一九八一年・八二年）に影印もある。

『紫明抄』は写本自体がそれほど多くない資料であるが、それにしても、現実には京都大学文学部国語国文学研究室本しか使われていないと言っても過言ではない。こうした現実に鑑み、稿者は、この写本とは別系統の内閣文庫本系統の諸本の分析や、(1)『紫明抄』の原型を伝えると思われる写本の調査報告を行っているが、(2)京都大学文学部本の系統の中での検討を行う必要もあるだろう。京都大学文学部本が最善本であることはおそらく動かないとは思われるが、それにしても誤写・誤脱の類が皆無ではなかろうし、何よりも同系統内の写本との比較も完全には行われていないという状況がある。(3)

今回は、同系統の写本の中で、完本である文学部本に次いで多くの巻が残っている、京都大学附属図書館本を対校資料として取り上げてみる。図書館本は、三冊の残欠本であるが、巻一、巻三、巻四、巻九、巻十と半数の巻を有している。分量的にこれに次ぐものは、一冊の残存本である内閣文庫一冊本で、巻一・巻二のみを有している。それ以外に、ごく一部の残存本や断簡、抜き書きなどが伝存している。以下、善本たる京都大学文学部国語国文学研究室本『紫明抄』と、同系統でこれに次ぐ分量を持つ京都大学附属図書館本『紫明抄』の本文を比較していく。京都大学附属図書館本が対校資料としてどれくらいの価値を持っているかを明らかにしたい。この二本の比較が中心であるから、適宜、文学部本、図書館本の略称を用いることがある。

一　図書館本の本文が劣る部分

文学部本が『紫明抄』の善本であるならば、文学部本と図書館本の本文に相違が見られる場合、文学部本の本文が妥当であるパターンが多くなる。ただ注釈内容が正しくとも、それが『紫明抄』本来のものであるのか（素寂が誤った注釈をしている可能性はないか）、『源氏物語』からの引用が正しくとも、それが『紫明抄』本来のものであるのか（素寂が誤った引用をしている可能性はないか）、などに留意する必要はあろうが。

取りあえず、明瞭に図書館本の本文に問題があると思われる箇所を掲出してみよう。

たとえば、空蟬巻の第一二項目「そほれゐたり」と第一三項目「われにかいまみせさせよとの給」の二項目で比較してみよう。

京都大学文学部本『紫明抄』では、この二つの項目の引用本文、注釈本文がそれぞれ一行に収められている。すなわち次のような形式である。

そほれゐたり　　　　　　　　われにかいまみせさせよとの給

たはれたる也　たはふれ也　視其私屛日本記第二

これが京都大学図書館本『紫明抄』では以下のような形となっている。

そほれゐたり　　われにかいまみせさせよとの給たはれたる也

たはふれ也　　視其私屛日本記第一

図書館本、文学部本共に、「視其私屛」に「カイマミ」との訓みが付されているが、これは省略した。図書館本で注目すべきは、引用本文の「われにかいまみせさせよとの給」に続けて「たはれたる也」の一文が記されていることである。「そほれゐたり」と「われにかいまみせさせよとの給」の間には、明確に空白が設けられ、これらが別項目の引用本文であることが明示されているが、「……せさせよ……」の間には、明確に空白が設けられ、これらが別項目の引用本文であることが明示されているが、「……せさせよとの給」と「たはれたる也」の間にはそのような空白は存せず、「われにかいまみせさせよとの給たはれたる也」が一続きで、引用本文であるかのような形となっている。図書館本を子細に見れば、「たはれたる也」の部分の文字がその前の部分と比べてわずかに小さくなっているので、図書館本の書写者が「われにかいまみせさせよとの給」が引用本文で「たはれたる也」がそれに対する注釈と認識していたと見ることも不可能ではないが、この部分は行末にあたるので、一行に収めるために多少文字が小さくなった可能性もあり[4]、即断は出来ない。「たはれたる也」が「われにかいまみせさせよとの給」と一続きの引用本文の形であるにせよ、その部分に対する注釈本文の形であるにせよ、本来は前の項目の「そほれゐたり」の注釈であるのだから、図書館本の形は明らかな誤りと言わざるを得ない。

こうした誤りが生じた理由は以下のように推測されよう。

「そほれゐたり　　われにかいまみせさせよとの給」という一行があり、次の一行が「たはれたる也　　たはふれ

也　視其私屏日本記第二」となっていて、前の行末が多少余ったので、次行の行頭の「たはれたる也」を前行に追い込みで記したのである。すなわち、この箇所は今日の京都大学文学部本のような形式の写本から派生した誤謬本文であると断定して良かろう。

また、図書館本には、一〇字以上の脱文と思われる箇所がある。

橋姫の冒頭の部分が、その一例としてあげられる。猶、文学部本では、八宮、大君、中君の説明部分と、「このふたりは」以下の部分が明確に文字の大きさを分けて、書かれているが、図書館本は、説明文と「このふたりは」以下の部分が同じ文字の大きさである。今便宜上文字を大きくして掲出している。

○京大文学部本

そのころよにかすまへられ給はぬふる宮おはしけり

宇治八宮　号優婆塞宮

桐壺帝第八親王也　母左大臣女

総角大君　あけまきのまきにてかくれ給ぬ　これによりてあけまきのおほい君

と申　薫左大将の念者なりき

通昔中君　匂兵部卿宮にむかへられて若君なとまうけ給へりしほとに夕霧の六君

にかよひ給しころふるさとを御心にかけ給へりしより通昔中君となつく

このふたりは、故北方の御はらにてはしひめの巻にむまれ給

き母北方は中の君うみたてまつりてはかなくうせ給ぬ

○京大図書館本

そのころよにかすまへられ給はぬふる宮おはしけり

宇治八宮　号優婆塞宮
桐壺帝第八親王也　母左大臣女
総角大君　あけまきのまきにてかくれ給ぬ　あけまきのおほい君とそ　薫左大将に心つよくてやみにし人
匂兵部卿宮にむかへられ
通昔中君　ほとに夕霧六君にかよひ賜しころふるさとを心にかけ給へりしより通昔中君となつく
このふたりは故北方の御はらにてはしひめの巻にむまれ給き　母北方中の君うみたてまつりてはかなくうせ賜ぬ」(一オ)

最も大きな相違は、「通昔中君」の説明として、文学部本は「匂兵部卿宮にむかへられて若君なとまうけ給へりしほとに夕霧の六君に」とある箇所が、図書館本では「匂兵部卿宮にむかへられ(空白)ほとに夕霧六君に」となっている。図書館本では明らかに意味が通らず、脱文と見なすべきである。図書館本は行の末尾に数字分の大きな空白があるので、図書館本の書写者が、この部分の脱落を意識していたことが想像される。親本の本文が読めなかったか、すでに空白の形であったかであろう。小さな相違としては、「総角大君」の説明文の中で、「これによりて」の文学部本の本文を図書館本が欠く。同じく「総角大君」の説明文の中で文学部本「と申」「薫左大将の念者なりき」、図書館本「とそ」「薫左大将に心つよくてやみにし人」の相違がある。

別稿で述べたが、(5) 図書館本には、冒頭の素寂の自序の部分には、ほぼ一行分目移りで脱落したと思われる箇所もある。

図書館本は完本でない上に、このような誤脱の例などが散見するために、『紫明抄』の代表的本文としては使用されないまま今日に至ったのである。

これに対して、数量として多くはないが、図書館本の本文が文学部本よりも優れていると思われる部分もある。こうした箇所は『紫明抄』の本文校訂資料として使用することが出来る。それらをいくつかの型に分けて見てみることにしよう。

二　文学部本の重複箇所

本節では、文学部本では記述が重複しており、図書館本を参観することによって、その重複を回避できる例を見てみる。

帚木巻第六八項目「えたのむましく」六九項目「つらつゐつきて」七〇項目「のりのし」七一項目「またけらうに侍し時」七二項目「かたちなといとまほにもはへらす」は、文学部本においては、以下のように記されている。重複の事情が図書館本の写本の表記の形と関わると思われるので、出来る限り原態に近い形で掲出する。丁をまたいでいるので、改丁情報をあわせて記す。

えたのむましく　つらつゐつきて　のりのし　またけらうに侍し時
吉　　　支頓　　　法師　　　下臈　」（二九ウ）
つらつゐつきてむかひゐたり　　またけらうに侍し時
支頓ツラツエツク　　　下臈
かたちなといとまほにもはへらす
真帆なり

文学部本では、第六八項目、六九項目、七〇項目、七一項目の引用本文を一行に追い込みの形で記し、いわば項目だけを一行にまとめて書き、隣の行にそれぞれの項目の注釈をやはり追い込みの形で記すのである。そこでちょうど二九丁の裏が終わり、紙を改めている。次の三〇丁の表は、当然第七二項目「かたちなといとまほにもはへらす」から始まるはずであるが、何故か、第六九項目「つらつゐつきてむかひゐたり」と七一項目「またけらうに侍し時」を二九丁裏と重複して記載しているのである。紙の変わり目であることが、重複の背景にあるのであろう。

この部分は、図書館本では三二丁表の二行目から四行目にあたる。

えたのむましく　つらつゐつきて　のりのし　またけらうに侍し時

吉也　支頬　法師　下﨟

かたちなといとまほにもはへらす

真悦なり帆歟

六五項目から六八項目まで一行に追い込みで書く方式はまったく同じであるが、丁の変わり目でないため、注釈項目が重複することもなく、その次の行には正しく六九項目の注釈が記され、重複など存在しない。

文学部本で注釈内容が重複する例としては、桐壺巻第七項目、八項目、九項目の後に、第七項目の注釈内容と重なるものが記される。

みこさへむまれ給ぬ

光源氏六条院　降誕事也

一のみこは右大臣の女御の御はらにてよせをもくうたかひなきまうけの君とよにもてかしつきゝこゆ

よせ　縁也

なに事もゆへある事のふし〳〵にはまつまうのほらせ給

　まうのほる　昇進也　参昇也万葉集　参進日本記　馳上同　」（八オ）

　この君うまれ給てのちは

　　光源氏六条院　降誕事

八ウの最初の二行の「この君うまれ給てのちは　光源氏六条院　降誕事」は、すでに記されている八オの「みこさへむまれ給ぬ」の注釈部分と完全に一致しており、重複の感は否めない。ここでは丁の表と裏に分かれていることが重複注釈の背景にあろう。図書館本を見てみると、「この君うまれ給てのちは」の項目自体を立てておらず、「光源氏六条院　降誕事」の部分が重複記載されることはないのである。

帚木巻第五項目「かたの、小将にはわらはれ給けんかし」では、文学部本は次のような注釈を記す。

　英明中将交野に一宿す　宇多――斉世親王三品　兵部卿　三品　兵部卿――英明

すなわち「三品　兵部卿」の傍書が左右両側に重出する。図書館本は左側の傍書がない。

次に、文学部本帚木巻第一〇項目をあげる。

おさ〳〵幹了也　軌制《オサ〳〵》日本記　漸々《オサ〳〵シ》順和名　治天下《オサ〳〵》匡房卿説　番長《オサ〳〵シ》異説　治《オサ〳〵シ》　優《オサ〳〵シ》

　日本紀云　成務天皇四年甲戌二月　始定諸国境　各分郡邑　詔曰　自今

　以後　国郡立長　県邑置首　即当国之幹了者　任国郡之首長　是

　為中区之蕃屏

　又治オサ〳〵シ　又優オサ〳〵シ

　古今第九忠峯長哥云

　とのへもる身のみかきもりおさ〳〵しくもおもほえす

文学部本は「為中区之蕃屛」の次の行に「又治オサ〳〵シ　又優オサ〳〵シ」と記すが、これはすでに「日本紀云、成務天皇四年」の記述の前行に見えたものであって、ここに重出させる必要はない。図書館本では二回目の「又治オサ〳〵シ　又優オサ〳〵シ」を記さない。

以上のように、文学部本だけを見る限りでは重複している記述も、図書館本を参照することによって、それが『紫明抄』の標準的な本文でないことが分かる。控えめな言い方をしても、少なくとも京大本系の中でも共通するものではないことを確認できるのである。対校資料としての図書館本の重要性が窺われよう。ただこれらの例は、素寂が重複記載したものを、後の書写者が削ったという可能性もあり、いずれの本文が正しいかと言うことは即断できない。もちろん素寂自身が、推敲を加えて重複を削った可能性もある。

最後に逆のパターン、図書館本が重複する記述をあげておく。桐壺巻第一一一項目葵の上に関する注記である。

女君はすこしすく《過》し給へるほとにいとわかうおは
すれはにけな《無似気》うはつかしとおほしたり
　源氏君十二歳　葵上十六歳　女の御とし四すき給へ　」（二四ウ）
　ることをいふなり
にけなうはつかしとおほしたり
　無似気

最後の「にけなうはつかしとおほしたり　無似気」の部分が、図書館本では重出している。実は、この重複箇所も改丁と関わっている。「女の御とし四すき給へ」で、図書館本の二四丁の裏が終わり、「ることをいふなり」から新たな紙となるのである。また前丁末尾「すき給へ」の後「り」とあって胡粉で塗り消している。「給へり」と書きかけて、「給へることを」と続くことに気付き修正したのであろう。そうした修正作業に意識がとらわれていたことも「にけなうはつかしとおほしたり　無似気」の部分が重複する背景にあるかもしれない。

三　文学部本の脱字と衍字

京都大学文学部本の『紫明抄』だけを見ていると、『源氏物語』からの引用本文が通行のものと異なっていたり、注釈本文に意味が通じにくい箇所があったりする。それが『紫明抄』の本来的な表現であるのかどうかということは、『紫明抄』の他の伝本と比較してみるよりほかはない。本節では、文学部本の脱字や衍字ではないかと思われる例を見てみる。図書館本の方が正しい例であるので、図書館本で引用する。

まず、帚木巻第一四二項目である。

あるしもさかなもとむとこゆるきのいそきありく
　たまたれのこかめを中にすゑてあるしいもとや
　さかなもとめにこゆるきのいそにわかめかりあけに

風俗歌「玉垂」からの引用であるが、図書館本の最後の行「わかめかりあけに」の部分が文学部本では「わかめあけに」となっている。出典に照らしても意味の上からも図書館本の方が正しく、文学部本は書写の際の脱字ではなかろうか。

次いで、澪標巻冒頭近く、第三項目を見てみる。猶、この箇所には表記の異同が多く煩雑なため、漢字と仮名の相違、ア行ワ行の仮名遣いの相違などには言及しない。

源氏の大納言内大臣に成給ぬかすさたまりてくつろく

所なかりけれはくは、り給也けりやかて世のまつりこと
しり給へしとあれとさやうのことしけきそく《職》にはたへ
すなんとてちしのをと、をそ摂政し給へきよしゆつり
聞え給をやまひのおもきによりて位もかへしたて
まつりしをいよ〳〵おひのつもりそひてさかしき
事侍らしとうけひき聞え給はす人のくに、も　」（一八ウ）
時うつり世中のしつまらぬをりはふかき山に跡を
たへたる人たにもしろかみをはちすいてつかふるたく
ひをこそまことのひしりにはしためれ

『源氏物語』よりの引用本文の箇所であるが、致仕左大臣の言葉の中で「いよ〳〵おひのつもりそひて」の部分、文学部本では「いよ〳〵おもひのつもりそひて」となっている。「老い」が本来の形で「思い」で意味は通じない。「おもひのつもり」は、『源氏物語大成』や『源氏物語別本集成』などを見ても、現存『源氏物語』には見られない本文である。文学部本は「も」の文字が誤って入ってしまったものであろう。

右に続く、澪標巻第四項目は次のような形である。

三月ついたちのほとにこのころやとおほしやら
る、に人しれすいとあはれにて御使ありけりとく　」（一九オ）
かへりまいりて十六日に女にてなんたひらかに物
し給へるとつけきこゆ

明石中宮誕生　三月十六日　事

問云　以母名姓及子孫事有例哉　夕顔尚侍　六条斎宮　明石一品宮　此等也

注釈本文の部分、図書館本の「明石一品宮」は、文学部本では「明石品宮」であり、脱字と見なすべきもの。図書館本のように「明石一品宮」でなければならない。

同じく、松風巻の第一項目は、文学部本の脱字を、図書館本の本文で補うことの出来る例である。

むかしは、君の御おほち中務の宮と聞えしか領し
給ける所大井河のわたりにおもしろき山里有けり

前中書王　中務卿兼明親王　延喜御子　兎裘賦云
余亀山之下　聊卜幽居　辞官休身欲終老

最後の部分、文学部本では「辞官休身欲終」とあり、図書館本と比べると「老」の一文字がない。ここは、「余、亀山の下に、聊かに幽居を卜ひて、官を辞り身を休め、老を終なむと欲す」であるから、「老」の字がなければならない。図書館本の方が、正しい形である。

少し複雑ではあるが、帚木巻第一七一項目は文学部本に衍字の可能性があるものである。

ひきたてゝわかれ給ほと心ほそくへたつるせきのとみえたり
あふさかの名をはたのみてこしかともへたつる
関のつらくもあるかな

引用文の冒頭「ひきたてゝわかれ給」の後に、文学部本は「あと」の文字が入る。意味上は不要で衍字ではなかろうか。これは親本の「給」が「跡」に見えて「給跡」＝「給あと」と二重に見てしまったか、「ほと」を「あとほと」と二重に見たか、であろうか。いずれにしても、文学部本の「あと」は不要な文字で、この二文字がない図書館本が正しい引用文である。

四　注釈内容に関わるもの

次に注釈内容に関わるもので、図書館本を参観することによって、文学部本の誤謬を修正することの出来る重要な箇所を挙げてみよう。

用例としての順番は前後するが、最初に分かりやすい事例として、明石巻の巻末近く、第五二項目の例を挙げる。

かすより外の権大納言になり給つき〳〵の人もさる
へきかきりはもとのつかさ給はりよにゆるさるゝほと
かれたりし木の春にあふ心地していとめてたけなり
　光源氏君還任員外納言事

注釈の部分、図書館本の「還任」が、文学部本では「還住」となっているのである。文学部本の「還住」では下の「員外納言」とのつながりが悪く、図書館本の「還任」の形の方がよい。祖本の「任」を、文学部本（またはその親本など）が誤って「住」と書写してしまったことによるものであろう。

つぎに、夕顔巻第五六項目の例。

むかし物語のたとへにこそかゝることはきけいと
むくつけうもあるかなとめつらか也
　伊勢物語云　おにはやひとくちにくひてけり
あなやといひけれと　神なるさはきにえきか
さりけり

注釈の部分、図書館本の「神なるさはきに」の箇所が、文学部本では「神なひさはき」となっていて、意味が通らない。文学部本の書写者は「かみな（る）」の最初の三文字（三音）の部分を見たときに「かんなび」「神南備」と連想して、つい「神なひ」と書いてしまったのではなかろうか。

夕顔巻の第八四項目は、文学部本、図書館本、それぞれ本文に欠陥があり、両者によって相互に校訂すべきものである。図書館本の本文で掲出する。

　おかしきさまなるはくしあふき

　　帥《隆家》　下向の時、中宮《妍子》よりはなむけに扇を

　　つかはしける

　すゝしさはいきの松はらまさるとも

　　そふるのあふきの風なわすれそ

まず見出しの部分、文学部本は「おかしきさまなるくしあふき」とあり、こちらが正しい。図書館本の「は」は不要であり、文学部本の形に修正しなければならない。これは誤写が分かりやすい例で、重要なのは注釈の部分である。注釈では和歌の第五句が図書館本の「風なわすれそ」に対して、文学部本では「かせにわすれは」となっているのである。この妍子から隆家に送られた和歌は、『栄花物語』にも記述のあるよく知られたものである。「生の松原の風の方が涼しくても、この扇に添えた風を忘れないでほしい」との含意であるから、この引歌の結句「かぜにわすれは」では意味が通らない。この部分、図書館本の本文の形でなければならない。

こころみに、『今鏡』巻四・藤波上から引用すれば「妍子と申すは、女院と同じ御はらからにおはします。……枇杷殿の皇太后と申す。隆家の帥くだり給ひけるに、この宮より扇たまはすとて、涼しさはいきの松原まさるともそふる扇の風な忘れそ[6]」とある。もちろん初出の、『栄花物語』たまのむらぎくでも「涼しさは生の松原まさると

も添ふる扇の風な忘れそ」（一一九番）であり、『新古今集』巻九、離別にも「大宰帥隆家くだりけるに、あふぎたまふとて　枇杷皇太后宮。八六八すずしさはいきの松原まさるともそふる扇の風なわすれそ」とある。(7)

『新編国歌大観』で検索すれば、他に、上述した『今鏡』藤波・四三番を除いても、『続詞花和歌集』巻一四・別・六七六番、歌枕名寄九〇一九番などに重出するが、いずれも結句に異同はない。ところが、『源氏物語古注釈引用和歌』の五八八番に「すずしさはいきの松ばらまさるともそふる扇のかぜにわすれば」となっている。これは京都大学文学部本『紫明抄』からの引用なのだろうか。それとも他に「かぜにわすれば」の本文を持つ注釈書があるのだろうか。

ちなみに、『源氏物語古注釈引用和歌』とは、一書として存在しているものではなく、「源氏物語古注釈書のうち、（1）「源氏釈」……（2）「奥入」……（3）「紫明抄」……（4）「河海抄」……が引用する和歌」(8)を集成したものである。そしてこの『源氏物語古注釈引用和歌』では、初出注釈書からの引用を原則としている。この「かぜにわすれば」の形の引歌の出典は（4）『河海抄』となっており、『河海抄』がこの本文を持っているようである。ところが『源氏物語古注釈引用和歌』が依拠している角川書店版の『河海抄』では、『栄花物語』以下と同様の「かぜなわすれそ」の結句である。恐らくは、『紫明抄』からの採取が誤って『河海抄』と記されたものであろう。

いささか些末なことに拘泥したのは、京都大学文学部本『紫明抄』が、いかにすぐれた古写本であっても、この一本のみを使用する限りは、隆家に送った妍子の和歌に「かせにわすれは」という異文が『紫明抄』にあるということになり、ひいては『源氏物語』の古注釈ではこの本文が存在するという誤解を与えかねないからである。そもそも、「かせにわすれは」という本文が、『紫明抄』の中でも、京都大学文学部本独自の本文であると言うことが確認できれば、『紫明抄』もまた、「かぜなわすれそ」という標準的な本文となり、異文の発生ということを考えなくて良くなるからである。

猶、このあたり、夕顔巻の末尾（『紫明抄』の場合巻一の末尾と言っても良いが）、京都大学文学部本には本文の乱れが集中しているようである。

次の第八五項目の見出し、文学部本は「こうちきは夏のにてまた衣かへのもたひのきぬ一にてそありける」とあるが「一」が衍字、図書館本にはこの文字がない。

第八六項目の見出し、文学部本は「すきにしもけふわかる、もふたみちにゆくかたしらね秋のくれかな」とあるが、ここも図書館本の「ゆくかたしらぬ」の方がよい。同じく注釈も、文学部本は「夕かほのわかれと空蟬の城那と、両様を思てよめるなるへし」とあるが、これも、図書館本の「城外」が妥当である。「外」と「那」の誤写によるものであろう。

先の第五六項目は少し離れたところにあるが、巻末には特に顕著に見られる現象として、夕顔巻の文学部本の本文には多少問題があるようである。

おわりに

以上見てきたように、京都大学図書館本と比較することによって、『紫明抄』の最善本である京都大学文学部本にも、誤脱や衍字、本文の乱れがあることが確認できた。今後は京都大学文学部本と同系統の他の写本とをも視野に入れて、より広範囲な比較を行い、京都大学文学部本の本文を修訂しなければならない箇所を確定していく必要があるだろう。

本章において、文学部本の誤謬を訂正できる箇所については、可能な限り先行研究と異なる部分を掲出することにつとめた。すでに指摘がある場合も、改丁情報などを提示して誤写誤謬が生じた背景を推測するなど、新しい視点を加えることとした。

注

（1）田坂『源氏物語享受史論考』第三章『水原抄』第四章『紫明抄』（風間書房、二〇〇九年）、「二種類の『紫明抄』」（『源氏物語本文の再検討と新提言』3、二〇一〇年三月。本書第五章）。
（2）田坂「内閣文庫本系統『紫明抄』の再検討」（『源氏物語本文の再検討と新提言』4、二〇一一年三月。本書第七章）、「京都大学本系統『紫明抄』と内閣文庫本系統『紫明抄』」（『源氏物語本文の研究』二〇一一年三月。本書第八章）、「『紫明抄』校異の試み」（『源氏物語本文のデータ化と新提言』Ⅰ、二〇一二年三月）、「表記情報から見た内閣文庫本系『紫明抄』」（『日本古典籍における【表記情報学】の基盤構築に関する研究』Ⅰ、二〇一二年三月。本書第十三章）。
（3）次の先行研究がある。島崎健『京都大学国語国文資料叢書三三『紫明抄　下』解題（一九八二年）は巻一を中心に図書館本と内閣文庫一冊本の相違を摘記したもの。平澤五郎「慶應義塾図書館蔵〔鎌倉末南北朝写〕『紫明抄』残巻一零本―解題編（一）」（『斯道文庫論集』三〇、二〇〇六年一月）は、慶應義塾大学図書館本の残存部分に絞って『紫明抄』諸本の異同を考察したもの。
（4）伊藤鉄也「鎌倉期写本における行頭と行末の表記」（『日本古典籍における【表記情報学】の基盤構築に関する研究』Ⅰ、二〇一二年三月）は、「給」と「たまふ」の二つの表記を使い分けて行の長さを調節した可能性があることを推測している。
（5）田坂「表記情報から見る書写者の意識―京都大学本『紫明抄』二本から―」（『日本古典籍における【表記情報学】の基盤構築に関する研究』Ⅱ、二〇一四年二月。本書第十四章）。
（6）『今鏡』の引用は、竹鼻績校注『今鏡　全訳注（中）』（講談社学術文庫、一九八四年）による。
（7）『栄花物語』『新古今集』の当該和歌の引用は『新編国歌大観』の本文による。
（8）『新編国歌大観』、『源氏物語古注釈引用和歌』解題（片桐洋一執筆）。

第十章　京都大学本系統『紫明抄』校訂の可能性

はじめに

『紫明抄』といえば、常に京都大学文学部国語国文学研究室蔵の写本が使用されている。現存する『紫明抄』の伝本のうち、唯一の完本であり、書写年代も古く、誤写誤脱も少ないとなると、この写本に拠るのが当然とも言える。さればこそ、早く昭和初期に『未刊国文古註釈大系』(1)に翻刻収載された後も、より完璧な翻刻を目指して、玉上琢彌『源氏物語評釈』の刊行時に『河海抄』と併せて出版され(2)、更に容易に原文が確認できるように『京都大学国語国文資料叢書』のシリーズとして影印も刊行されている(3)。一つの注釈書として、これほど同一の写本に基づくものが繰り返し出版されるということは、この写本の評価がそれだけ高いということである。

しかしたとえ最善本であっても、誤写誤脱というものは、少ないだけであって、皆無ではない。こうした誤謬が明白な場合、それを修訂することが可能であれば、その作業を行うべきではないだろうか。もちろん安易な改訂は慎むべきである。無用な混態本文を生み出すことは極力避けなければならない。それでも様々な角度から考えて修訂すべきであると考えられれば、速やかな対応が求められる。一方に京都大学文学部本の厳密な翻刻と影印があるのであるから、修訂本文を対峙させても混乱は起こらないであろう。特に、研究論文などで『紫明抄』を引用する場合は、『紫明抄』のごく一部の箇所や特定の項目が言及されるであろうから、その部分についてだけでも、京大文学部本そのままでよいのか確認した上での引用が必要であろう。

たとえば、『紫明抄』の桐壺巻の最後から二番目の項目、京都大学文学部本では「内にはもとのしけいさをさうしにてこ御息所の御方の人〳〵まかてちらす候はせ給」の本文を見出しとして立てるが、ここは「みさうし」とありたいところである。『源氏物語』の写本を検する限り[4]、「みさうし」であって「さうし」とする伝本は見あたらない。ただ、素寂自身が誤脱したとすれば、『紫明抄』としての正しい本文は「さうし」となる。はたして『紫明抄』の本文としては「さうし」「みさうし」どちらなのであろうか。

本章は、京都大学本系統『紫明抄』の本来的な本文を希求する試みである。

一　『紫明抄』の伝本と系統

現存する『紫明抄』の主要な伝本は以下のように分類できる。

一　原型本（初稿本）系統

内閣文庫三冊本（内閣文庫丙本）

二　京都大学本系統

1　京都大学文学部国語国文学研究室本

2　京都大学附属図書館本

3　内閣文庫一冊本（内閣文庫乙本）

4　慶應義塾大学附属図書館本

三　内閣文庫本系統

1　東京大学総合図書館本
2　島原松平文庫本
3　龍門文庫本
4　神宮文庫本
5　内閣文庫十冊本（内閣文庫甲本）

これらは、五十四帖すべての巻を有しているか、複数の巻を完全な形で残している写本に限った。内丙本は抄出本だが五十四帖を具備する。京大図書館本は全十巻のうち五巻が残存、内乙本と慶應本は桐壺巻から末摘花巻までの残存本。内閣文庫本系統はすべて若紫巻から花散里巻の部分を欠いている残欠本である。これら以外に古筆切や断簡の類の資料があり(5)、また若紫巻の一部ではあるが、鶴見大学本は京都大学本系統に属する貴重な古写本である。

この一二三の各系統を越えて校本を作成したり、校異を考えることはほとんど不可能であると思われる。たとえば桐壺巻から「一のみこは右大臣の女御の御はらにてよせをもく」の注釈の項目を掲出してみよう。猶、本章では諸本の名前が頻出するから、適宜略称を用いるが、特に内閣文庫所蔵の各本は、十冊本を内甲本、一冊本を内乙本、三冊本を内丙本と呼ぶことが多い。

○内丙本

ナシ

○京大文学部本

一のみこは右大臣の女御の御はらにてよせをもくうたかひなき

まうけの君とよにもてかしつきゝこゆ
よせ　縁也
○東大図書館本
一の御子は右大臣の女御の御はらにてよせをもく
縁也見日本紀

省略本、抄出本とも言われる内丙本はこの項目を欠いていることが分かる。京大本と東大本は引用本文の長さが二倍以上の分量の相違がある上に、注釈も、京大本は「よせ　縁也」と必要な部分を再掲して注釈をするのに対して、東大本はそうしたことをせず、直ちに「縁也見日本紀」と漢字を充てる注釈をする。しかもその一方で「日本紀」という出典を示しているのである。これらは転写の過程で生じた異同とは見なしがたいものである。

次に、「おとしめきすをもとめ給人はおほく」の項目を見てみよう。

○内丙本
おとしめきすをもとめ給人はおほくわか身はかよはく物はかなきさまにて中〳〵なるもの思ひをそし給ふ
なをき木にまかれる枝もある物を毛を吹きすをいふかりなき
詠吹求疵　漢書　所好則鑽皮求其毛羽　所悪則洗垢求其瘢痕　家語好生毛羽悪生疵　文集
○京大文学部本
おとしめきすをもとめ給人はおほく
なをき木にまかれる枝もある物を毛をふききすをいふかわりなさ

これは高津のみこの述懐哥也　　詠吹毛求疵文　漢書
所好則鑽皮出其毛羽　所悪則洗垢求其瘢痕　家語
好生毛羽悪生瘡　文集

○東大図書館本
おとしめきすをもとめ給人はおほくわか身はかよはくものは
かなきさまにてなか〳〵なる物思ひをそし給ふ
なをき木にまかれる枝もある物をけをふき丶すをいふかわりなきこれは高津宮述懐哥　或みこ
詠吹毛求疵文　漢書
所好則鑽皮出其毛羽　所悪則洗垢求其瘢痕　家語
好生毛羽悪生瘡　文集

ここでは、内丙本と東大本の引用本文はほぼ同文である。これらに対して京大文学部本の引用文の長さは約三分の一しかない短いものである。内丙本と東大本は引用文では同じパターンだが、引歌として掲出する「なをき木に」の和歌が高津のみこ（宮）の和歌であるという注釈を持つという点では、今度は京大本と東大本が一致して、この注記を持たない内丙本に対して共通異文を形成する。この部分の注記本文自体も「これは高津のみこの述懐哥也」「これは高津宮述懐哥　或みこ」と京大本と東大本に微妙な相違がある。

以上のような例を見れば、系統を越えて校本を作成するのではなく、各系統別に本文研究を行い、その結果を踏まえて、『紫明抄』全体の見通しを得るべきであると考える。系統別の『紫明抄』の研究という立場に立てば、抄出本であり、右例では出典の「家語」を本文化しているなど誤写誤脱の多い損傷著しい写本であるが、他の系統の伝本にはない情報をも有している内丙本（内閣文庫三冊本）が注目される。稿者は、この伝本には『紫明抄』の成立期の姿が反映されていると考え、いくつかの論考を明らかにしてきたが、(6)最近では若手の研究者もこの写本に注目しているようであるから、(7)内丙本は今後更にその問題点が究明されていくであろう。

四半世紀前に龍門文庫本の影印刊行はあったものの、研究が立ち後れていた内閣文庫本系統については、稿者自身が、東大本を底本にした翻刻を作成して、同一系統内の他本との比較や、京大本系統との主要な校異も付して刊行したから、(8)この分野については一応の基礎作業はなされつつある。

とすれば、残された問題は、最善本とされてきた京都大学文学部本の再検討である。この問題に関しては、京都大学文学部本と京都大学図書館本の二本に着目して、校訂の必要性を述べたことがあるから、(9)本章では、京都大学本系統全体に視野を広げてこの問題を考察してみよう。

二　京都大学本系統の本文の問題・桐壺巻から

京都大学本系統内の諸本に限定して本文を考える場合、出来る限り正確なデータを導くためには、比較できる写本が多い部分で考えなければならない。

一巻以上を完全な形で残しているこの系統の写本は以下の通りである。京都大学文学部本は全巻を具備している。次に多くの分量を持っている京都大学図書館本が、桐壺巻から夕顔巻、須磨巻から少女巻、橋姫巻から夢浮橋巻を伝えている。慶應義塾大学附属図書館本と内閣文庫一冊本（内乙本）は桐壺巻から末摘花巻を残存させている。以上四伝本の共通部分、桐壺巻から夕顔巻についてが、当面検討するに最もふさわしい箇所であると言える。猶、残巻状況から、慶應本と内乙本の親近性が窺えそうであるが、この問題については後述する。

以上四伝本の内、京大文学部本は別格であるにしても、早くからその存在が知られていて、東京堂『源氏物語事典』、岩波書店『日本古典文学大辞典』等々の基本図書でも取り上げられている京大図書館本や内乙本と比べて、言及されることが少なかった慶應義塾大学附属図書館本について簡単に述べておく。

この資料については、唯一といって良い精緻な文献がある。斯道文庫の平澤五郎によって行われた厳密な翻刻と影印、考察がそれで[10]、諸本との比較比校もかなり詳細に行われている。ただ、内丙本や内閣文庫本系統との比較もあるため、かえって特性が分かりにくく、京大本系統に絞った検討が必要であると考える。猶、本書の伝来に関する発言についてまとめておきたい。

上記平澤論文では、当該本は「原装時に於いては（中略）紙質は潰破の寸前ともいうべき状況にあった。幸い古書肆村口氏による充全な修補改装が施され」云々と記されている。一方、龍門文庫本の影印解題で川瀬一馬は「本書（稿者注『紫明抄』）は古写の伝本を見たことがなかったが、先年鎌倉末期の書写と認められる巻一の古写本が古書肆村口四郎君の手に入り、本書（稿者注、龍門文庫本）と詳しく比較したが、本文はほとんど一致し、本書が古伝の善本文なるを証することを得た」と述べている。全く別個の証言であるが村口書房が介在している二つの『紫明抄』は同一の資料であることが証言されている[11]。猶、川瀬が「本文はほとんど一致し」というのは、項目数の大幅な出入りなどはなく、ということであろう。前節で見たように、慶應義塾大学本の属する京大本系と、龍門文庫本の属する内閣文庫本系とでは、項目の引用文の長短はかなり大きな相違があったのである。

ところで、慶應義塾大学附属図書館本については、古書展の目録に書影付で掲載されており、大学に購入されるまでの動きを知ることが出来る。

まず、昭和五十五年十一月の東京古典会の古典籍下見展大入札会に該本が出陳されていることが確認できる。同目録の二番目に「紫明抄　第一」として掲出され「自桐壺巻至末摘花　素寂撰　鎌倉末期写」と解説があり、写真版九ページ下段に巻頭の紫式部の系図の部分が載せられている。この時の入札の結果慶應義塾大学の所蔵になったようで、現在も筐底に秘められるように「昭和五五年度　№2　紫明抄第一　一冊三一八九〇〇〇円　東京古典会」の札が残っている。

ところが、三年前の同じ東京古典会の古典籍下見展大入札会にも古写本の『紫明抄』が出品されている。この写本は目録番号七の「紫明抄　巻一―三」で解説には「釈素寂撰　鎌倉時代写　源氏物語註釈　破損多し　大形」と記されている。写真版六ページ下段に序文の部分が載せられているが、写真を見る限り、一面の字配りも、文字そのものも、虫損の跡まで、慶應義塾大学附属図書館本に極めて酷似し、同一の写本かと推測される。さらに現在の慶應本は、前掲平澤論文が述べるごとく丹念な裏打ち修補がなされているが、この時の写真は修復前であるために次のことが分かる。序文本文の五行目と六行目の間、下から二文字あたり「よをいとふはかり事あさ（く）」と「ねかふ心おろそかなるこ（とを）」の「事」と「な」の行間の部分が、現在は裏打ちされているが、五十二年の目録ではその箇所が破れていて次の丁の紫式部の系図の「紫」の文字が覗いているのが写真でも確認できるのである。現在の慶應本でも、丁をめくってみるとその箇所に間違いなく紫式部の名前が記されている。要するに、東京古典会の五十二年出品の『紫明抄』と五十五年のそれ、すなわち現在の慶應本とは同一の写本と断ずべきなのである。同一の資料が二、三年後にこうした入札会に再度出品されることは必ずしも奇とするにはあたらないが[12]、気になるのは「巻一―三」という記述である。この時点で巻三まであったか、とすれば残りの巻二、三はどこに行ったのか、あるいは単純な誤植か何かであろうか、当時の事情を知る人の証言を引き続き探してみたいと思う。

さて、この慶應義塾大学図書館本を含む四伝本の桐壺巻における主要な異同についてみてみよう。

主要な異同の定義は以下のごとくである。まず、漢字と仮名の相違、音便や仮名遣いの違いなどの表記上の相違は採用しない。補入やミセケチの相違は採用しない。傍書か割注かの相違は採用しない。これらは転写過程で生じた相違の可能性が高く、本文の本質的な相違と同列に扱うと、伝本の特性が分かりにくくなるからである。次に、京都大学図書館本と内乙本のそれぞれ一本のみの異文も取り上げない。この二本には、比較的誤脱が目につき、それは本文上の特質というよりも、ある段階の書写態度を反映していると考えるからである。慶應義塾大学附属図書館本は書写態度も極めて厳密であるようだから、この本独自の異文は参考のためにとりあげた。京大文学部本は従来底本として使用されているから、この本のみの独自異文は、修正しなければいけない可能性があるため、当然考察の対象となる。

　異文掲出の方法は、京都大学文学部本の本文を最初に掲げ、その下に異文を掲出するようにした。伝本名は、京文、京図、慶應、内乙の略号を適宜用いた。漢数字は巻ごとの京文本の項目の通し番号（本節は桐壺巻の通し番号）を私に付したものである。東京大学総合図書館本を翻刻した小著（おうふう、二〇一四年）の番号とは項目総数が異なるためずれている。漢数字を用いたのも混同を避けるためである。表記の異同は取り上げないから、異文掲出に際しては最初の伝本の表記に従っている。猶、読みやすさを考え、割注や細字表記のみの異文の項目は文字を大きくした。その場合〔　〕で本文を示した。

八　京文・この君うまれ給てのちは　光源氏　六条院　降誕事――京図・慶應・内乙ナシ

九　京文・京図・内乙・坊春宮坊也――慶應・坊春宮居所

一三　京文・京図・〔古人説〕――慶應・内乙・〔古人注如此〕

二七　京文・京図・源氏君みつにてはゝにをくれ給――慶應・内乙・源氏君みつにてはゝにをくれ給　例

二七　京文・京図・〔保明・文彦太子女　母左大臣時平女〕――慶應・〔保明・文彦太子一女　母左大臣時平女〕――内乙・〔保明・文彦太子一女　左大臣時平女〕

二九　京文・おたきといふ所には――京図・慶應・内乙・おたきといふ所に

四五　京文・内乙・〔後撰兼輔卿〕——京図・〔後撰兼輔朝臣〕——慶應・〔拾遺兼輔〕
五一　京文・あまたゝひ見しほとにも——京図・慶應・内乙・あまたゝひみ見し程に
五一　京文・京図・専使といふに——慶應・内乙・専使とはいふに
五一　京文・京図・内乙・にほひやかなるかたはをくれて——慶應・にほひやかなるかたはをくれ
六〇　京文・京図・陪膳役人者殿上四位勤之——慶應・内乙・陪膳役人者殿上四位勤也
七六　京文・父母之情——京図・慶應・内乙・父子之情
八二　京文・栄花物語八——京図・慶應・内乙・栄花物語第八
八三　京文・盛折敷——京図・盛柳筥——慶應・盛折節（「柳筥歟」と傍書）——内乙・折節（「柳筥」を抹消）
九一　京文・京図・冠者御座也——内乙・冠者の御座也——慶應・冠者也
一〇四　京文・京図・内乙・次伏左右左次取笏——慶應・次伏左右左取笏
一一五　京文・さうし——京図・慶應・内乙・御さうし

最後の一一五の例で分かるように、「はじめに」でのべた、「内にはもとのしけいさをさうしにてこ御息所の御方の人〳〵まかてちらす候はせ給」の部分は、実は、京文本のみが「さうし」であって、京図本・慶應本・内乙本すべて「御さうし」である。ここは三本に従って「御さうし」と修訂すべきであろう。素寂自身の誤写の可能性は皆無ではないが、京文本は素寂自筆本ではないから、「さうし」をただちに『紫明抄』の本来的本文とすることは出来ないであろう。

それ以外の一六の項目についてみてみよう。九、五一の三番目、九一、一〇四の四つの項目は慶應本の独自異文、四五もこれに準ずるもの、以上五項目は京文本の本文のままでよい。

一三、二七の一番目、五一の二番目、六〇の四つの項目は、慶應本と内乙本一致して京文本に対して異文を形成するが、これら四項目では京図本が京文本と同文であるから、京文本の本文を改める必要はない。これらの箇所から慶應本と内乙本が親近性を持つことが推測される。書写年代は慶應本の方が圧倒的に古いが、九一や一〇四の例のように、慶應本が脱している文字が内乙本には見えることから、内乙本は慶應本の直接の末流の伝本ではない。また右の一覧には掲出しなかったが、一〇二「いときなき」の項目では、『紫明抄』諸本は「拾遺云、三善佐忠元服の、ち、能宣、ゆひそむるはつもとゆひのこむらさき衣のいろにうつれとそおもふ」云々の引歌を掲出するが、慶應本のみ「拾遺云、三善佐忠元服の、ち、能宣」の部分が次の一〇三の引歌の後に位置している。ここでも内乙本は、他の伝本と同様に本来的な正しい位置に記している。

残りの部分について考察してみる。

八は、もともと少し前の項目に「みこさへむまれ給ぬ　光源氏　六条院　降誕事也」とあり、重複していたことが明白な部分であったが、京図・慶應・内乙の三本が八の項目を持たないことから、京文本が転写の段階で竄入した可能性が高かろう(13)。

二九「おたきといふ所には」の末尾は、京図・慶應・内乙の三本「所に」とあるから修訂すべきではなかろうか。『源氏物語大成』などで検する限り「所には」とある伝本はない。意味的にも「は」はない方が理に叶っている。

五一の最初の項目も微細な例であるが、京文が「あまた、ひ見しほとにも」の末尾の「も」が、京図・慶應・内乙の三本にはなく、「ほとに」が『紫明抄』の本来的本文であった可能性が高い。

七六の京文「父母之情」も他本すべて「父子之情」、八二の京文「栄花物語八」も同じく他本が「栄花物語第八」であるから、これらも修訂すべき箇所であろう。

以上に一一五の例を加えた、合計六例は、京都大学文学部本のみが孤立してやや不審な本文を持っている箇所であるから、これらは『紫明抄』の本来の本文とは言い難く、京大本系の本文として引用するときも、修訂されて使用されるべき箇所であろう。

残る、二七の二番目、八三なども、京文本の本文に疑問なしとしないが、現在の伝本状況では、敢えて改訂することは慎重であるべきであろう。

猶、第五一項目の長文の注釈の冒頭近く「亡父大監物源光行」の部分、角川翻刻では「亡父大監物光行」と「源」を脱しているが、これは誤植であり、諸本すべて「源光行」で異同はない。些細なことであるが、異同の漏れではないかと誤解を与えてはいけないので付記しておく。

三　京大文学部本の修正・帚木空蟬夕顔巻から

前節で見たように、京都大学本系統内の諸本と対校することによって、京大文学部本の本文を改めることも出来れば、逆に京大文学部本の本文の正しさを認識することも出来るのである。この正反対の例を夕顔巻から掲出してみよう。

京大文学部本の六二番目の項目として掲出されているのは「みつわくみてなり」の本文であるが、この部分、京図本・慶應本・内乙本すべて「みつわくみて侍なり」である、『源氏物語』の本文を見ると河内本系統はすべての写本が「みつわくみて侍なり」であり、[14]京文本の脱字と見るべきであろう。一方七八番目の項目の京大文学部本は「猶こりすまに又もあたなはたちぬへき御心のくさはひなめり」でこの部分の末尾は慶應本・内乙本「くさはひなり」[15]とあるので前例に従って京文本の誤写かと考えたくなるが、ここでは京図本は京文本同様に「くさわひなめり」なのである。ここも『源氏物語』本文では青表紙本と河内本の対立があり、河内本諸本「くさはひなめり」で異同はない。今回は、慶應本・内乙本を見ることにより、京文本の本文の正確さが確認できるのである。

以下、京大本系の四本の内、京文本のみが孤立した本文で、他の三本が一致して共通の異文を持ち、京文本を修訂すべき可能性がある箇所を列挙しておく。

帚木第一項目「敦慶親王」の割注、京文本は「光玉宮」、他本は「玉光宮」

帚木三一項目「かはらかなりや」の注、京文本「なまめかすきよけなりといふ」とある箇所、他の三本は末尾が「といふ歟」となっている。

帚木九〇項目「池の水かけ見えて月たにやとるすみか」の注、京文本「ふたつなき物と思をみなそこに山のはならていつる月かけ　古今　貫之」とある箇所、他の三本は詠者名が「紀貫之」となっている。

帚木一一〇項目「ひとやりならぬ」の注、京文本は「人やりのみちならなくにおほかたはいきうしといひていさかへりなん　古今　源実右近衛」とあるが、他の三本は「源実左近少将」である。

帚木一七一項目「ひきたてゝわかれ給あとほと心ほそく」が京文本の本文であるが、他の三本は「わかれ給ほと」であり、『源氏物語』諸本も同文である。

空蟬巻一一項目「いよのゆのゆけた」の項目の注釈、京文本の翻刻は「伊与国のをしまの渡に」であるが、他の三本は「伊与国あをしまの渡に」である。京文本の当該箇所は判別に苦しむが「の」は「あ」の上に重ね書きをしているようにも見える。翻刻としては「の」で良いのであろうが、結果的に孤立した本文となっている。

空蟬巻一五項目「かせふきとほす」の項目の引歌「かせふくと人にはいひてとはさゝしあけんと君にいひてし物を」の出典が京文本のみ「六帖上」、他本は「六帖云」である。

夕顔巻三八項目「あしたのつゆにことならぬよに」の注釈を京文本の翻刻は「居累卵之花」とするが、他三本は「居累卵之危」である。京文本を見ると「花」か「危」か判別に苦しむような字体であり、京文本の書写者も「危」

のつもりで書いているのかもしれない。

夕顔四六項目、京図・慶應・内乙の三本は「こたちいとうとましくものふりたり」であるが、京文本のみ「ものふたり」とある。ここは京文本の単純な脱字と考えて、改訂すべきところであろう。

次の四七項目京文本は「へちなうの方にも曹司なとして人すむへかめれ」とあるところが、慶應本・内乙本は「へちなうの方にそ」の本文である。京図本は「へちなうの方にて」と本行で書いて「て」の横に「そ」と傍書する。『源氏物語』の伝本すべて「へちなうの方にそ」の本文である。

既に言及したことがあるが、夕顔巻五六項目の京文本「神なひさわき」は京図本などによって「神なるさわき」によって改めるべきもの(16)。

夕顔巻七二項目の「かの右近をめして」で始まる部分「ふくいと黒く」か「ふくりと黒く」かで古注釈書で意見の対立のある箇所である。この注釈の部分で、京文本の翻刻は「阿仏御前」とするが、京図本・慶應本・内乙本は「阿仏御房」の本文である。京文本を見ると「前」か「房」か判読に苦しむような字体である。ここは他の三本に従って「阿仏御房」が本来的な形であろう。

次に、単純に京文本の本文を修正するわけにはいかないが、伝本の関係を考える上で注意を要する箇所を帚木・空蟬・夕顔巻から掲出しておく。

帚木五項目の「かたの丶少将」の注釈「英明中将交野に一宿す」に関連して、英明の父斉世親王の傍書は慶應本・内乙本が「三品式部卿」、京文本・京図本が「三品兵部卿」で、京大二本と慶應・内乙本が対立することはしばしば見られるパターンだが、京文本は同じ傍書を本行の左右に持ち、京図本は通常の形の本文右の傍書のみである。「式部卿」「兵部卿」どちらの本文を取るにせよ、京文本は転写過程で二重表記をしてしまったものであろう。

二重表記からもう一例。帚木一〇項目の「おさ〳〵」の語釈では、諸本『日本書紀』成務四年二月の項目を引用するが、慶應本・内乙本は、その記事の後に「又治オサ〳〵シ　又優オサ〳〵シ」との注を掲出するのに対して、京図本は成務紀の前に「又治オサ〳〵シ　又優オサ〳〵シ」と記している。ところが京文本はこの二つを合わせたような形で、成務紀の前にも後にも同じ注記を持っているのである。これなどは二重表記された形が最初で、どちらを削るかで、京図本と慶應本で対応が別れたと考えるべきであろうか。とすれば二重表記の京文本の形が先行することになる。

これら、「兵部卿」の傍書の問題、「おさ〳〵」の重複の問題は、前章の文学部本と図書館本の対校でも述べたが、他本を視野に含めることによって、一層複雑な問題を提起するのである。

帚木一三六項目「こよひなかゝみ内よりはこなたはふたかり侍りと人〳〵きこゆ」では京文本・京図本「ふたかり侍り」だが、慶應本・内乙本「ふたかり侍りけり」である。この部分河内本内でも対立があって、七毫源氏が「ふたかり侍り」で、尾州家本・平瀬家本・大島本・高松宮本などが「ふたかり侍りけり」である。『紫明抄』の引用本文が河内本内のどの写本に近いかということが究明されれば、この部分も判断できるかもしれない。ちなみに青表紙本は「ふたかりて侍りけり」と助詞「て」を有している。

空蟬巻一四項目は、京文本・京図本ともに「人〳〵あかるゝけはひなり　頒也」のかたちである。これが慶應本では注釈の部分「頓也」と記して朱で「頒」と傍書している。さらに内乙本では本文化しており「頓也　頒アカル、也」の形である。書写年代から内乙本が慶應本より下ることは明確であるが、これなど内乙本が慶應本の末流の要素を持っていることを示している。

同じく夕顔巻五九項目「ちとせをすくる」が慶應本・内乙本「すくる」でこの二本の親近性を窺わせるが、三五項目「八月九月正長夜」が慶應本のみ「八月九日」であるが内乙本は正しい本文で、常にこの二本が一致するわけではない。

四 分冊の問題など

京大本系統の『紫明抄』は巻一の分冊にどの巻まで含むかによって二つの型に分かれる。この問題については先学も注目したところであるが(17)改めて考えてみたい。

京文本は、巻一が桐壺巻から夕顔巻まで、巻二が若紫巻から花散里巻までである（巻二の内題は「自若紫巻至賢木巻」だが花散里巻まで含む）。京図本も、巻一が桐壺巻から夕顔巻まで、巻二は伝わらないが、巻三が須磨巻からであるので、巻二は京文本と同じ巻々であったことが分かる。

一方巻一のみの残欠本である慶應本と内乙本はともに桐壺巻から末摘花巻までを含んでいる。以降の巻については詳らかにしないが、京文本と同様に全十巻の形であれば、巻三が須磨巻からで、巻二は紅葉賀巻から花散里巻までである。

ここで、全十巻を具備する京文本の巻ごとの墨付きの丁数を確認しておくと以下のようになる（末尾の遊紙の有無によって現在の丁数がこれより一丁多い巻もあるが、実際の分量を確認するために墨付き丁数によった）。

巻一	桐壺巻～夕顔巻	五六
巻二	若紫巻～花散里巻	四三
巻三	須磨巻～関屋巻	二五
巻四	絵合巻～少女巻	二五
巻五	玉鬘巻～篝火巻	一九
巻六	常夏巻～藤裏葉巻	一九

巻七　若菜上巻～鈴虫巻　三八
巻八　夕霧巻～竹河巻　二五
巻九　橋姫巻～宿木巻　二七
巻十　東屋巻～夢浮橋巻　二七

こうして見ると、巻一の分量が他の巻に比べると群を抜いて多いことが分かる。巻二も四三丁とこれに次ぐが、巻七が三八丁であるのを考慮すると、それほどの違和感は感じない。どの注釈書でも、巻を追うごとに項目数も減少し、冒頭には紫式部の系図などもあるから、巻一の分量が多いことは極めて奇異であるというわけではない。ただ、この数値は巻一を夕顔巻までで区切った場合である。現在の京文本では若紫巻と末摘花巻は巻二のうち一六丁を占めている。もしこの二つの巻を巻一に綴じ込んだとしたら、単純計算で巻一は七二丁となり、最小の巻五や六の四倍近くの分量となるのである。十巻の構成を取る限り、極めてバランスの悪い分冊構成になると言えよう。

とすれば、慶應本や内乙本のように、桐壺巻から末摘花巻までで巻一、すなわち第一分冊を構成している伝本はどのように位置づけたらよいのであろうか。

『紫明抄』は一回的な成立をしたものではない。残存資料を見る限り、河内方宗家の『水原抄』に対して独自性を打ち出すために、『水原抄』と共通の注釈を少しずつ削り、新たな引歌などを付け加えていく過程が確認できる(18)。また、当初は、具体的な引歌などを確定できない部分でも、何か引歌か典拠があると推測される場合は、取りあえずその本文を書き抜き、項目だけを列挙しておいたようである。それらは項目だけの場合もあれば「未勘」と記されたものもある(19)。このうち具体的な回答を得られなかった項目は最終的には削除されたようである。このように『紫明抄』は加除修正の過程が存在するのである。いわば段階成立をした注釈書なのである。このような段階成立を考えると、分冊の問題も解決できるのではないだろうか。

すなわち、分冊分巻構成がバランスの悪いものから、均整の取れたものへと修正されたと考えることが出来るのではないだろうか。巻一を末摘花巻までとして一旦注釈書をまとめ始めた素寂であったが、このようにした場合、後続の巻の分量との割合が著しく均整を欠くということに気がついたのではないか。そこで、分量の多い巻一を夕顔巻までにとどめて、若紫巻と末摘花巻を巻二に繰り下げたのではないだろうか。このように考えれば現在伝わっている『紫明抄』の巻一の分冊の形式が複数あることも解決できると思われるのである。

内閣文庫三冊本すなわち内丙本が、注釈内容に初稿本的要素を残存させているのに対して、慶應本と内乙本は、分冊分巻の方法に初稿本的形態を揺曳させているのである。逆に言えば京都大学文学部本は、形式的にも、最も整備された形の『紫明抄』の姿を示していると言えるのである。

おわりに

以上見てきたように、京都大学文学部本は『紫明抄』の唯一の完本で、書写年代も古く、しかも本文的には極めて安定した写本である。しかしその京文本であっても、いくつかの誤写と思しき箇所は存在する。とすれば、その誤写を可能な限り修訂して、『紫明抄』の本来的な形を（少なくとも、京大本系統の中だけでも）希求することが必要であろう。

幸いこの系統には、書写年代が京大文学部本に匹敵する慶應義塾大学附属図書館本があり、多少下るものの室町時代書写の京大図書館本もある。これらに、江戸時代の書写ではあるが内閣文庫乙本を加え、以上四本の共通する部分、すなわち桐壺巻から夕顔巻については、京都大学文学部本に対して、他の三本が共通異文を持つ場合は、孤立する京大文学部本を改める必要があるのではないか。特に、今日伝存する『源氏物語』の本文と照らしてみても京大文学部本のような本文がなく、しかも他の三本が通行の本文に一致するときなどは、『紫明抄』独自の異文として京大文学部本を立てることがはたして妥当であろうか。それは注釈書としての『紫明抄』の性格を分かりにくくしてしまうのではないだろうか。最善本であることと、修訂・校訂の可能性があることは別である。『源氏物語』そのものであれば、基本的に大島本に拠りつつも必要に応じて他本の本文をも参考にするわけであるから、注釈書だけが特定の本文だけでよいと云うのも不自然であろう。

もちろん本章は京大本系統に限定しての作業である。これに内丙本、内閣文庫本系統の検討の結果を加えることによって、真の意味での『紫明抄』の本文が究明されたことになるであろう。

注

（1）帝国教育会出版部刊、第十巻。これをそのまま版面複製したものが日本図書センター『日本文学古註釈大成』版である。
（2）『紫明抄・河海抄』（角川書店、一九六八年）。
（3）臨川書店刊。上巻が第二七分冊で一九八一年刊、下巻が第三三分冊で一九八二年刊。
（4）『源氏物語大成』『河内本源氏物語校異集成』『源氏物語別本集成』などを参考にした。以下同。
（5）田坂「『紫明抄』の古筆資料について」（『源氏物語享受史論考』風間書房、二〇〇九年）。
（6）田坂「内閣文庫蔵三冊本（内丙本）『紫明抄』について」（『源氏物語享受史論考』風間書房、二〇〇九年）、「内閣文庫蔵三冊本（内丙本）『紫明抄』追考―手習巻を中心に―」（『源氏物語注釈史の世界』青簡舎、二〇一四年。本書第六章）。
（7）二〇一三年十二月の全国国語国文学会冬季大会で、早稲田大学大学院生カラーヌワット・タリン「内閣文庫蔵三冊本『紫明抄』の注釈内容」の口頭発表があった。
（8）〈源氏物語古注集成〉一八『紫明抄』（おうふう、二〇一四年）。

（9） 田坂「対校資料としての京都大学図書館本『紫明抄』」（『源氏物語本文のデータ化と新提言』Ⅱ、二〇一三年三月。本書第九章）。
（10）「慶應義塾図書館蔵〔鎌倉末南北朝〕写『紫明抄』巻一零巻―本文篇 影印並びに翻刻」（『斯道文庫論集』二九、一九九四年）、「〔慶應義塾図書館蔵〔鎌倉末南北朝〕写『紫明抄』存巻一零本―解題篇（一）―」（『斯道文庫論集』三〇、一九九五年）。
（11） 慶應義塾大学附属図書館の示教による（田坂「九州大学附属図書館蔵『紫明抄抜書』について」『源氏物語享受史論考』風間書房、二〇〇九年）。
（12） 近代文献ではあるが、立原道造『萱草に寄す』宮地杭一宛署名本が平成二年と四年の明治古典会七夕大入札会に出陳された例などがある（川島幸希『私がこだわった初版本』人魚倶楽部、二〇一三年）。
（13） 注（9）拙稿。
（14） 青表紙本の本文は「みつわくみてすみ侍なり」である。
（15） 内乙本は「くさいひなり」と本行にあり、「い」の横に「は歟」と傍書してあるから、慶應本と本質的に差がないものと判断した。
（16） 注（9）拙稿。
（17） 注（10）平澤論文。
（18） 田坂「『水原抄』から『紫明抄』へ」（『源氏物語享受史論考』風間書房、二〇〇九年）。
（19） 注（6）拙稿。

Ⅲ　表記の情報と情報の表記

第十一章　諸本対照型データベースの提案

はじめに

二〇〇七年度から、豊島秀範國學院大学教授を代表とするグループが科学研究費の交付を受けて、『源氏物語』の本文研究の様々な問題点を考察し、次代に向けてどのような蓄積が必要であるかということを模索してきた。科研は三次十年間にわたり、平瀬家本や七毫源氏や吉川家本など、善本として重視すべき写本でありながら研究が立ち後れていた伝本個別の研究を中心に、『源氏物語』の異文の研究や、資料の伝来過程、古注釈や関連資料まで、幅広く研究がなされた。稿者もこのグループの共同研究者の一人として様々な議論に参加し、学恩を蒙ったものである。

十年間に十冊の報告書（一部未刊）が刊行されたが、その中で、最も多くのページを割いているのは、主要な伝本の本文を十数本並べて、諸本の違いが一目で分かる形の翻刻、一種の巻別校本である。二冊目の報告書に最初の試みとして早蕨巻が掲載され、三冊目に手習巻、以下、巻別に翻刻が作成された。四冊目の花散里巻・野分巻のように、短い巻の場合は一冊の報告書に二巻以上の翻刻が掲載される場合もある。

本章は、この形式の校本作成の開始に当たり、巻別校本作成の意義や、視覚的効果を高めるにはどうしたらよいかなどを述べたものである。研究グループ諸氏の巻別校本作成の具体的作業の成果を受けて本論考は書かれていることをお断りする。

一　『源氏物語大成』を継ぐもの

『源氏物語』の諸本の異同を一覧出来るものとして、もっとも有益なものは『校異源氏物語』[1]を継承する『源氏物語大成』の校異篇三冊（初版の全八冊の場合。昭和六十年代に全十四冊に分冊されて再刊されたものでは全六冊となる）である。元版の『校異源氏物語』から数えれば、既に七十年以上を経過しており、それ故、調査や比校や印刷に限界があって、今日では修正すべき点が少なからずあることが指摘されている。それらの具体的修正も、加藤洋介『河内本源氏物語校異集成』（風間書房、二〇〇一年）や、伊井春樹・伊藤鉄也・小林茂美『源氏物語別本集成』（おうふう、一九八九年〜二〇一〇年）のように緻密な作業でその欠を補うすぐれた業績が提供されている。

にも拘わらず、『源氏物語』の写本を大局的に把握するためには、やはり『源氏物語大成』は極めて便利な書物なのである。『源氏物語』の異文に目配りをしながら研究をするときに、上述の[2]『河内本源氏物語校異集成』や『源氏物語別本集成』や、近年のすぐれた技術力で細部まで知ることの出来る影印本のお蔭を蒙ることは当然であるのだが、その場合でも、まず全体像をつかむために『源氏物語大成』に目を通して、それから近年の業績で修正するというのが、最も一般的な形であろう。

その意味において『源氏物語大成』は、今日に至るまで、『源氏物語』の代表的な校本であり続けているのである。しかし、七十年以上前の技術力のものにいつまでも頼っていてはならないはずである。『源氏物語大成』に代わる新しい『源氏物語』の校本が作成されるべきである。おそらくそれは、膨大な人力と資力を要することになるであろうが。しかしいつの日か、『源氏物語大成』を継ぐものを作らねばならない。

その場合『源氏物語大成』と最も大きく異なるのは、桐壺巻、帚木巻から夢浮橋巻まで、巻ごとに一冊ずつ編纂された、五十四冊の校本となるべきであるということである。巻別にするのは、分量の問題だけではない。『源氏物語大成』の大部分の巻の底本である大島本であるにせよ、青表紙本系統で大島本に次いで注目される池田本にせよ、河内本系統の代表格尾州家本にせよ、古写の別本陽明文庫本にせよ、どのような善本であっても伝来過程で欠脱した巻があり、それを後代の補写によって補うという事情がある。また場合によっては複数段階の書写が確認されることもある。すなわち、特定の写本で、五十四帖全体を通して底本とすることは極めて困難な状況にある。象徴的なのは、宮内庁書陵部蔵のいわゆる青表紙証本（三条西家証本）である。大島本に代わる青表紙本の善本として、山岸徳平によって岩波書店『日本古典文学大系』の底本とされたが、今日では河内本や別本の巻が混入していることが池田利夫などによって指摘されている[3]。底本がそうした事情であれば、対校に使用される古写本も同様である。すでに『源氏物語大成』の時から、同じ古写本が、巻によって、時に河内本、時に別本の欄に掲出されることがある。とすれば、巻ごとに底本を定め、対校写本も入れ替えつつ、巻別の校本が作成されることが適切であるだろう。それが真の意味での『源氏物語大成』を継ぐ、新校本である。

巻別校本の提案は、『源氏物語』の写本の残存状況に連動するものであり、いわば『源氏物語』研究個別の問題であるのに対して、以下に述べる校本の形式の問題は、校本作成一般に関わる問題である。

古典文学、近代文学に拘わらず、校本や校異が作成される場合は、全文表示の底本と相違点を掲出する対校資料の形を取ることが一般的である。古典文学の場合は最重要写本を中心に据えて、それに次ぐ重要写本や系統の異なる写本（時に板本）との相違を掲げる。近代文学の場合は、決定稿（完成体）を中心に据えて、原稿、メモ、初出形態などが比較出来るようにする。『源氏物語大成』、『校本万葉集』、『樋口一葉全集』（筑摩書房版）などが、その形を取った最高水準のものである。最小の紙幅に最大の情報量を盛り込んだ、現在最も一般的で妥当な形式である。費用対効果という点でも、現状ではこの形式が最も優れている。ただ、問題点はあって、対校資料の本文そのものは、底本との相違の形でしか示されないから、隔靴掻痒の感はある。意味の変化を伴わない表記の相違などは紙幅の関係で省略されることもあるだろうし、小さな異同などは見落とされる可能性もある。それゆえに、前述した『河内本源氏物語校異集成』のような補遺作業が重要な意味を持ってくるのである。『源氏物語別本集成』なども、可能な限りこの問題に対応しようとしているがやはり形態上の限界がある。

こうした、底本と校異を掲出する形式に対して、早くに別の方途を提案した先学がいる。松尾聡「新版『校異源氏』夢物語」がそれで、『天理図書館善本叢書』月報三八（一九七八年）[4]に書かれたものであるから、あくまで「夢物語」としているが、そこで提案されているのは、校異掲出型ではなく、諸本をすべて横並びに全文を表示する形である。松尾は更に、それも活字翻刻では不十分で、影印本文を一行ずつ並べる形が理想であるとしている。

一足飛びに影印本文に行かなくとも、少なくとも活字本文を横並びに示す形の校本は、今日でも十分可能なのである。実際、少数ながら、そうした試みもなされている。軍記物の本文研究や校本作成に従事した笠栄治の仕事などがその一例である。[5]もちろん、本文分量や伝本数の問題もあるから、『源氏物語』と同列に論じることは出来ないだろうが、意欲的な試みは評価すべきである。ただこの形式は、費用対効果を考えれば問題も大きく、組版に対する労力などから、かなり高額の書物となったことも事実である。

しかし費用の問題も今日の技術を持ってすれば大部分を回避出来るのではないか。研究者の側が電子データで版下を作るという形にすれば、組版・印刷・紙・製本等の費用の影響を抑えることが出来るのではなかろうか。

以上のような観点に立って、試行的に早蕨巻の重要伝本十本の本文対照表が、豊島教授の指導の下、作成された。

その十本を略称で示すと、平瀬本【平】、定家自筆本【定】、大島本【大】、三条西家本【三】、七毫源氏【七】、高松宮本【高】、中京大学本【中】、尾州家本【尾】、陽明文庫本【陽】、保坂本【保】である。

本章は、その試作版の対照表を視覚的に改良すべき提言である。

二　早蕨巻諸本対校表から

本章で取り上げる箇所を最初に示しておく。早蕨巻の冒頭近く、大君を失った薫は「心にあまることをも、また誰にかは語らはむ」と思って匂宮を訪ねて、真情を吐露する場面である。夜に入り「尽きせぬ御物語」が語られる場面である。小学館『日本古典文学全集』で言えば、第五冊三四〇ページの一行目から、三四一ページの六行目までの部分である。主要十本の本文は、後にほぼ原態で掲出するから、ここでは『大成』本文に依らず、見やすさを考えて校訂本文で掲げておいた。流布の校訂本の中から『日本古典文学全集』の本文の表記を一部私に改めて掲出した。

猶、文意が明瞭になるために、対照表の少し前の部分から掲出している。

夜になりて激しう吹きいづる風のけしき、まだ冬めきていと寒げに、大殿油も消えつつ、闇はあやなきたどたどしさなれど、かたみに聞きさしたまふべくもあらず、つきせぬ御物語りをえはるけやりたまはで、夜もいたうふけぬ。世に例ありがたかりける仲のむつびを、「いで、さりとも、いとさのみはあらざりけむ」と、残りありげに問ひなしたまふぞ、わりなき御心ならひなめるかし。さりながらも、ものに心えたまひて、嘆かしき心のうちもあきらむばかり、かつは慰め、また、あはれをもさまし、さまざまに語らひたまふ、御さまのをかしきにすかされたてまつりて、げに、心にあまるまで思ひむすぼほることども、すこしづつ語りきこえたまふぞ、こよなく胸のひまあくここちしたまふ。
宮も、かの人近く渡しきこえてむとするほどのことども、語らひきこえたまふを、「いとうれしきことにもはべるかな。あいなくみづからのあやまちとなむ思うたまへらるる。飽かぬ昔のなごりを、また尋ぬべきかたもはべらねば、おほかたには、何ごとにつけても、心寄せきこゆべき人となむ思うたまふるを、もし便なくやおぼしめさるべき」とて、かの、こと人とな思ひわきそ、とゆづりたまひし心おきてをも、すこしは語りきこえたまへど、いはせの森の呼子鳥めいたりし夜のことは残したりけり。

この部分の三行目「夜もいたうふけぬ」以下を、試作版の対照表で掲出すると以下のようになる。便宜上カッコ付きのアラビア数字を各グループの頭に付けている。

（1）
【平】夜もいたうふけぬ世にためし有かたかりける御なかのむつひをゐてさりともさのミ
【定】夜もいたうふけぬ世にためしありかたかりける中のむつひをいてさりともいとさの
【大】夜もいたうふけぬ世にためしありかたかりけるなかのむつひをいてさりともいとさ
【三】よもいたうふけぬ世にためしありかたかりける中のむつひをいてさりともさのミは
【七】いたうふけぬよにためしありかたかりける御中のむつひをいてさりともいとさのミ
【高】よもいたうふけぬよにためしありかたかりける御なかのむつひをいてさりともいと
【中】夜もたいうふけぬよにためしありかたかりける御なかのむつひをいてさりとものミ
【尾】よもいたうふけぬよにためしありかたかりける御なかのむつひをいてさりともいと
【陽】夜もいたうふけぬよにためしありかたかりけるなかのむつひをいてさりともさのみ
【保】夜いたうふけぬよにためしありかたかりける御中のむつひをいてさりとんのこりあ

（2）
【平】あらさりけんとのこりありけにとひなし給そわりなき御心ならひなめるかしさりなか
【定】みはあらさりけむとのこりありけにとひなしたまふそわりなき御心ならひなめるかし
【大】ミはあらさりけむとのこりありけにとひなし給そわりなき御心ならひなめるかしさ
【三】あらさりけむとのこりありけにとひなしたまふそわりなき御心ならひなめるかしさり
【七】はあらさりけむとのこりありけるにとひなし給そわりなき御心ならひなめりかしさり
【高】さのミはあらさりけんとのこりありけにとひなし給そわりなき御心ならひなめり
【中】ハあらさりけんといてのこりありけにとひなし給そわりなき御心ならひなめりかしさ
【尾】さのみはあらさりけむとのこりありけにとひなしたまふそわりなき御心ならひなめり
【陽】はあらさりけんとのこりおほけにとひなし給そわりなき御心ならひなめるかしさりな
【保】らむと丶ひきこえ給そあちきなかりけるもの丶こ丶ろをえ給て心のうちあきらむはか

（3）
【平】らもものに心え給てなけかしき心のうちもあきらめむハかりかつはなくさめあはれ
【定】さりなからも物に心えたまひてなけかしき心のうちもあきらむはかりかつはなくさめ
【大】りなからも物に心え給ひてなけかしき心のうちもあきらむハかりかつはなくさめまた
【三】なからも物に心え給てなけかしき心の中もあきらむハかりかつはなくさめまたあはれ
【七】なからも物に心え給てなけかしき心のうちもあきらむハかりかつハなくさめ又あハれ
【高】かしさりなからもものにこころえ給てなけかしき心のうちもあきらむはかりかつはな
【中】りなからもものに心え給てなけかしき心のうちもあきらむはかりかつハなくさめ又あ

【尾】かしさりなからも物に心え給てなけかしきこゝろのうちにもあきらむはかりかつはな
【陽】からものに心え給てなけかしきこゝろのうちもかつはたくさめまたあはれをもまし
【保】りかつはなくさめまたあはれをもとりましかたらひきこえ給にすかされたてまつりて

（4）
【平】をもさましさま〳〵にかたらひ給さまのをかしきにすかされたてまつりてけに心にあ
【定】またあはれをもさましさま〳〵にかたらひたまふ御さまのおかしきにすかされたてま
【大】あはれをもさましさま〳〵にかたらひ給ふ御さまのおかしきにすかされたてまつりて
【三】をもさましさま〳〵にかたらひ給御さまのをかしきにすかされたてまつりてけに心に
【七】をもさましさま〳〵にかたらひ給御さまのをかしきにすかされたてまつりてけに心に
【高】くさめ又あはれをもさましさま〳〵にかたらひ給御さまのおかしきにすかされたてまつ
【中】あはれをもさしさましさま〳〵にかたらゐたまふ御さまのをかしきにすかされたてま
【尾】くさめ又あはれをもさしさま〳〵にかたらひ給御さまのおかしきにすかされたてまつ
【陽】さま〳〵にかたらひ給御さまのをかしきにすかされたてまつりてけにこゝろにあまる
【保】（心にあまることをもすこしむねのひまあけ給かの人わたしてんとする事宮にもかたら

（5）
【平】まるまておもひむすほらるゝことゝも（「すこしつゝ」以下、本表末まで脱）・・・
【定】つりてけに心にあまるまておもひむすほゝるゝことゝも（すこしつゝかたりきこえ給
【大】けに心にあまるまておもひむすほるゝことゝも（すこしつゝかたりきこえ給そこよな
【三】あまるまて思ひむすほゝるゝ事とも（すこし〔つゝ〕かたりきこえ給にそこよなくむねのひ

【七】あまるまて思むすほるゝ事とも（すこしつゝかたりきこえ給そこよなくむねのひまあ
【高】てけに心にあまるまておもひむすほるゝことゝも（すこしつゝかたりきこえ給そ
【中】つりてけに心にあまるまておもひむすほゝるゝことゝも（すこしつゝかたりきこえ給
【尾】りてけにこゝろにあまるまておもひむすほるゝことゝも（すこしつゝかたりきこえ給
【陽】まておもひむすほるゝ心のうち（すこしつゝかたりきこえ給こよなくむねのひまあ
【保】ひきこえ給いとうれしき事にも侍るかなあいなうみつからのあやまちになんおもふた

(6)
【平】・・・・・・・・・・・・・・・・・・・・・・・・・・・・・・・・・・・
【定】そこよなくむねのひまあく心ちしたまふ宮もかの人ちかくわたしきこえてむとするほ
【大】くむねのひまあく心ちし給ふ宮もかの人ちかくわたしきこえてんとする程のこととも
【三】まなく心ちしたまふ宮もかの人近くわたしきこえてんとする程の事ともかたらひきこ
【七】る心し給宮もかの人のちかくわたしきこえむとする程の事とみかたらひきこえ給をい
【高】こよなくむねのひまある心ちし給宮もかの人ちかくわたしきこえむとするほとの事
【中】そこよなくむねのひまある心ちし給みやもかの人たかくわたしきこえんとするほとの
【尾】そこよなくむねのひまある心地し給宮もかの人ちかくわたしきこえんとするほとのこ
【陽】く心地し給みやもかの人ちかくわたしきこえてんとするほとのことゝもかたらひきこ
【保】まへられつるあかぬむかしのなこりまたゝつぬへきかたもはへらねはおほかたには心

(7)
【平】・・・・・・・・・・・・・・・・・・・・・・・・・・・・・・・・・・・

【定】とのこと、もかたらひきこえ給をいとうれしきことにも侍かなあいなく身つからのあ
【大】かたらひきこえ給をいとうれしきことにも侍かなあいなく身つからのあやまちとなん
【三】え給をいとうれしきことにも侍るかなあいなくみつからのあやまちとなむ思給へらる
【七】とうれしきことにも侍かなあいなくミつからのあやまちになむおもひ給へらる、あか
【高】、もかたらひきこえ給をいとうれしきことにも侍かなあいなくみつからのあやまちと
【中】こと、もかたらひきこえ給をいといれしきことにもはへるかなあいなくミつからのあ
【尾】と、もかたらひきこえ給をいとうれしきことにも侍かなあいなくみつからのあやまち
【陽】へ給にいとうれしき事にもはへるをあいなくみつからのあやまちとのみ思給へらる、
【保】よせきこゆへくも／なん思ふたまふる○おもしあいなくや人のこ、ろさまにはへるめ

（8）

【平】・・・・・・・・・・・・・・・・・・・・・・・・・・・・・・・・・・・
【定】やまちとなむおもふたまへらる、あかぬむかしのなこりをまたたつぬへきかたも侍ら
【大】思ふたまへらる、あかぬむかしのなこりをまたたつぬへきかたも
【三】、あかぬむかしのなこりをまたたつぬへきかたも侍らねはおほかたには何事につけて
【七】ぬむかしの名残を又たつぬへきかたもはへらねハ大かたにハ何事につけても心よせき
【高】なん思給へらる、あかぬむかしのなこりを又たつぬへきかたも侍らねはお
【中】やまちになんおもひたまへらる、まてあかぬむかしのなこりをまたたつぬへきかたも
【尾】となん思給へらる、あかぬむかしのなこりを又たつぬへきかたもはへらねはおほかた
【陽】おほかたもあかぬむかしのなこりも又たつぬへきかたもはへらねはなにことにつけて

【保】＼る＼へかめれはひとつかたさまにもえおもひえ侍らすなんとのたまひてかのゆつり

(9)
【平】・・・・・・・・・・・・・・・・・・・・・・・・・・・
【定】ねはおほかたにはなにことにつけても心よせきこゆへき人となむおもふたまふるをも
【大】侍らねはおほかたにはなにことにつけても心よせきこゆへき人となんおもふたまふる
【三】も心よせきこゆへき人となむ思たまふるをもしひなくやおほしめさるへきとてかの事
【七】こゆへき人となん思給るをもしひなくやおほしめさるへきとてかの人とな思わきそと
【高】ほかたにはなにことにつけても心よせきこゆへき人となんおもひ給ふるをもしひなくや
【中】はへらねハおほかたにハなにことにつけても心よせきこゆへき人となん思たまふるを
【尾】にはなに事につけても心よせきこゆへき人となんおもひ給ふるをもしひなくやおほし
【陽】も心よせきこゆへき人となん思給ふるをもしひんなくやおほしめさるへきとてかのこ
【保】給つゝ心をきてもすこしはかりはきこゆれといはせのもりのよふことりめいたりしよ

(10)
【平】・・・・・・・・・・・・・・・・・・・・・・・・・・・
【定】しひなくやおほしめさるへきとてかのこと人となおもひわきそとゆつり給し心をきて
【大】をもしひなくやおほしめさるへきとてかのこと人となおもひわきそとゆつり給し心を
【三】人とな思ひわきそとゆつり給ひし心ほきてをもすこしハかたりきこえ給へといはせの
【七】ゆつり給し心をきてもすこしハかたりきこえ給へといはせのもりのよふことりめいた
【高】おほしめさるへきとてかのこと人となおもひわきそとゆつりたまひし心をきてもすこ

【中】もしひなくやおほしめさるへきとてかのこと人となおもひわきてそとゆつりたまひし
【尾】めさるへきとてかのこと人となおもひわきそとゆつりたまひし心おきてもすこしはか
【陽】と人とな思わきそとゆつり給し心をきてをもすこしはかたりきこえ給へとかのいはせ
【保】のことはのこしたまえり心のうちにはなくさめかたきかたみにもかくこそあつかひき

(11)
【平】・・・・・・・・・・・・・・・・・・・・・・・・
【定】をもすこしはかたりきこえ給へといはせのもりのよふことりめいたりしよのことはの
【大】きてをもすこしはかたりきこえたまへといはせのもりのよふことりめいたりしよのこ
【三】杜のよふことりめいたりしよのことハのこしたりけり心の中にはかくなくさめかたき
【七】りしよの事ハのこしたりけり心のうちにハなくさめかたきかたみにもけにさてこそか
【高】しはかたりきこえ給へといはせのもりのよふことりめいたりしよのことはのこしたり
【中】心をきてもすこしハかたりきこえ給へといはせのもりのよふことりめいたりしよのこ
【尾】たりきこえ給へといはせのもりのよふことりめいたしよのことはのこしたりけり心の
【陽】のもりのよふことりめきたりしよの事はのこしたりけり心のうちにはかくなくさめか
【保】こゆへかりけれとくやしき事まさりゆけといまはかひなき事ゆゑあるましき心もこそ

(12)
【平】・・・・・・・・・・・・・・・・・・・・・・・・
【定】こしたりけり心のうちにはかくなくさめかたきかたみにもけにさてこそかやうにもあたり
【大】とはのこし○けり心のうちにはかくなくさめかたきかたみにもけにさて

【三】形見にもけにさてこそかやうにもあつかひきこゆへかりけれとくやしきことやう〳〵
【七】やうにもあつかひきこゆへかりけれとくやしき事やう〳〵まさりゆけといまはかひな
【高】けり心のうちにはかくなくさめかたきかたみにもけにさてこそかやうにてもあつかひ
【中】とハのこしたりけり心のうちにはなくさめかたきかたみにてもけにさてこそかやうに
【尾】うちにはかくなくさめかたきかたみにもけにさてこそかやうにてもあつかひきこゆへ
【陽】たきなくさめにもけにかやうにもあつかひきこゆへかりけりとくやしきことやう〳〵ま
【保】いてくれたかためにもあちき〇なくおこかましくこそなと思はなるさてものしたまは

掲出に際しては、（4）の大島本の「あはれをもさまし」の「ま」の横の「増」という傍書や、（5）の高松宮本の「心にあまるまて」の右肩の「薫」という注記は、これを省略した。また同じく（5）の三条西家本の「つつ」の補入箇所を「すこし〔つつ〕」の形で本文化するなど、視覚の便を考え、ごく僅かな操作を施してあるが、ほぼ試作版のままである。

十本とも始まりは「夜もいたうふけぬ」の部分からであるが、最後はすべての伝本において「いはせのもりのよふことりめいたりしよのことはのこしたりけり」の部分を含む一〇行が並んでいる部分までを掲出している。試作版は、ほぼ各行四〇字前後で統一されているが、追い込み方式を採っていくと、本文の異同によって当然文字数は変化するし、たとえ表記上の相違であっても漢字を多用する伝本と、仮名を多く使うものとでは使用文字数も変わってくる。その結果、同じように「夜もいたうふけぬ」で始まっても、「いはせのもりのよふことりめいたりしよのことはのこしたりけり」の末尾ではどれくらい場所がずれているであろうか。

平瀬本は途中から脱文があるため除き、保坂本も後述するので除いて残りの八本を比較する。「のこしたりけり」の箇所で比較すると、最も前に出てくる七毫源氏と、最も後ろに出てくる中京大学本では約四〇字分のずれが生じている。その結果「のこしたりけり」が第（11）グループに出てくる三条西家本・七毫源氏・尾州家本・陽明文庫本と、（11）から（12）にまたがる定家本・高松宮本と、（12）グループに出てくる大島本・中京大学本となり、一目では判別しがたいほど離れた場所にばらばらに掲出されている。除外した保坂本に関して言えば、独自本文を持つことが多いために更に遠い場所に掲出されており、第（10）グループの行頭近くに位置しているのである。
結局、行が進めば進むほど、対照箇所にずれが生じてくるから、かなり見づらい校本となっているといえよう。これを、どのように改訂すれば、本文異同が一目で見渡せるようになるだろうか。

三　視覚的効果を考慮した対校表

前節の対照表を、視覚的効果を高めるために、稿者は次のように改訂することを提案する。今回は、各グループの頭にカッコ無しのアラビア数字を付けて、前節の表と区別出来るようにしている。

1
【平】夜もいたうふけぬ世にためし有かたかりける御なかのむつひをゐてさりとも
【定】夜もいたうふけぬ世にためしありかたかりける中のむつひをいてさりとも
【大】夜もいたうふけぬ世にためしありかたかりけるなかのむつひをいてさりとも
【三】よもいたうふけぬ世にためしありかたかりける中のむつひをいてさりとも
【七】いたうふけぬよにためしありかたかりける御中のむつひをいてさりとも
【高】よもいたうふけぬよにためしありかたかりける御なかのむつひをいてさりとも
【中】夜もたいうふけぬよにためしありかたかりける御なかのむつひをいてさりとも

【尾】よもいたうふけぬよにためしありかたかりける御なかのむつひをいてさりとも
【陽】夜もいたうふけぬよにためしありかたかりけるなかのむつひをいてさりとも
【保】夜いたうふけぬよにためしありかたかりける御中のむつひをいてさりとん

2

【平】さのミあらさりけんとのこりありけにとひなし給そわりなき御心ならひなめるかし
【定】いとさのみはあらさりけむとのこりありけにとひなしたまふそわりなき御心ならひなめるかし
【大】いとさミはあらさりけむとのこりありけにとひなし給そわりなき御心ならひなめるかし
【三】さのミはあらさりけむとのこりありけにとひなしたまふそわりなき御心ならひなめるかし
【七】いとさのミはあらさりけむとのこりありけるにとひなし給そわりなき御心ならひなめりかし
【高】いとさのミはあらさりけんとのこりありけにとひなし給そわりなき御心ならひなめりかし
【中】のミハあらさりけんといてのこりありけにとひなし給そわりなき御心ならひなめりかし
【尾】いとさのみはあらさりけむとのこりありけにとひなしたまふそわりなき御心ならひなめりかし
【陽】さのみはあらさりけんとのこりおほけにとひなし給そわりなき御心ならひなめるかし
【保】のこりあらむとゝひきこえ給そあちきなかりける

3

【平】さりなからものに心え給てなけかしき心のうちもあきらめむハかり
【定】さりなからも物に心えたまひてなけかしき心のうちもあきらむはかり
【大】さりなからも物に心え給ひてなけかしき心のうちもあきらむハかり
【三】さりなからも物に心え給てなけかしき心の中もあきらむハかり

【七】さりなからも物に心え給てなけかしき心のうちもあきらむハかり
【高】さりなからもものにこころえ給てなけかしき心のうちもあきらむはかり
【中】さりなからもものに心え給てなけかしき心のうちもあきらむはかり
【尾】さりなからも物に心え給てなけかしきこゝろのうちにもあきらむはかり
【陽】さりなからもものに心え給てなけかしきこゝろのうちも
【保】ものゝこゝろをえ給て心のうちあきらむはかり

4
【平】かつはなくさめあはれをもさましさま〱にかたらひ給さまのをかしきに
【定】かつはなくさめまたあはれをもさましさま〱にかたらひたまふ御さまのおかしきに
【大】かつはなくさめまたあはれをもさましさま〱にかたらひ給ふ御さまのおかしきに
【三】かつはなくさめまたあはれをもさましさま〱にかたらひ給御さまのをかしきに
【七】かつハなくさめ又あハれをもさましさま〱にかたらひ給御さまのをかしきに
【高】かつはなくさめ又あはれをもさましさま〱にかたらひ給御さまのおかしきに
【中】かつハなくさめ又ああはれをもさしさましさま〱にかたらゐたまふ御さまのをかしきに
【尾】かつはなくさめ又あはれをもさしさま〱にかたらひ給御さまのおかしきに
【陽】かつはたくさめまたあはれをもましさま〱にかたらひ給御さまのをかしきに
【保】かつはなくさめまたあはれをもとりましかたらひきこえ給に

5
【平】すかされたてまつりてけに心にあまるまておもひむすほらるゝことゝも

【定】すかされたてまつりてけに心にあまるまておもひむすほゝるゝことゝも
【大】すかされたてまつりてけに心にあまるまておもひむすほるゝことゝも
【三】すかされたてまつりてけに心にあまるまて思ひむすほゝるゝ事とも
【七】すかされたてまつりてけに心にあまるまて思むすほるゝ事とも
【高】すかされたてまつてけに心にあまるまておもひむすほるゝことゝも
【中】すかされたてまつりてけに心にあまるまておもひむすほゝるゝことゝも
【尾】すかされたてまつりてけにこゝろにあまるまておもひむすほるゝことゝも
【陽】すかされたてまつりてけにこゝろにあまるまておもひむすほほるゝ心のうち
【保】すかされたてまつりて（心にあまることをも

6

【平】（「すこしつゝ」以下、本表末まで脱）・・・・・・・・・・・・
【定】（すこしつゝかたりきこえ給そこよなくむねのひまあく心ちしたまふ
【大】（すこしつゝかたりきこえ給そこよなくむねのひまあく心ちし給ふ
【三】（すこし〔つゝ・補入〕かたりきこえ給にそこよなくむねのひまなく心ちしたまふ
【七】（すこしつゝかたりきこえ給そこよなくむねのひまある心し給
【高】（すこしつゝかたりきこえ給そこよなくむねのひまある心ちし給
【中】（すこしつゝかたりきこえ給そこよなくむねのひまある心ちし給
【尾】（すこしつゝかたりきこえ給そこよなくむねのひまある心地し給
【陽】（すこしつゝかたりきこえ給こよなくむねのひまあく心地し給

【保】すこしむねのひまあけ給

7

【平】・・・・・・・・・・・・・・・・・・・・・・・・・・・・

【定】宮もかの人ちかくわたしきこえてむとするほとのこと丶もかたらひきこえ給を

【大】宮もかの人ちかくわたしきこえてんとする程のことゝもかたらひきこえ給を

【三】宮もかの人近くわたしきこえてんとする程の事ともかたらひきこえ給を

【七】宮もかの人のちかくわたしきこえむとする程の事とみかたらひきこえ給を

【高】宮もかの人ちかくわたしきこえむとするほとの事丶もかたらひきこえ給を

【中】みやもかの人たかくわたしきこえんとするほとのこと丶もかたらひきこえ給を

【尾】宮もかの人ちかくわたしきこえんとするほとのこと丶もかたらひきこえ給を

【陽】みやもかの人ちかくわたしきこえてんとするほとのこと丶もかたらひきこへ給に

【保】かの人わたしてんとする事宮にもかたらひきこえ給

8

【平】・・・・・・・・・・・・・・・・・・・・・・・・・・・・

【定】いとうれしきことにも侍かなあいなく身つからのあやまちとなむおもふたまへらる丶

【大】いとうれしきことにも侍かなあいなく身つからのあやまちとなん思ふたまへらる丶

【三】いとうれしきことにも侍るかなあいなくみつからのあやまちとなむ思給へらる丶

【七】いとうれしきことにも侍かなあいなくミつからのあやまちになむおもひ給へらる丶

【高】いとうれしきことにも侍かなあいなくみつからのあやまちとなん思給へらる丶

【中】いといれしきことにもはへるかなあいなくミつからのあやまちになんおもひたまへらる、まて
【尾】いとうれしきことにも侍かなあいなくみつからのあやまちとなん思給へらる、
【陽】いとうれしき事にもはへるをあいなくみつからのあやまちとのみ思給へらる、
【保】いとうれしき事にも侍るかなあいなうみつからのあやまちになんおもふたまへられつる

9
【平】・・・・・・・・・・・・・・・・・・・・・・・・・・・・・・・・・
【定】あかぬむかしのなこりをまたたつぬへきかたも侍らねはおほかたにはなにことにつけても
【大】あかぬむかしのなこりをまたたつぬへきかたも侍らねはおほかたにはなにことにつけても
【三】あかぬむかしのなこりをまたたつぬへきかたも侍らねはおほかたには何事につけても
【七】あかぬむかしの名残を又たつぬへきかたもはへらねハ大かたにハ何事につけても
【高】あかぬむかしのなこりを又たつぬへきかたも侍らねはおほかたにはなにことにつけても
【中】あかぬむかしのなこりをまたたつぬへきかたもはへらねハおほかたにハなにことにつけても
【尾】あかぬむかしのなこりを又たつぬへきかたもはへらねはおほかたにはなに事につけても
【陽】おほかたもあかぬむかしのなこりも又たつぬへきかたもはへらねはなにことにつけても
【保】あかぬむかしのなこりまた、つぬへきかたもはへらねはおほかたには

10
【平】・・・・・・・・・・・・・・・・・・・・・・・・・・・・・・
【定】心よせきこゆへき人となむおもふたまふるをもしひなくやおほしめさるへきとて
【大】心よせきこゆへき人となんおもふたまふるをもしひなくやおほしめさるへきとて

【三】心よせきこゆへき人となむ思たまふるをもしひなくやおほしめさるへきとて
【七】心よせきこゆへき人となん思給るをもしひなくやおほしめさるへきとて
【高】心よせきこゆへき人となんおもひ給ふるをもしひなくおほしめさるへきとてや
【中】心よせきこゆへき人となん思たまふるをもしひなくやおほしめさるへきとて
【尾】心よせきこゆへき人となんおもひ給ふるをもしひなくやおほしめさるへきとて
【陽】心よせきこゆへき人となん思給ふるをもしひんなくやおほしめさるへきとて
【保】心よせきこゆへくも〳〵なん思ふたまふる○おもしあいなくや人のこゝろさまにはへるめ〳〵る〳〵へかめれはひとつかたさまにもえおもひえ侍らすなんとのたまひて

11

【平】・・・・・・・・・・・・・・・・・・・・・・・・・・・・・・・・
【定】かのこと人となおもひわきそとゆつり給し心をきてをもすこしはかたりきこえ給へと
【大】かのこと人となおもひわきそとゆつり給し心をきてをもすこしはかたりきこえたまへと
【三】かの事人とな思ひわきそとゆつり給ひし心ほきてをもすこしハかたりきこえ給へと
【七】かの人とな思わきそとゆつり給し心をきてもすこしハかたりきこえ給へと
【高】かのこと人となおもひわきそとゆつりたまひし心をきてもすこしはかたりきこえ給へと
【中】かのこと人となおもひわきてそとゆつりたまひし心をきてもすこしハかたりきこえ給へと
【尾】かのこと人となおもひわきそとゆつりたまひし心おきてもすこしはかたりきこえ給へと
【陽】かのこと人とな思わきそとゆつり給し心をきてをもすこしはかたりきこえ給へと
【保】かのゆつり給つゝ心をきてもすこしはかりはきこゆれと

12

【平】・・・・・・・・・・・・・・・・・・・・・・・・・・・・・

【定】いはせのもりのよふことりめいたりしよのことはのこしたりけり

【大】いはせのもりのよふことりめいたりしよのことはのこし○けり

【三】いはせの杜のよふことりめいたりしよのことハのこしたりけり

【七】いはせのもりのよふことりめいたりしよの事ハのこしたりけり

【高】いはせのもりのよふことりめいたりしよのことはのこしたりけり

【中】いはせのもりのよふことりめいたりしよのことハのこしたりけり

【尾】いはせのもりのよふことりめいたしよのことはのこしたりけり

【陽】かのいはせのもりのよふことりめきたりしよの事はのこしたりけり

【保】いはせのもりのよふことりのことはのこしたまえり

改訂の基本は、文章の切れ目、意味の切れ目を重視したことである。

まず諸本一致して文章が切れている箇所で必ず改行する。6グループ、12グループはその観点から、ここで切断している。流布の校訂本文でも、改行がなされたり、新たな段落として立てられたりしている部分であるから、対照表や校本でも、ここでは行を改めた方がわかりやすいであろう。第1グループの「夜もいたうふけぬ」はここで文章が切れるから、当然改行すべき所であるが、中途からのために文章が短いので、便宜、下文に続けている。

小さな意味の切れ目は、諸本の何を底本にするかによって変わってくるから、あまり神経質になる必要はなかろう。視覚上の効果から言えば、あまり細かく分断するより、一定程度まとめて提示する方が効果的ではないだろうか。本章では、伝本略号を含めて一行四五字という方針を仮に立てて、できる限り平均的な文字数で出すことを心掛けた。第1グループでは、「夜もいたうふけぬ」で改行するのは当然としても、その下も「世にためし有かたかりける御なかのむつひを」と「ゐてさりとも」以下とに分けるべき所であろうが、文字数としてのかたまりを重視したのである。もちろん、改行の基本は、現代の句読点などで言えば、読点などが必ず入る場所で行を起こすのが基本である。その際小規模な意味の切れ目の軽重には、過度に囚われないように留意したのである。

一つのグループの文字表示数をなるべく均等にすることによって、234567グループを見渡せば、保坂本が他の伝本に比べると、かなり短く本文を刈り込んだものであることが一目瞭然である。具体的に本文の異同を論ずる前に、保坂本の文体が他本とは決定的に異なっていることに注意しなければならない。これは、転写過程の誤写誤脱や、書写過程の様々な文章の転移などから生じるのではなく、保坂本（の祖本）の書写者の文体によるものだと推量されるからである。「京極自筆の本とてこと葉もよのつねよりも枝葉をぬきたる本[6]」とは定家本を評して述べられた言葉であるが、保坂本のこの箇所などは、まさにそうした形容をすべきものである。

それ以外にも、第9グループを次のように一括表示することによって、語の転倒による異同の発生なども簡単に視覚化できる。

【平】・・・・・・・・・・・・・・・・・・・・・・・

【定】あかぬむかしのなこりをまたたつぬへきかたも侍らねはおほかたにはなにことにつけても

【大】あかぬむかしのなこりをまたたつぬへきかたも侍らねはおほかたにはなにことにつけても

【三】あかぬむかしのなこりをまたたつぬへきかたも侍らねはおほかたには何事につけても

【七】あかぬむかしの名残を又たつぬへきかたもはへらねハ大かたにハ何事につけても

【高】あかぬむかしのなこりを又たつぬへきかたも侍らねはおほかたにはなにことにつけても

【中】あかぬむかしのなこりをまたたつぬへきかたもはへらねハおほかたにハなにことにつけても

【尾】あかぬむかしのなこりを又たつぬへきかたもはへらねはおほかたにはなに事につけても
【陽】おほかたもあかぬむかしのなこりも又たつぬへきかたもはへらねはなにことにつけても
【保】あかぬむかしのなこりまた、つぬへきかたもはへらねはおほかたには

この箇所では、「あかぬむかしのなこりをまたたつぬへきかたも侍らねは」の部分は、どの伝本も表記の相違を除いて一致する。しかし、その直後の文章では、定家自筆本から尾州家本までの七本が「おほかたにはなにことにつけても」（表記の相違は除く）の本文を持っているのに対して、陽明文庫本が「なにことにつけても」保坂本が「おほかたには」とある。これに対し、陽明文庫本には「あかぬむかしのなこり」の前に「おほかたも」の語句が移動しているのである。すなわち、この箇所では、「おほかたにはなにことにつけても」の部分が安定性を欠き、流動性が高いことが看取されるのである。「おほかたにはなにことにつけても」から、「おほかたには」（陽明文庫本は正確には「おほかたも」）が分離して「あかぬむかし」の前に付着したのが陽明文庫本であり、「なにことにつけても」の部分が脱落したのが保坂本である。もちろん、逆の見方も出来るのであって、陽明文庫本か保坂本の形が原型であって、「おほかたには」「なにことにつけても」が合体して、一層安定性の高い本文に意改されたと見ることもできる。

このように、主要伝本の本文すべてが確認出来るような対校表を作成し、さらにその視覚的効果を高めることによって、諸伝本の特徴を、いち早く正確に見通すことが出来るのである。

四　巻別校本への道

それでは、新校本の書式はどのような形が可能であるか考えてみよう。

まず、電子テキストに留めるか、紙媒体、すなわち、冊子、本の形にするかの二つの選択がある。追加や修正が可能になるという立場から、電子テキストで維持していくという立場もあり得るが、稿者は、再生機器やシステムの助力なしに利用出来るという点において、紙媒体を支持する立場を取る。(7) 理想的な形式は、松尾聡の提案した影印本文そのものの提示や、全文検索可能な電子テキストの形であるかもしれないが、『源氏物語大成』の次の段階として、紙媒体の活字の新校本こそ、今日もっとも実現が可能な形式ではなかろうか。『源氏物語大成』は七十年以上たった現在でも研究の基礎文献である。新校本の寿命は、おそらく三十年か、長くても半世紀ぐらいであろうか。おそらくその後には、影印型校本や電子テキストの形が来るのであろう。しかし、『源氏物語』研究を一層促進するためには、現在すぐにでも実現可能な新校本を準備すべきではないだろうか。紙媒体の活字校本のより良い形のものに拘泥する所以である。

以下、書籍の形で新校本を作る際の形式について考えてみる。

意味のまとまりを重視すれば、一行の最大表示文字数が多いに越したことはない。改訂版では、一行四五字の設定にすれば、この範囲内の校異はほぼ一つのグループに収めることが出来た。『源氏物語』の本文異同の場合、ある写本では長い文章の前半にある語句や文節などが、別の写本では文章の後半に出現することが少なからず見られる。すなわち、文章を構成する箇所の転倒による相違である。一行の表示を多くすればするほど、離れた箇所にある語の転倒まで含めて、ほとんどの伝本を同時に見渡すことが出来るであろう。判型を、四六判、A五判、菊判、B五判、A四判と大きくすればするほど、一行の文字数を多くすることができる。『源氏物語大成』はB五判であったが、これは左右の欄外や下部に対校本文を置く形であって、B五判全体を一段組で表示していたわけではない。

横並びの本文を一行表示で比較するとすれば、視覚的には恐らくA五判、菊判あたりが限界ではなかろうか。判型が大きくなれば縦幅のみならず、横幅も大きくなり、表示可能行数も多くなるが、伝本数によっては無駄な余白が多くなると思われる。その意味でも、B五判以上の大型本は、校本の見やすさという点であまり意味がないであろう。

結論を述べれば、A五判で一行の文字数を五〇字程度として、傍書や、書き入れ、ミセケチをポイントを落として表示すべきであろう。行間の取り方によって、一ページに横並びのものを二グループ含むことも出来る。早蕨巻のように底本を含めて十本の対照表ならば、一ページに二グループ分、二つのグループの間は倍の行間を取ると考えて、単純行数で二一行組み込むことは十分可能である。A五判で二一行ならば行間も余裕があり傍書の類も無理なく組み込むことが出来る。もちろん比較する写本の数が多くなれば行間は狭くなるわけであるから(8)、最重要写本の数を絞り込む作業は常に必要となってくる。

最後に、造本の問題を考えてみよう。校本は繰り返し開閉されるから、何よりも綴じ方に留意する必要があろう。製本コストの問題はあるだろうが糸かがり綴じを採用したいものである。外函は不要である。大学や図書館では函は廃棄されるし、個人の蔵書としても、函がない方が書架の空間に多少の余裕が出る。保存よりも、使用されることを第一と考える以上函もカバーも不要である。

巻別校本と繰り返し述べてきたが、若菜上下巻などは、その分量から考えて一冊に収めるのは無理であって、これは四分冊ぐらいにしなければならないのではなかろうか。とすれば全六十冊となって、天台六十巻にも比肩出来る『源氏物語』の新校本が出来上がることになる。

おわりに

巻別校本の試みは、豊島秀範氏を代表とする科研の重要な柱となっている。早蕨巻以降もいくつかの巻で実験的に対照表が作成されていて、そこには重要な情報が含まれている。本章はその作業と呼応すると共に、報告書の形を越えて、市販の書籍の形とすることが可能であるかどうか、そのためには何が必要であるかを考えてみたものである。

注

（1）『校異源氏物語』そのものや『源氏物語大成』との関係については、田坂「『校異源氏物語』成立前後のこと」（『源氏物語の政治と人間』慶應義塾大学出版会、二〇一七年）で論じた。
（2）代表的なものとして『尾州家河内本源氏物語』の影印（八木書店、二〇一〇年）がある。
（3）池田利夫『源氏物語の文献学的研究序説』（笠間書院、一九八八年）。
（4）『中古語「ふびんなり」の語意　松尾聰遺稿集1』（笠間書院、二〇〇一年）に再録。
（5）『陸奥話記校本とその研究』（桜楓社、一九六六年）『平治物語研究校本篇』（桜楓社、一九八一年）など。後者の単価八〇〇〇円というのが、当時としてはこの形式で校本を刊行する困難性も示している。
（6）島原松平文庫蔵、了悟『光源氏物語本事』。『源氏物語とその周縁』（和泉書院、一九八九年）の影印に依った。
（7）その意味で、稿者は『源氏物語別本集成　続』の第八巻以降の継続を強く希望するものである。
（8）二〇一五年の第八冊目の報告書の若紫巻では十三本が取り上げられている。

第十二章　字形表示型データベースの提案

はじめに

今西裕一郎国文学研究資料館館長（当時）を代表とする「日本古典籍における【表記情報学】の基盤構築に関する研究」という科研では、毎年度様々な試みが行われてきた。その中で、しばしば議論されてきたものの一つに漢字と平仮名の比率の分析がある。この比率をデータとして集積することによって、写本の時代測定や、写本の性格の分析などに応用できる見通しが得られつつある。とすれば次の課題として、どのような漢字が使用されているか、どのような平仮名が使用されているかという、より詳細な分析が求められよう。時代や書写者によって使用される文字そのものにも特徴があるはずだからである。

漢字の分析に関しては従来のデータベースをそのまま用いることが出来る。これに対して従来型のデータの構築では見えにくいのが平仮名の問題である。

そうした意味で筆者が注目したいのは、平仮名の字母の問題である。いうまでもなく現在の平仮名の数に比べると変体仮名の種類は圧倒的に多い。その変体仮名の文字の種類がどのように偏在するのかを調べることによって、写本の時代、写本の書承関係、書写者の認定、書写者の書風の変遷など、様々な問題を考えることが出来るのではないだろうか。その一つの実験として、稿者は、大島本『源氏物語』を取り上げて、その変体仮名の用字法を分析してみたい。本章では、そのうちの桐壺巻を俎上に載せる。

一　翻刻作業と表記情報

写本の形で存在している資料をデータベースとして使用する場合、翻刻という作業がなされる。もちろん注釈作業や研究の前提として翻刻がなされる場合もあり、現実にはこちらの方が圧倒的に多い。

翻刻作業において、原典の形を出来る限り尊重する場合は、改行や改丁もそのままにしたり、改行や改丁の情報が明確になるように、カギ括弧、二重カギ括弧などで示す場合がある。改行や改丁と表記情報との関連については別稿で述べるので(1)本章ではその問題には言及しない。

写本の文字を、現代の印刷データや電子データに載せるためには、多種多様な変体仮名を現行の平仮名に置換する必要がある。漢字の異体字や俗字に関しては、ある程度今日の印刷データにも保存可能であるが、変体仮名はそれが出来ないからである。印刷データといっても、かつてのように文字通り活字を組み上げる時代であれば、具体的には昭和のある時期までは、翻刻に際して「尓」や「江」に由来する変体の仮名を、「尓」「江」の草書体で示す事が可能であった。また、研究分野によっては助詞の「ニ」「へ」「ハ」などを敢えて原形のカタカナのままで翻刻する立場もある。そうした例外的なものを除けば、翻刻作業は、表意文字として使われている漢字以外は、現行の平仮名に置換されることとなる。

これに読みやすさを考えて、句読点を付す場合がある。写本には本来句読点はないのであるから、原資料の形と読みやすさとの妥協を図り、読点のみを付加する場合もある(2)。句読点は本来の文献には附されていないことが明らかな記号であるから、もとの資料の表記と混同されることはなく、表記情報を考える上ではあまり障害にはならない。清濁を付す場合もあるが、これは解釈に関わることであるので、通常の翻刻ではあまり添付されない。解釈、注釈となると、仮名遣いを正すこともあるが、これはもう翻刻の域内に収まることではない。

　このような追加修正の作業を行わないにしても、変体仮名を現行の平仮名に置き換えるというのは実は大きな変換であると言わねばならない。現在の平仮名の文字数は「ゐ」「ゑ」などを含めても四八文字しかない。変体仮名の文字数は、時代や資料によって変化するから確定することは困難であるが、仮に、伊地知鉄男編『仮名変体集』（新典社、一九九〇年増補改訂版）によれば三〇〇、児玉幸多編『くずし字用例辞典　普及版』（近藤出版社、一九八一年初版）によれば三二二、最も多い神戸平安文学会編『仮名手引』（和泉書院、一九八一年）によれば三二五の仮名が掲出されている。一つの文献で実際に使用される変体仮名が仮に二〇〇種類とすると、一文字あたり四つの変体仮名を一つの現行の平仮名に置き換えていることになる。これは表記情報としては、重要な要素を見落としてしまうことになるのではないか。親本の筆跡をそのまま臨模するということは極めて稀であるとしても[3]、親本がどのような変体仮名を用いているかという、いわば用字法は、転写の際にある程度の影響を与えるのではなかろうか。その際に書写者自身の用字法を斟酌しなければならないことは当然であるが、親本の用字法と書写者の用字法の相関関係をうまく導き出すことが出来れば、転写関係を考える上で有効な一つの方法となるのではなかろうか。

　その第一段階として、写本の表記情報を出来る限り再現するために、原本の字母が明確になる形の翻刻を行ってみる必要があると考える。従来の翻刻の形と異なるので、誤解を避けるために別の言葉を使う事も考えて良かろう。本章では、仮に「字形表示型データベース」という題目を立ててみた。

　具体的には、原写本を以下のように表示してみる。

　春ハあ遣保乃やう〳〵志ろくなりゆく山きハすこしあ可

里てむらさ起多ち多る雲乃本そく多那ひき多る夏ハよ類
月の比ハ佐らなりやミも猶本多流とひち可ひ多る雨なと農
布流さへ於可し秋ハ夕暮夕日花や可丹佐して山き
ハいとち可くなり多る尓閑ら須乃祢ところへ行とてミつ
よつ布多つなととひゆく佐へあ者れなり満して鴈な

これは、学習院大学所蔵の三条西家旧蔵能因本『枕草子』の冒頭を、小学館『日本古典文学全集』（一九七二年初版）の口絵写真から表示したものである。

一つ一つの文字を最も近い形の字形で表している。同じ「の」であっても、現在の平仮名に近い形のものは「の」と表示し、もとの漢字の字形に近ければ「乃」と表記している。こうすることによって、原本の表記情報を可能な限りデータ化することが出来ると考えている。もちろん限界はあるわけで、この資料では「た」はほとんど「多」の変体仮名を用いているが、「雲乃本そく多那ひき」の「多」は、他の箇所に比べるとはっきりと漢字の字形を残しているが、そうした違いまでは表示できない。

しかし、どのような字母を使っているか（どのような字母は使われていないか）ということは示せるであろう。「あ」「つ」はすべて現行の平仮名、「は」は「者」と「ハ」が使われ、「る」は「流」「類」「る」など多用な表記などが一目瞭然となる。もちろんこれは、六行分を試みに掲出してみただけだから、データベースとしては能因本全体をこうした形で表示した上での考察となるべきである。

以上、本章のような試みが何を明らかに出来るかと言うことを述べてみた。次節から具体的な作業に入る。

二　大島本の桐壺巻頭と帚木巻頭

稿者はかつて聖護院道増筆の断簡の筆蹟の特徴を調べるに際して、同じく道増筆の大島本『源氏物語』桐壺巻を対比資料に用いたことがある。[4] 今回はこの桐壺巻の表記がどのような内実を持っているかを考えてみたい。まず桐壺巻の相対的位置を確認するために、書写者の異なる帚木巻を取り上げて比較してみたい。

大島本の桐壺巻と帚木巻のそれぞれ冒頭の一丁の本行本文を、出来るだけ原形に近い形で掲出してみてみる。

桐壺巻

伊徒連乃御と起尓可女御更衣阿ま多佐ふらひ給ひ
希る中尓いと屋ん古と那き起者尓は阿ら怒可
春く連て登き免き給ふ有介りハし免より我ハと
思日阿可里たまひ徒類御可多〳〵免さまし起物耳
おとしめそ祢見給ふお那し程そ連より希らう乃更
衣たちハましてや春可ら春朝夕乃ミや徒可へに徒希
ても人能古ゝろ越乃ミう古可しうら見をおふ徒毛り丹や
阿り氣むいと阿徒しく那り遊き物心本そ希尓さと
可ちなる越伊与〳〵阿可春あ者禮那類物尓おも本し
て人能そし里越も盈はゝ可ら勢給者寿世能ためし尓も　」（一オ）
成ぬへき御毛て那しなり可む多ち免うへひと那登も

阿い那く免越そはめ徒ヽいとま者遊き人乃御お本え
那り毛ろ古し丹も可ヽる古と乃於古り尓こそ世もみ多れ
阿し可り希連とやう〳〵天能した尓も阿ちき那う人
乃毛て那や見くさに成て楊貴妃乃ためし裳
引いて徒へく那り行尓いとハしたな支古とお本可れ
登可多し希那き事お本可連御心者へ乃たくひ那き
をた乃ミ尓てましらひ給ふちヽ乃大納言ハ那く成て
はヽ北能可多那ん伊丹しへ乃ひと能よし阿類尓ておや
うちくし佐し阿多りて世乃お本え花や可那る御可多〳〵」（一ウ）

帚木巻

飛可る源氏名乃ミこと〳〵志ういひ氣多
連たまふと可於保可なるにいとヽかヽる春起
ことヽ毛を春衛乃世丹毛きヽ徒多へて可ろ
ひ多る名をやな可さむと志のひ給介る可くろ
遍ことを佐へ可多りつ多へ介む人農毛のいひさ可
なさよ佐るハいとい多く世をはヽ可りま免多ち
給介る本となよひ可尓を可しきことハなくてか多
のヽ少将尓ハ王らハ連給介む可し満多中将
なとに毛のし給しと起ハ内尓乃ミさふらひ

よらし給て大殿尓ハ多え〳〵満可て給ふ志のふ」（一オ）
乃み多連やとう多可ひ幾こゆる事毛ありし可
と佐し毛あ多め起め那連多るうち徒氣の
春起〳〵しさなとハこ乃ましからぬ御本上尓て
され尓ハあな可ち尓飛きた可へ心徒くしなる
ことを御心に於保しと丶むるくせなむあや
尓く尓て佐るましき御ふるまひもうちまし
里介流な可あめ者連万な起ころ内乃御
毛能いミさし徒丶幾ていと丶な可ゐさふらひ
給を大殿丹ハ於保徒可なくう羅めしくお本し
多連とよろ津乃御よそひな尓具れとめ徒」（一ウ）

桐壺巻は聖護院道増が吉見正頼の慫慂によって書き改めたものであるから[5]、当然帚木巻とは筆者が異なるわけである。その相違は、写真版や原資料に付けば筆跡の相違などから明確であるのだが、実はそれらに拠らずとも、表記情報からも両者の異質性は容易に想像できるのである。

その第一が一面の文字数である。一面行数は両者とも一〇行で同じであるが、一行平均文字数は桐壺巻が約二三文字、帚木巻が約二〇文字と、数値に明確な差が見られる。同じ大きさの写本であるから、文字の大きさの相違までこの数字から見当が付く。

また、桐壺巻第一丁表裏の文字数は四五四文字である。これは本行に記された文字のみの数であり、ミセケチされたものは数えるが、修正後の傍書の文字は数えない。補入、異文表記の文字も数えない。あくまでも本行に最初に記された文字のみで数えた。踊り字などはもとの文字数に換算して数えた。同様に帚木巻の文字数を数えてみると、一丁表裏で三九三文字である。すなわちこの二つの巻は最初の一丁のみで六一文字の差が生じている。比率で言えば、桐壺巻の文字数は帚木巻の文字数の約一・一六倍、一六パーセント以上文字が多いことが分かる。

しかし、上の二巻の冒頭を比較したときに、文字の大きさや文字数以上に目につくのは、そして重要なのは変体仮名の使い方である。上掲のものは、文字の字形をそのまま活字に起こしたものである。すなわち、「飛可る源氏名乃ミこと〳〵志う」の部分、「源氏」や「名」は表意文字として使われている漢字であるが、「飛」「可」「乃」「志」は表音文字として、すなわち変体仮名として使われている文字を、その字母の形で示したものである。「飛」「可」「志」は今日の平仮名の字母とは異なるので分かりやすいが、「乃」については前節で述べたごとく、平仮名の字形と漢字の字形のどちらに近いかで表示を区別する。ここではもとの漢字に近い形であるから「の」ではなく「乃」で表記した。「る」「こと」「う」などのように、漢字ではなく現行の平仮名の文字となっているものは、もとの漢字の字母からすっかり離れて現在の平仮名とほぼ同じ形で記されているものである。

この現在の平仮名で表記されている文字数を数えると、桐壺巻は二〇七文字である。これに対して、帚木巻は二一二文字である。総文字数で六一文字だけ数の少ない帚木巻の方が、桐壺巻の方よりも今日の平仮名で記された文字数が多いのである。これを比率で出してみれば、帚木巻は全三九三文字中現在の平仮名が二一二文字で約五四パーセントであるのに対して、桐壺巻は四五四文字中平仮名が二〇七文字約四六パーセントと平仮名表記が少ない。

裏返して言えば、桐壺巻の表記は、変体仮名のもとの字母の形を多く残存させているということである。従って、桐壺巻は字母の形を論ずるには最適の資料であると言えよう。桐壺巻の全体像を見る前に、帚木巻との比較をもう少し行っておきたい。

三　桐壺巻頭と帚木巻頭との変体仮名の相違

前節で掲出した桐壺巻と帚木巻冒頭の一丁で使用されている仮名文字の種類を挙げると以下のようになる。

桐壺巻

あ阿い伊うえ盈お於
か可き起支く希介氣こ古
さ佐し春寿勢そ
た多ち徒てと登
な那に尓耳丹ぬ怒祢乃能
は者ハひ日ふへ本
まみ見ミむめ免も毛裳
や屋遊よ与
らり里る類れ連禮ろ
を越
ん
平仮名三六
片仮名二
変体仮名四一

帚木巻

あいうえお於
か可き起幾く具氣介こ
さ佐し志春せそ
た多ちつ徒津てと
な那に丹尓ぬの乃農能
はハ者ひ飛ふへ遍保本
ま満万みミむめ免も毛
やゆよ
ら羅り里る類流れ連ろ
王ゐ衛を
平仮名四一
片仮名二
変体仮名三五

総文字数の少ない帚木巻の方が、今日の平仮名使用文字数が多いことは前節で述べたことであるが、使用されている現行の平仮名の種類も帚木巻の方が多い。帚木巻に見られる「す」「つ」「の」などは桐壺巻では使用されていない。逆に変体仮名で書かれている総文字数は、桐壺巻一三二文字、帚木巻一〇一文字と桐壺巻が多かったが、それは変体仮名の種類でも桐壺巻四一に対して帚木巻三五というように桐壺巻の方が多く、すべてが連動していることが理解できよう。

以上が量的相違であれば、次に、質的相違について考えてみたい。二つの巻で使用されている変体仮名そのものに相違があるかどうかについて見てみよう。まず桐壺巻に存して帚木巻では使われていない文字は以下のものである。

阿伊盈支希古寿勢登耳怒祢日見裳屋遊与禮ん

逆に帚木巻に存して桐壺巻では使われていない文字は以下のものである。

幾具志せ津の農飛遍保満万ゆ羅王ゐ衛

僅か一丁二面分の比較であるから軽々に結論を出すわけにはいかないが、使用されている仮名文字にはかなり相違があることが看取できよう。こうしたものをデータとして蓄積していけば、写本の書承関係、筆跡の鑑定(6)、時代測定などに応用できる可能性があるのではなかろうか。そのためにはデータの総量が重要になってくる。次に、桐壺巻全体をデータベースとしてみると何が見えてくるのかを考えてみよう。

四　大島本桐壺巻の仮名の用字法

二節で桐壺巻の冒頭を示したから、ここでは桐壺巻、全二五丁のちょうど真ん中あたりの第一五丁と、末尾の第

二四、五丁を掲出してみよう。

阿した尓お支佐勢給ふとて裳阿く類もしらてとお本しい
徒類尓も猶朝まつり古とハを古多ら勢給ぬへ可免り物
那とも起古し免さ春阿さ可れ井乃希しきは可り布礼
さ勢たまひて大正し乃おも乃なとハいとはる閑尓お本し
免した連ハはいせん耳佐ふらう閑き里ハ心くるしき
御希し起越み多てまつり那希く春へてち可う佐布らう閑
きりハ男女いと王り那き態可那といひ阿者勢徒ゝ
な希く佐るへき千きりこそハ越者し希免そ古ら乃人能
そし里うら見をもはゝ可らせ給ふ《（ふ×）》は春古乃御こと尓布連
た類こと越ハたう里越裳うし那者勢給ふ《（ひイ）》い満者た」（一五オ）
可く世中乃こと越もおも本し春てた類やうに成行ハ
伊とたい〳〵しきわさ那りと人乃み可と能ためしまて
引いて佐ゝめ支なけき介り月日へて若ミや満いり
給怒いとゝ古乃世能物那ら寿起よら尓およ春希たまへ連
ハいとゆゝしうお本し堂り阿く類登し乃春坊さ多
まり給尓もいと引古さ満本しうお本勢と御うしろミ
春へき人も那く又世乃う希ひくましき古と成希れハ
な可〳〵阿やうくお本しはゝ可りて色尓もい多佐勢給

は寿成ぬるを佐者可りお本した連と可支りこそ有希連
登世人も起古え女御裳御心越（越×）をち井給怒閑能御　」（一五ウ）
いとわ可う於可しきを右乃於登ゝ乃御那可ハ伊とよ可ら祢と
盈見過したま者て可し徒き給ふ四乃君尓阿者勢給へり
於登ら春もて閑し徒きた類ハ阿ら満本しき御阿者ひとも尓なん
希むし乃君ハうへ能常尓免し満徒ハせ者心や春く佐と春見も
えし給者寿心乃うちにハ多ゝ藤徒本乃御阿りさ満をたくひ
那しと思日き古えて佐やう那らん人越こそ見め丹類人なく
裳をハし希る可那於本いと能ゝ君いとを可し希尓可し徒可れ
た類ひとゝハみ遊連と心丹も徒可春お本え給ておさなき本と
乃心徒可（徒可×）ひと徒尓閑ゝりて伊とくるしきまてそ越ハし希る
於となに成給て後ハ有しやう尓み春乃うち丹もいれ多満者春　」（二四オ）
御阿そひ乃折古と笛能音尓起古え可よひ本能可なる御聲
を那くさ免尓てうち春見乃ミ古能ましうお本え給五六日さ
布らひ給て於本い殿に二三日なとたえ〳〵（丹（朱））満可て給へとたゝ今ハ
おさなき御程尓徒ミ那く覚し那していとなミ閑し徒き聞え給ふ御
可多〳〵能人々世中尓をし那へたら怒をえり登ゝ能へ（寸（朱））をくりてさふ
ら者勢給ふ御心尓徒くへき御阿そひをしお本なお本しい多
徒くうち尓ハ本能し希（＋を（朱））いしや御佐うし尓てはゝミや春所能御

可多乃人々満可てちら春佐ふら者勢給ふ佐と乃と能ハ（もくす里イ）修理
しきたくミ徒可さに宣旨く多里てに那う阿らため徒く
ら勢給ふもと乃木多ち山能た丶春まひおもしろき　」（二四ウ）
所那り希る越い希乃心日ろく志那してめて多く徒くり
能丶志類閑丶るところ尓思ふやう那らん人を春へて春満者や
登能ミ那希可しう於本しわ多る飛可る君と云名ハ古
満うと乃免て起古えて徒希たてまつり希る登そいひ
徒多へた類とな無　」（二五オ）

今回は本行本文にミセケチ、補入、異文表記がある場合は本行の横に取り出して丸括弧に入れて示した。「給ふ」の横に（ふ×）とあるのは「ふ」の文字をミセケチしていることを示す。「し希いしや」の横に（+を〈朱〉）とあるのは「を」という書き入れが朱書きで示されていることを示す。このようにミセケチや補入まで併せ見ると、たとえば朱書きの文字は本行本文と異なる用字法がある場合などが見て取れる。二四丁ウの五行目「をくりて」の横に（寸〈朱〉）とあり、「すくりて」と本文を訂正しているか、異文として併記しているかなのであるが、掲出した部分の本行における「す」の表記は、「春」が一九例、「寿」が三例で「寸」は一例もないのである。前節で桐壺巻頭の用字をすべて掲出したが、そこでも「春」「寿」のみであって、「寸」の表記は皆無だったのである。つまりこの「寸」という朱の書き入れは、用字法から見る限り別筆の可能性があるのである。もちろん断定は出来ないし、スペースの関係から小振りの書きやすい変体仮名を使うということは十分にあり得ることであるが。

　さて、本行の考察に移ろう。一五丁オの冒頭の「阿した尓お支佐勢給ふとて裳阿く類もしらてとお本しい（徒類尓も）」に大島本桐壺巻の表記法は端的に示されている。「あ」の表記はすべて「阿」、「き」の表記に「支」を用いること（この変体仮名は帚木巻冒頭では使用されていなかった）、「させたまふ」はほとんど「佐勢」の表記を用いること、「も」の表記に「裳」を用いること（この変体仮名は帚木巻冒頭では使用されていなかった）、「お本し」に見られるように「ほ」は「保」も「ほ」も使用せずに「本」を使うことなどである。特に「あ」は一三例中すべてが「阿」で表記され、「ほ」は一八例中すべてが「本」であることが見て取れよう。これは極めて顕著な特色である。さらに、「の」は「乃」が二四例、「能」が一九例、「の」は一例もない。「か」は「可」が圧倒的に多く三三、「閑」でも八例あるのに「か」は一例もない。こうして見ると、大島本桐壺巻は今日の平仮名にあたる字形の文字を使用することはかなり少ないと考えて良かろう。

以上、本節で掲出してみた二丁と五行分から、桐壺巻の変体仮名の用字法について考えてみた。これに二節で掲出した巻頭一丁を併せると、桐壺巻で使用されている仮名の傾向についておおよその見通しを得られるであろう。以下紙幅の関係で、すべてを字形表示型で示すことは出来ないが、桐壺巻全体を調査した結果から、簡単に述べておきたい。

たとえば、桐壺巻で使用されているア行の仮名は以下のようになる。

あ　あ三　安〇　阿一二九　愛〇　亜〇　悪〇
い　い二〇二　以四　伊二六　移〇　意〇　異〇
う　う一二三　宇六　羽〇　憂〇　右〇　雲〇　有〇
え　え七三　衣〇　江〇　要〇　盈一四　延〇　得〇　縁〇
お　お一七五　於二四

多少説明を補っておこう。「う」の変体仮名としては「右」もあるが、桐壺巻では、すべて右大臣、右大弁、右のおとど、など表意文字として使用されている。同じく「有」もすべて動詞「あり」や「ありさま」「ありがたし」

の一部として使用されており、表音の「う」の文字として使用される例はない。「雲」も「雲のうへ」の形のみで、変体仮名ではない。「え」では今日の平仮名の基になった字母「衣」の形を残存させているものは三例すべてが「更衣」である。こうしてみると、「い」「う」「お」は圧倒的に現行の平仮名の形の文字が多いことが分かる。それだけに、「あ」の文字表記の特性が浮かび上がってくる。今日の平仮名と同じ字形の「あ」は三例しかなく、字母の形を残す「安」の用例は一例もない。この写本の書写者は「あ」の文字については「阿」で表記することを原則としていると断じて良い。

単純に数だけを見ていては分からない問題も、単語や語句にまで視野を広げると更に知見が得られる。「う」の文字は、ほとんど現行の平仮名で表記され、もとの字母の形を残す「宇」は六例しかない。ところがこの六例の内三例までは「宇徒くし」という語の中で使われているのである。ちなみに桐壺巻全体で使用されている「うつくし」の語形は五例、そのうち三例に稀少な「宇」の字母を残す文字が用いられている。書写者が「うつくし」という語を記すにあたって何らかの意識が働いたと考えるべきであろう。また、「盈」は一四例のうち、一三例までは「え…ず」の形で用いられており、ここにもはっきりとした用字意識というものが看取できる。また、三節で述べた、桐壺巻では現行の平仮名の字母を使うことが少ない傾向にあるという見通しに関して、桐壺巻全体を通して調べた結果、平仮名が皆無か稀少な例もあったことを付記しておく。「す」と「ほ」は皆無、「の」は二例（一例は本行、一例は書き入れ）であり、三節の見通しはおおむね裏付けられたと言えよう。

おわりに

以上、大島本桐壺巻を材料として、変体仮名の使用状況について分析してみた。従来の翻刻データベースとは異なる新しい形、いわば字形表示型データベースの提案である。少なくとも、桐壺巻については、独特の変体仮名の用字法があることが確認できた。用字法という言葉でよいかどうかも今後の課題としたい。文字遣いという表現も可能であろう。(7) 最後に、比較として用いた帚木巻特有の文字（第三節で掲出したもの）のうち、桐壺巻全体を通しても一〇例以下しかないものの用例数を挙げておく。

幾六　具一　津〇　の二　農二　遍二　保〇　羅一　衛〇

「津」や「保」「衛」は桐壺巻の筆者が絶対に用いなかった文字である。「羅」の一例は一六ウ五行目「な春ひ」の横に朱書きで補入されたものである。用字法から、逆にこの朱書きが別筆の可能性を示唆するのではないだろうか。朱書きの補入が桐壺巻で唯一の用字法である例としては、四節で述べた「寸（す）」の文字も想起されよう。このように、変体仮名の字母が明らかになる形のデータベースから、さまざまな知見を得られるのである。

注

（1）田坂「表記情報から見た内閣文庫本系『紫明抄』」（『日本古典籍における【表記情報学】の基盤構築に関する研究』Ⅰ、二〇一二年三月。本書第十三章）。
（2）注釈書ではあるが玉上琢彌『源氏物語評釈』の本文は読点のみを付す。
（3）よく知られたものに東海大学桃園文庫所蔵の明融臨模本の『源氏物語』がある。そこで使われている変体仮名は明融の用字法ではなく、親本の筆者定家（及びその周辺の子女）の用字法である。
（4）田坂「伝聖護院道増筆断簡考―新出賢木巻断簡の紹介から、道増の用字法に及ぶ―」（『王朝文学の古筆切を考える残欠の映発』（武蔵野書院、二〇一四年。本書第一章）はその一つの試みである。
（5）聖護院道増と道澄とが桐壺・夢浮橋巻を補筆したことや吉見氏との関係、大島本の伝来過程については、田坂「大島本『源氏物語』の伝来をめぐって」（『源氏物語享受史論考』風間書房、二〇〇九年）参照のこと。
（6）注（4）拙稿。

（7）　中村一夫「仮名文テキストの文字遣―語と表記の関係―」（「第三回源氏物語の本文資料に関する共同研究会」於國學院大學、二〇一三年十二月）の用語を借用した。

第十三章　表記情報から見た内閣文庫本系統『紫明抄』

はじめに

古典籍研究における表記情報の重要性とは何であろうか。稿者なりに考えれば、それは、写本（もしくは、影印本、複製本、写真資料も含めて文字や表記の原型を可能な限り保ったもの）の段階では見えていたものが、翻刻資料や、従来型の校本という形に進められた場合見えにくくなってしまったものを、再発見すると言うことではないかと思われる。特に、原表記の段階まで遡源して行くことによって、翻刻・校本では得られなかった明確な知見に到達できる場合に、極めて重要な役割を果たすのではないかと思われる。

その典型的な例が、字母の問題であろう。今日平仮名として表記できる数は、通行の平仮名に「ゐ」「ゑ」を加えても四八に留まる。これに対して変体仮名に用いられている字母数を、初心者が変体仮名を読解する折の手引き書で見てみると以下のようになる。たとえば神戸平安文学会編の『仮名手引』(1)によれば、三二五を数えることが出来る。同じく、伊地知鉄男編『仮名変体集』(2)では、三〇〇の字母を掲出する。ここでの字母の数は、新字旧字の相違が変体仮名の形にどの程度反映しているかによって、多少増減する。ただ、字母の総数は、概略三〇〇程度と考えて良かろう。

同じ作品のすべての写本で使用されている字母は当然この数より少なくなり、稿者の乏しい経験によれば、二〇〇内外ではないかと思われるが、それにしても、それらを四分の一の現行の平仮名に集約することは、ある意味では大変乱暴な作業であるということが想像されよう。従来これらが等閑視されてきた背景には、転写に際して字母まで厳密に尊重して書写するのは臨模本など特別な場合だけであって、大なり小なり転写過程で字母は変化する可能性があるという見通しを持ってきたことによる。

字母の取り扱いに関しては、問題が多岐にわたるし、様々な検証が必要となるので、別稿に譲り(3)、本章では、それ以外の重要と思われる問題について、一括して考えたいと思う。

一　真木柱巻第三三項目の検討

稿者は、ここ数年『源氏物語』の古注釈書の『紫明抄』について調べてきた。

特に、本文異同、本文そのものの親疎関係で、伝本を分類するという従来の伝統的な方法によって、『紫明抄』の諸伝本について検討を加えてきた。その結果、『日本古典文学大辞典』（岩波書店）などが言う、京都大学本系統と内閣文庫本系統に二分類するのではなく、原型本（初稿本）の系統を新たに立てて内閣文庫蔵三冊本をこの伝本として分離独立させるべきであるという結論に達した(4)。その一方で、翻刻資料が存在しなかった内閣文庫本系統の伝本を、その最善本と思われる東京大学総合図書館本で代表させて、全文の翻刻と校異を刊行した(5)。併せて、内閣文庫本系統の『紫明抄』五本、東大本・島原松平文庫本・龍門文庫本・神宮文庫本・内閣文庫十冊本について、分析を行った。その結果、内閣文庫系統の五本は、東大本・島原松平文庫本のグループと龍門文庫本・神宮文庫本・内閣文庫十冊本のグループに、更に下位分類されることを確認した(6)。

本章では、表記情報という新たな観点を導入することによって、内閣文庫本系統の五本を改めて考察してみる。従来型の、本文そのものの異同を積み重ねることによって導き出された結果と一致するのかどうか、或いは補強できるのかどうか、そうしたことを考えてみたいと思う。

今回は字母の問題を取り扱わないから、改行の問題、行頭の文字の高さ、傍書の位置などが、重要な表記情報として浮上してくるのではないかと思われる。

まず、真木柱巻第三三項目「たなゝしをふねこきかへり」（九六九9）[7]の注を挙げてみよう。

○東大本
ほもすこし《りえこくイ》たなゝしを舟こきかへりおなし人をや恋わたるへき
○島原松平文庫本
ほりえこくたなゝしをふねこきかへり
おなし人をやこひわたるへき
○龍門文庫本
ほもすこし《りえこくイ》たなゝしを船こきかへり
おなし人をや恋わたるへき
○内閣文庫十冊本
ほもすこし《りえこくイ》たなゝしを船こきかへり
おなし人をや恋わたるへき
○神宮文庫本
ほもすこしたなゝしを船こきかへり

おなし人をや恋わたるへき

東大本・龍門文庫本・内閣文庫十冊本の三本は「ほもすこし」の初句の部分が異本には「(ほ)りえこく」とあるという表記である。こうして、原型の表記のまま掲出することによって、そのことが明瞭になる。もちろん『古今集』巻十四、恋四、七三二番の読み人知らずの和歌では、初句は「ほりえこく」であるから、この異文校合の表記が、『紫明抄』の異文を示すものか、『源氏物語』の他の注釈書の異文であるか、はたまた『古今集』との校異であるかは、検討の余地が残るのであるが。

こうやって五本並べて見ると、考えられる可能性は、二つである。

一つの考えは以下のようなものである。「ほもすこし」の横に「りえこくイ」という傍書があるのが本来の形である。これが転写過程で傍書の部分が脱落したのが神宮文庫本であり、異文に従って本文を訂正したのが島原松平文庫本となる。

もう一つは、異文のない神宮文庫本が最初の形で、この形のものを親本としてそれを転写して、さらに異文を書き加えたのが東大本・龍門文庫本・内閣文庫十冊本の三本で、さらに東大本以下の形から、島原松平文庫本が派生したと考えるものである。

一般的に可能性としては前者の方が高かろうか。

ただ、この例は、必ずしも表記情報という表現を使わなくとも、従来の校本注記でも、その相違については説明できるものでもある。

また、和歌表記(引歌表記)の形式が、東大本のみ一行書きで、他本は二行書きであることも、表記情報から看取できる重要事項である。この問題については、次節の用例で詳述する。

二　行幸巻第一一・一二項目の検討

真木柱巻第三三項目のような例に対して、表記をそのまま比較することによって、転写過程が明瞭になるのは次のような場合である。

ここでは、行幸巻第一一項目と一二項目を連続して掲出する。この例は、別稿(8)でも言及したが、紙幅の関係から原態を示すことが出来なかったので、ここで改めて掲出する。原態を示すことによって、漢字や仮名の表記の相違をも含めて、伝本間の関係が明瞭に提示できるからである。従って改行や、文字の位置なども含めて出来る限りもとの形を残すことに意を用いた。

なお、東大本は和歌を一行に記すことを原則としているため、歌末の表記が窮屈になり、『源氏物語』和歌の末尾「みし」や、引歌の『拾遺集』歌の末尾「そなく」などが、細字で隣りの行に書かれているが、これらは一行書きの意識であると考える。また、別稿では触れなかったが、第一二項目の初句「うちきらし」は河内本独自の表現であって、青表紙本では「うちきえし」であることを付記しておく。

○東大本

太政大臣かゝる野の行幸につかうまつり給へる
ためしなとやありけん　」(改丁)
野行幸供奉太政大臣例先考了
うちきらしあさくもりせしみゆきにはさやかに空の光やは
みし

うちきらし《打霧》雪は降つゝしかすかにわかいへのそのに鶯そなく　拾遺家持

○島原松平文庫本

太政大臣かゝる野の行幸につかうまつり給へる
ためしなとやありけむ
野行幸供奉太政大臣例先考了
うちきらしあさくもりせしみゆきにはさやかに空の光やは
　みし
うちきらし《打霧》雪は降つゝしかすかに
わかいえのそのにうくひすそなく　拾遺家持

○龍門文庫本

太政大臣かゝる野の行幸につかうまつり給へる
ためしなとやありけん
　野行幸供奉太政大臣例先考了
うちきらしあさくもりせしみゆきには
さやかに空の光やはみし
うちきらし《打霧》雪は降つゝしかすかに
わかいへのそのに鶯そなく　拾遺家持

○神宮文庫本

太政大臣かゝる野の行幸につかうまつり給へる

ためしなとやありけん
　野行幸供奉太政大臣例先考了
うちきらしあさくもりせしみゆきには
さやかに空の光やはみし
うちきらし《打霧》雪は降つゝしかすかに
わかいへのそのに鶯そなく　拾遺家持

○内閣文庫十冊本
太政大臣かゝる野の行幸につかうまつり給へる
ためしなとやありけん
　野行幸供奉太政大臣例先考了
うちきらしあさくもりせしみゆきには
さやかに空のひかりやはみし
うちきらし《打霧》雪は降つゝしかすかに
わかいへのそのに鶯そなく　拾遺家持

内閣文庫本系統の『紫明抄』の諸本は、本文の親近性によって更に下位分類でき、東大本・島原松平文庫本のグループと龍門文庫本・神宮文庫本・内閣文庫十冊本のグループに大別できる。そのことは本文表記の形式をそのまま再現することによっても裏付けられるのである。

まず、「うちきらしあさくもりせし」の和歌が、行頭から書き始められているか、二字下げの形で書き始められているかが、一目瞭然の形で示される。言うまでもなく、この和歌は行幸の翌日、光源氏が、帝のお姿を拝したからには「かのこと（尚侍）は思しなひきぬらんや」と玉鬘の気持を探ってきたのに対して、はっきりとは拝見しておりません、とはぐらかした、作中の和歌である。従って、物語からの引用本文であるから、行頭から書き始めるのが適切である。ところが、和歌であるためか、引歌、すなわち、注記本文と誤解されたようで、直前の「野行幸供奉太政大臣例先考了」と同じように、二字下げの形で表記されているのである。玉鬘の和歌も、引歌である『拾遺集』の家持歌も、ともに初句が「うちきらし」で始まっていることも、混乱に拍車をかけたかもしれない。同じ誤謬をしている、龍門文庫本・神宮文庫本・内閣文庫十冊本の親近性が明確に示された例である。以上のことは旧稿でも多少述べたが、以下の事柄は、表記情報として新たに確認できることである。

龍門文庫本・神宮文庫本・内閣文庫十冊本の三本は、一行の文字数を二〇字強までに収めている。そのために、『源氏物語』本文の和歌、引歌、ともに二行書きの形式を取り、上の句と下の句できちんと改行を行っている。引歌などは二字下げになるから上の句一七文字（漢字表記があれば文字数は多少減少する）は一行に適した文字数であるし、下の句一四文字（同前）の下には出典表記などが記される場合があるから、これも一行文字数としてはバランスの良いものである。従って、以上三本は、一面の文字の大きさの均衡が取れており、視覚的にも安定感のあるものである。

これに対して、東大本と島原松平文庫本は、一面の文字の大きさに大小があることが看取される。活字に改めると文字の大きさは復元出来ないが、写本そのままに改行することにより、一行の文字数が不均衡であることが分かる。すなわち、「太政大臣か、る野の行幸につかうまつり給へるためしなとやありけん」の第一一項目の『源氏物語』からの引用本文は、二行に分けて書かれており、「太政大臣か、る野の行幸につかうまつり給へる」で改行され、「ためしなとやありけん」は次の行に送られている。これは、神宮文庫本・内閣文庫十冊本と完全に一致し、一行を二〇字強に収めるために、改行が必要とされたのである。ところが、東大本や島原松平文庫本は、その一方で、和歌の表記に関しては、文字数にかかわらず一行書きの方針のようで、玉鬘の「うちきらしあさくもりせしみゆきにはさやかに空の光やはみし」の和歌は、漢字を交えているとはいえ三〇字近くあるものを、一行に収めているのである。そのために和歌の末尾が大変窮屈になっており、二字分小さくはみ出した形となっている。これなどは、この和歌を一行書きしようという強い規範意識が背景にあると見て良いであろう。一面の文字の大きさのバランスを崩してまでもこうした表記がなされるのは、おそらくは親本の書写の形式・形態を出来るだけ尊重しようとしたためであろう。特に東大本と島原松平文庫本の玉鬘の和歌の末尾の二文字「みし」が共にはみ出した形となっており、形態上でも極めて強い親近性が看取される。

ただし、引歌の部分については、東大本と島原松平文庫本は表記方法が一致しない。東大本は、引歌の『拾遺集』家持歌も、『源氏物語』作中歌と同様に、一行書きにするのに対して、島原松平文庫本は、引歌の方は二行書きである。

和歌書式の方法で言えば、作中歌を一行書きにするという点では、東大本と島原松平文庫本が共通して、二行書きの龍門文庫本・神宮文庫本・内閣文庫十冊本と対立し、引歌の表記に関しては、一行書きの東大本に対して、それ以外の四本がすべて二行書きという構図になる。

三　少女巻第一一項目の検討

次に、少女巻第一一項目（六七〇13）について検討してみよう。元服した夕霧が、大学寮の文章道に入るために、字をつける儀式が行われるが、当日参列した博士たちの、やや浮世離れした言葉の部分である。

○東大本

なりたかしなりやまんはなはたひさ《非常》うなりさ《座》を
ひきてたちたらひは《侍》へなんなとを《と》こしいふ
なりたかしや《か》なりたかしおほみやちかくて
なりたかしあはれんなりたかしをとなせそや
をとなせそやみそかなれあなかまこんともや
みそかなれ　風俗鳴高　又名大宮

○島原松平文庫本

なりたかしなりやまんはなはたひさ《非常》うなり
さ《座》をひきてたちたらひは《侍》へなんなとお《をイ》としいふ
なりたかしや《か》なりたかしおほみやちかくて
なりたかしあはれんなりたかしをとなせ
そやをとなせそやみそかなれあなかまこん
ともやみそかなれ　風俗鳴高　又名大宮

○龍門文庫本

なりたかしなりやまんはなはたひさ《非常》うなりさ《座》を
ひきてたちたらひは《侍》へなんなとをとしいふ
なりたかしやなりたかしおほみやちかくて
なりたかしあはれんなりたかしをとなせそ
やをとなせそやみそかなれあなかまこんともや

みそかなれ　風俗鳴高　又名大宮

○神宮文庫本

なりたかしなりやまんはなはたひさう《非常》なりさ《座》を
ひきてたちたらひはへ《侍》なんなとをとしいふ
なりたかしやなりたかしおほみやちかくて
なりたかしあはれんなりたかしをとなせそ
やをとなせそやみそかなれあなかまこんともや
みそかなれ　風俗鳴高　又名大宮

○内閣文庫十冊本

なりたかしなりやまんはなはたひさう《非常》なりさ《座》を
ひきてたちたらひはへ《侍》なんなとをとしいふ　」（改丁）
なり《か》たかしやなりたかしおほみやちかくてな
りたかしあはれんなりたかしをとなせそ
やをとなせそやみそかなれあなかまこんともや
みそかなれ　風俗鳴高　又名大宮

今回最も注目されるのは、「なりたかしやなりたかし」以下の、風俗歌が、注釈本文であるにもかかわらず、龍門文庫本と神宮文庫本では、『源氏物語』からの引用本文と同じ高さから書き始められていることである。

それでは、なぜ龍門文庫本や神宮文庫本のような表記がなされたのであろうか。これまでの例は、引用本文が和歌であるために、注釈と誤解されて、注釈の高さに数字分引き下げられて表記されたのであった。今回は逆に、注釈部分が、引用部分と同じ高さに引き上げられているのである。その原因は何であろうか。引用部分が『源氏物語』の本文と、逆に誤解されたと考えれば良かろうが、その可能性は少ないのではなかろうか。なぜなら、このような長文の引用を、『源氏物語』の本文と考える可能性はあまりなさそうだからである。ここには何か、機械的な誤写の可能性を想定する必要があるのではなかろうか。

そのことを考える鍵は、内閣文庫十冊本の形にあるのではないかと推測される。内閣文庫十冊本は、「なりたかしなりやまんはなはたひさうなりさをひきてたちたらひはへなんなとをとしいふ」という『源氏物語』からの引用本文の終わりで、紙の丁の表側の最終行の末尾となり、この丁の裏側から「なりたかし、や、なりたかし」云々の注釈が始まっている。こうした形であれば、引用本文と注釈本文が並ぶわけではないので、注釈本文が誤って引用本文と同じ高さから書き始められる可能性が出てくる。この場合、引用本文の末尾が、ぴったりと丁の最後となっていることが必要で、これが最後の行であっても、文末に余白があると改行が意識され、こうした誤謬は起こりにくくなる。もちろん、現在の内閣文庫十冊本は、紙の裏から始まっている注釈部分も、きちんと二字下げの形となっているし、推定される書写年代を考慮に入れれば、書写の新しい内閣文庫十冊本が、古写の龍門文庫本や神宮文庫本の親本である可能性はない。そこで、内閣文庫十冊本と書写の形式が一致する親本や祖本などを仮に想定して、その本から今日の内閣文庫十冊本と、龍門文庫本などが別れたと考えれば良かろう。

猶、今回も、龍門文庫本と神宮文庫本は、改行に至るまで完全に一致するが、特に注目すべきは漢字の傍書の位置である。『紫明抄』諸本では、「はなはたひさう」の「ひさう」の横に「非常」という漢字を小さく記して意味を示すのであるが、龍門文庫本と神宮文庫本の二本は、その「非常」の位置が少し上にずれて、「はた」の横にあるのである。もちろん傍書の位置としては不適切であるのであるが、それだけに両本の親近性を強く示唆するものである。この二本が直接の親子関係にあるのか、兄弟本なのか、或いはもう少し遠いのかは不分明であるが、傍書の位置まで正確に書写した本であることは窺えるのである。

次に、表記全体を見渡してみると、東大本・龍門文庫本・神宮文庫本・内閣文庫十冊本の『源氏物語』本文の改行の箇所が全く同じであることが分かる。文章の大きな切れ目でないにも拘らず、改行箇所だけは完全に一致するのである。すなわち、これら四本は、親本の書式を出来る限り尊重して書写を行っているのではないかと推測される。従って、上述した、龍門文庫本と神宮文庫本の「非常」の傍書の位置は、親本の書き方を出来るだけ再現する形で書写されたことによるものであると想像されるのである。

これに対して島原松平文庫本のみが、一行の字配りが、他の四本と異なる。まず、『源氏物語』からの引用部分が、他本は「さ（座）を」で改行するのに対して、その直前の「ひさう（非常）なり」で改行し、「さを」は次行の頭に送っている。これなどは、文章の切れ目意識が、親本の書式の尊重よりも、強く働いたのではなかろうか。いわば、意味の固まりを意識しながら書写をするわけであるから、一行一行臨書のように親本通りに写す場合に比べると、誤写などの蓋然性が高くなるのではなかろうか。

東大本が「をこしいふ」の「こ」の横に「と」と傍書しているのは、他本の「をとしいふ」との校異であろう。もちろん「をとしいふ」の方が正しい本文である。ところが、東大本と親近性のあるはずの島原松平文庫本では、本行本文が「おとしいふ」で、「お」の横に「をイ」と記されている。これなどは、親本の傍書の「と」の文字を、字形の近い「を」の字と誤読して、「を」ならば「お」との仮名遣いの相違を傍書したものであろうと推測して傍書の位置をずらし、更に本行の「をこし」を「おとし」などと改めたものではないだろうかと想像したくなるのである。

おわりに

以上、内閣文庫本系統の『紫明抄』の写本、五本を材料として表記情報（学）としてどういったことが可能になるかを考えてみた。その結果、本文を正確に翻刻して考察をするだけでは見えないものが明らかになったようである。

たとえば、改丁情報は、翻刻の際に比較的付記されることが多いが、改行情報は、古筆切など特殊な場合を除いては、あまり考慮されることがない。しかし、内閣文庫本系統の『紫明抄』五本を見ると、龍門文庫本・神宮文庫本・内閣文庫十冊本の三本は、改行も含めて、常に同じ表記形式を取っていることが確認できた。これら三伝本が、内閣文庫本系統全五本の中において、他の二本に対して形成する共通異文数の多さを補強する形で、親近性を示すものであるといえよう。従来の、異文数を中心に系統を考えることに加えて、新たな視点を付け加えることが出来るのではないかと考える。

また、これはさらなる検討が必要であるが、内閣文庫本系統の残りの二本、東大本と島原松平文庫本が、共通異文数では極めて近い関係を示唆しながらも、和歌表記や改行などが一致しないことが多いという点において、書写年代の新しい島原松平文庫本が東大本に対して異文を形成する場合は、それが誤写によるものであることの可能性の高さを、ある程度意識しておく必要があるのではなかろうか。

このように、表記情報から、伝本相互の関係についていくつかの見通しを得ることが出来るのである。

注

（1）『仮名手引』（和泉書院、一九八一年）。

（2）『仮名変体集』（新典社、一九九〇年増補改訂版）。

（3）田坂「改行・改丁・字母から見た内閣文庫本系統『紫明抄』」（本書第十五章。初出は「改丁・改行・字母を通してみた内閣文庫本系統『紫明抄』—表記情報学の確立に向けて—」『日本古典籍における【表記情報学】の基盤構築に関する研究』Ⅳ、二〇一五年三月）。

（4）田坂「『水原抄』から『紫明抄』へ」「内閣文庫蔵三冊本（内丙本）『紫明抄』について」（『源氏物語享受史論考』風間書房、二〇〇九年）所収。

（5）〈源氏物語古注集成〉一八『紫明抄』（おうふう、二〇一四年）

（6）田坂「内閣文庫本系統『紫明抄』の諸本について」（本書第七章。初出は「内閣文庫本系統『紫明抄』の再検討」（『源氏物語本文の再検討と新提言』4、二〇一一年三月）、及び注（5）書解説。

（7）注記の所在箇所を明示するために、必要に応じて『源氏物語大成』のページ数を漢数字で、行数をアラビア数字記した。

（8）注（6）拙稿。

第十四章　表記情報から見た京都大学本系統『紫明抄』

はじめに

国文学研究において同一作品の写本を比較する場合は、より良質の本文を探求することが究極の目的であった。写本間の親疎関係を論じたり、それらを分類したり、さらには系統樹のように位置づけたりするのも、今日に遺された伝本の中での最善本を確定することが最終的な目途であったのである。

もちろん、原初形態をとどめる写本を追求したり、最終的に完成された形の写本を希求することもそのことと矛盾しない。原初形態の最善本や、最終形態の最善本を確定した上で、作品の成立過程が初めて明確になるからである。

本章では、こうした善本を求めて式の伝本研究から一度離れて、あえて同一系統内の、二つの写本を比較することによって、書写をした人物の意識を探ってみたい。すでに、同一系統内の最善本が定まったものであっても、近似の写本と比較することによって見えてくるものがあるのではないかと考えられるからである。同一系統内の写本であれば、誤写や誤脱を除けば、内容的には当然同じ本文になるはずである。しかし、その一方で表記形態は異なることがある。なればその相違にこそ、当該写本の書写者の表記意識が明瞭に窺えるのではないだろうか。

具体的には、京都大学が所蔵する二つの『紫明抄』の写本を俎上に載せてみたい。

『紫明抄』は『源氏物語』研究史上きわめて重要な古注釈書でありながら、実質的には京都大学文学部所蔵本『紫明抄』のみが使用されていると言って良い(1)。稿者はこれまでも、『紫明抄』の他の写本についての報告を行ってきたが(2)、それは最善本である京都大学文学部本以外にも目配りをすることによって知見を得るためであった。今回は、文学部本にきわめて本文が近いとされる京都大学図書館本と表記情報を比較することによってそれぞれの表記上の特質や、書写者の意識を浮き彫りにしてみたい。

一　一般的法則の見通し・序文から

『紫明抄』冒頭の素寂の自序の部分には、京大文学部本と京大図書館本の表記上の特徴が凝縮されているので、まずはその部分を掲出してみよう。

本章において『紫明抄』の引用に際しては、基本的に次の方針を採った。本文は、従来あまり使用されてこなかった京大図書館本を基準とする。その上で、京大文学部本との表記上の相違（一部有意の相違を含む）を【　】で示し、京大文学部本のみに存する部分を《　》で、京大図書館本のみに存する部分を〈　〉で示した。参考のために、京大図書館本の改丁情報を「　」（一オ）のような形で示した。また読みやすくするために、最小限の範囲で読点（、）を私に補った。

猶、長文の引用に際しては、原態をイメージできるように、京大図書館本に従って改行することを原則とした。

みやこの雲をいてゝあつまの月にうそふく世【よ】すて
人あり、そのかみはとのもりのつかさのすけにまし

はりておほきむつのくらゐをけかすといへとも、いまは
身いやしくして筆【ふて】の林【はやし】をのかれ心かたくなにして
こと葉【は】のそのにうとし、かなしきかな《うきよを
いとふはかりことあさく、うらめしきかな》まことのみち
をねかふ心おろそかなること【事】を、このおもひにたえすい
さゝか紫【むらさき】の雲【くも】ゐる寺【てら】をひらきてわつかに身をかく
すすみかとせり、こゝにいやしき家【いゑ】の風【かせ】をあふき
てとこしなへに光源氏物語をもてあそふくせ
つけり、更【さら】にお【を】ろかなる庭【には】のをしへにしたかひてなま
しゐに和漢の口傳をあらはさむ【ん】とす、しかれとも」（一オ）
才すくなけれは嬰児のいとけなきにもこと【事】の心を
とふらひ、藝おろそかなれは老嫗のおほれ【おほゝれ】たるにも
ふるきこと葉【は】を尋【たつ】ぬ、これ則【すなはち】杜預か傳癖に
つかれし、つゐに筆【ふて】につけてかきにしるす徳あらは
れたり、素寂か源癖をなやむ、あにほたるをあ
つめてともしひをかゝくる誉【挙】なからんや、たゝ牛毛の
いつはりをなためてよく麟角のまことをなさしむる
物【もの】也【なり】、かるかゆへに紫【むらさき】の色【いろ】をましまとひのやみを
はるけんかためにこれをえらふ、なつけて紫明

抄といふ、むそちの詞の露をしたて、とまきの
玉のひかり【光】をみかきいたせること【事】しかり」（一ウ）

以上二三行、二〇〇字強の中に、二八箇所の異同が存する。目に付く大きな異同は、《　》で示した、図書館本が「うきよをいとふはかりことあさく、うらめしきかな」の部分を欠いている点である。この部分がないと意味が通じにくくなるので、文学部本のようにこの箇所を持っているのが正しい形である。従って、この部分は図書館本の誤脱である。誤脱が生じた理由については、原態を生かす形で翻刻をしたので明白であるが、図書館本の脱文は、「かなしきかな」の「かな」から「うらめしきかな」の「かな」へと目移りして一行分飛ばしてしまったことによると推測される。図書館本は一行二十数字であるからちょうど同じ高さの隣接する行に二つの「かな」が位置することになる。図書館本の直接の親本（書本「かきほん」）も、おそらく同じような字面字配りであったと想像される。(3)

誤脱の一箇所を除いた残りの二七箇所のうち、語彙の相違が「おほれ・おほゝれ」と「誉・挙」の二箇所である。残りの二五箇所が表記上の相違である。

このうち、仮名遣いの相違である「おろか・をろか」、仮名表記の相違である「あらはさむ・あらはさん」の二箇所を除いた、二三箇所は一方が漢字表記、他方が仮名表記という相違となって現れている。

この二三箇所を見てみると、図書館本では漢字表記、文学部本では仮名表記というのが、「世・よ」「筆・ふて」「林・はやし」「こと葉・ことは」「紫・むらさき」「雲・くも」「寺・てら」「家・いゑ」「風・かせ」「更に・さらに」「庭・には」「尋ぬ・たつぬ」「則・すなはち」「物・もの」「也・なり」「色・いろ」の、十六種類、十九箇所である。

これに対して、逆のパターンである図書館本では仮名表記、文学部本では漢字表記というのは、「こと・事」「ひ

かり・光」の二種類、四箇所しかない。

一九対四という数値から、同一系統の『紫明抄』でありながらも、京都大学図書館本は漢字を多用し、文学部本の方は平仮名を多用するという、正反対の表記意識を看取することが出来る。もちろん同一筆者であっても、同一の資料内で、常に同一の表記を採るとは限らないから、即断は禁物であるが、「筆・ふて」「こと葉・ことは」「紫・むらさき」などは、この引用文の中で、複数回用いられており、これらの語彙に関しては、明瞭な表記意識と考えて良いのではなかろうか。

二　一般的法則の確認・帚木夕顔巻の例

前節では、序文部分の検討から、京都大学図書館蔵『紫明抄』の書写者は、文学部本に比べて漢字表記を多用するという見通しが得られたが、これが序文のみの限定的なものではなく、資料全体に共通してみられることなのかどうかを確認しておこう。

まず、帚木巻第一三〇項目(4)「さるへきせちゑ」の注釈を見てみよう。

楚屈原、懐王につかへて三閭大夫たる【り】時に周【同】列大夫
靳尚といふ人、屈原か才智の勝たるをそねみて
王に讒し申けれは、とかなき屈原をはなたれに
けり、屈原江濱にあそひき、今澤畔に漁父あり、
屈原をみ【見】ていはく、公は楚三閭大夫にはあらすや、屈原
云、世皆濁れり我ひとりすめり、衆人皆酔り

> 我獨醒〈た〉り、此故に《王に》はなたれたり、漁父云、世皆濁は、
> なそ浪をあけさる、衆人皆酔らは、何《そ》糟をすゝ
> らさる、屈原かいはく、沐する物は冠をはらふ、浴
> する物は衣をふるう、漁父云、滄浪の水【みつ】すめらは」（三八オ）
> 我纓をすゝくへし、滄浪の水濁らは我足を濯【洗・傍書濯】
> へし、屈原我魚腹に入【いり】て世をさるにはしかしとて
> 江底にしつむ、屈原か妻江頭にゆきて忌日ことに
> さま／＼のひほろきをそなふ、夢の中【うち】に屈原告【つけ】て
> いはく、淵のなかに龍あつまりてわか食をうはふ、汝飯
> を茅の葉につゝみて五色のいとにてまかしめて
> 龍のかたちにつくりて五月五日をむかふることに
> 淵になけよ、龍おそれてさりなむ【ん】、われ【我】はしりて
> うけなむ【ん】、といへり、妻夢のことくして江底になく、
> いまのちまきこれ也【なり】、茅【ち】の葉【は】につゝむ心さし
> これよりあらはれたり

二つの伝本で、表記が漢字と仮名に分かれるのは八箇所である。そのうち、図書館本が漢字表記であるのは「水・みつ」「入・いり」「中・うち」「告・つけ」「也・なり」「茅・ち」「葉・は」の七箇所、文学部本が漢字であるのは、「みて・見て」「われ・我」の二箇所である。序文の一九対四ほど極端な数値の開きはないが、ここでもやはり、文学部本書写者に比べると、図書館本の書写者が漢字を多く用いる傾向があることが看取できる。

ところで、京大文学部本『紫明抄』に対して漢字を多用する図書館本『紫明抄』の中で、一般的傾向に反して平仮名表記を行っている「みて・見て」の用例であるが、この文字遣いに関しては、漢字・仮名の表記差というよりも、特有の語彙に関する表記傾向と考えるべきではなかろうか。というのは、「見る」という語に関しては、図書館本は、頑迷なまでに仮名表記に固執するのである。

そのことを顕著に示す用例を別の巻から掲出する。夕顔巻第三一項目「むかしありけん物のへんけめきて」の注釈がそれである。

大和國におとこ女あひすみてとしころに成【なり】に
けれと、このおとこよるはとまりてひるは見ること【事】
なかりけれは、女いまたそのかたちをみ【見】ること【事】なし
とうらみけれは、おとこあはれかりて汝わかか【ゝ】た
ちをみ【見】てはを【お】そるゝ心あるへし、といひけれは《けれは重複抹消》
女のいふやう、たとひかたちみ【見】にくしといふとも、
あひみんこと【事】をねかふ、といひけれは、さらは見【み】くし
けの中にをらん、ねかはくはをのれひとりひ
らきみ【見】よ、といひてかへりぬ、さてくしけをあけ
てみ【見】れは、くちなはわたかまりてあり、おとろき
てふたをおほひてさりぬ、そのゆふへ男【おとこ】きたりて　」（五〇ウ）
いふやう、われをみ【見】ておとろきおも【思】へること【事】まことに
ことはりなり、われも又きたらんこと【事】はちなきに

あらすや、といひて、なく〳〵わかれぬ、女、さすかに
おほつかなくやおもひ【思】けん、をゝまきあつめたるを
へそといふ、そのへそのをにはりをつけて、かり
きぬのすそにさしてけり、夜【よ】あけてそのをゝ
しるへにて尋【たつね】ゆきてみ【見】れは、三輪【みわ】の明神の
ほこらのうちにいれり、そのをのゝこり三輪【みわ】け
のこりたりけれは、三輪【みわ】の山とはいふなり、
恋しくはとふらひきませちはやふる三輪【みわ】の
山もとすきたてる門　三輪明神御哥也

右の引用部分には、動詞の「見る」に該当する表現が七例あるが、このうち一つを除いた残りの六例が、図書館本「み（る）」文学部本「見（る）」と明瞭な対立関係が看取できる。図書館本は基本的に視覚を表す場合は「見」の文字を用いず、「美」を字母とする一般的な平仮名の「み」を使用する。それは「みにくし（図書館本）・見にくし（文学部本）」というような、「見る」という行為と関わる形容詞の場合でも貫徹されている。それでは、図書館本は「見」という漢字に由来する変体仮名を使わないかというと、そうではない。「みくしけ（御櫛笥）」という語の場合、文学部本は今日通行の平仮名「み（美）」を使用するのに対して、図書館本は「見」を字母とした変体仮名を用いているのである。図書館本の書写者は、独特の用字意識があると言って良かろう。

上の引用文の範囲内で、「み・見」以外のことについてふれておこう。やはり、「成・なり」「男・おとこ」「尋・たつね」「三輪・みわ」など、図書館本の漢字表記の例が目に付く。「三輪（みわ）」の表記は、共通して漢字で書く「三輪明神御哥也」を含めて、図書館本は「三輪」と表記し、文学部本は残りをすべて「みわ」と平仮名で書い

ている。

逆のパターンとしては、形式名詞の「こと・事」がある。図書館本は、今日の規範的表記法のように形式名詞「こと」を平仮名で表記することが多い。これもまた図書館本固有の表記意識のようである。そのことを補強する用例をあげておこう。

たとえば、須磨巻第一二項「いはほのなかおほしやらる」の引歌として「いかならんいはほのなかにすまはかは世のうきこと【事】のきこえこさらん　古今」の表記がある。また、明石巻第四三項目では「わすれしとちかひしこと【事】をあやまたはみかさの山の神もことはれ」の和歌が引用される。どちらも、文学部本が「事」と漢字表記であるのに対して、図書館本は「こと」と仮名で表記している。

同様の傾向を示す例として、同じ形式名詞の「もの（物）」がある。これは「こと（事）」ほど明瞭ではないが、一応の傾向が看取される。

須磨巻第二七項目には「世中こそあるにつけてもなきにつけてもつねならすあちきなきもの【物】なりけれ」とあり、明石巻第一一項目には「浪【なみ】にのみぬれつるもの【物】をふくかせのたよりうれしきあまのつり舟【ふね】」とあり、澪標巻一五項目には「あめにより田【た】みの、しまをけふみれは【ゆけは】名にはかくれぬもの【物】にそありける　古今　貫之」とある。ただし、前節で引用したように、序文の部分では「物也・ものなり」と、逆に図書館本が漢字を使用することもある。

三　図書館本・文学部本の漢字・仮名の表記の対立

前節までの検討を踏まえて、京都大学本系統の二つの『紫明抄』の表記の特色がよく現れている箇所を取り上げて検討してみたい。

具体的には、松風巻第二七項目「小鳥付荻枝事」の項目を例に挙げる。西円法師の逸話なども含んで、よく知られた箇所でもある。傍注は掲出したが、漢文訓読の類はこれを省略した。

野にとまりつるきんたちもことりしるしはかり
ひきつけたるおきの枝【えた】なとつとにてまいりあつまれり

小鳥付荻枝事　数九を一つゝ山すけもしはほそきかつらにてつく

なかころ舎兄親行于時李部二千石　かいゐに、物申さむ【ん】と
いふ《人》をとへは、源氏はりま西円となのるを、あるしき、
つけてすなはち対面する時【に】、まつ御名こそこと〳〵しく聞【きこ】
え侍れ、法師の姓をよはるゝ事はめつらしなから、せめて
は源の字はさもありなん、氏の字はいかにととかめ　」(三二ウ)
られて、うちわらひて、はりま房といはるゝ無能の
法師原にまかはせしとて、かく申され侍也【なり】、其上、光
源氏物語をくらからすおほえ侍うへは、なにかはくるしかるへ
き、と申人もまゝ候也、かつはおほつかなきこと【事】もお【を】のつか
ら候へは申へし、又いふかしき事侍らはこたへも申
さむ【ん】とてまいり侍也【なり】、といふに、さらはこれをよまれよ、とて、
松風の巻を見するに、すゐつかたになりていふやう、御
本をはきすなき玉とこそ思〈ひ〉て侍に、一字あまり

て侍けり（侍、けずらせ、が正）すらせ給へ、といふをきゝて、いつくに侍そ、と
いふ時、くはこゝに候は、かしこくまいりてそとくせさせ
申侍ぬへしといふ、見れは一字もたかはす、おきの枝【えた】
なとつとにてと侍は、いつかはあまりたる、といはれて、こ」（三三オ）
とりをは木の枝にこそつけ侍れ、草には枝かあらはこそ
つけ侍らめ、といふ、さてはおほつかなき事なゝり、いつみ
式部か哥に、

　なよ竹【たけ】に枝さしかはすしのすゝきひとよ
　ませなる君はたのまし、といへる、これはいかに、と

いはれて、それは竹の枝也、といふ、いかてか木にもあらす草
にもあらぬ物をは一向木と思さためらるへき、又おきのふる
え〈を〉はいかにといはれて、かりすてたるふるくひなりと
いふ、ほかにはいたさし、おなし物かたり、夕かほの巻【まき】に、ゆふ【夕】
かほおりてまいる随身をあるしのわらはまねきよせ
て、しろき扇のいたうこかしたるをとうてゝこれにを
きてまいらせよ枝もなさけなかめる花をとてとらせたる」（三三ウ）
はいかに、といへは、女の心に枝のやうなりとて申にこそ、と
いふ、さて野分《の》巻にお【を】みなへしとこなつのいとあはれ
けなる枝【えた】ともとりもてまいるともみ【見】えたるにや、いさゝ

らは足利入道左馬権頭義氏朝臣にたつね申さん、小鷹の家の人にて心にくし、といひて、たつね申たるに、いにしへは、きしを荻の枝につけたる事あり、いまは梅かえてにつく、小鳥をは荻の枝につくといはれたるに猶もちゐすたてをつきはたをあけられんこと【事】はさもやとおほゆ、木草の枝は證人にたてかたしといふ、さて荻の枝も侍けり、古今にみつねか哥、
　あき萩【はき】のふる枝【え】にさける花【はな】み【見】れは
　もとのこゝろ【心】はわすられにけり　」(三四オ)
よみ人しらす
　萩の露たま【玉】にぬかんととれはけぬ
　よし見ん人は枝なから見よ、これはいかに、
延喜廿年十月十一日召雅楽寮人於清涼殿前奏舞、権中納言藤原朝臣《仲平枇杷左大臣》、着小鳥於菊枝〈に〉《二》立階前、奏云、船木氏有進御贄　かゝる記も侍けるは、といはれて、いつれもにせ物なり、すへて草の枝しかるへからす、といひて帰【かへり】ぬ、つきのとしの九月十三夜のあくるかとすれは門をたゝく物あり、たそとゝへは、宇都宮四郎《景綱》左衛門殿より連歌の御点申さんといふ、とりいれて見れは、優なる句共【とも】の

中に、くれ竹【たけ】のすゑ葉【は】もたかくおいにけり、という鬼句のあるに、枝さしのほるあさかほの花、とつけたるをみ【見】て、これは」（三四ウ）西円かこと葉【は】つかひに、たり、いさゝか詞をくはふへし、といひて、播州【別ミセケチ州】か説にいはく荻に枝なしと云々、すゝきに枝【えた】あり、又夕かほに枝あり、あに朝顔に枝なからんや、但播公か句か、とかきつけてつかはしたるに、勿論也、満座入興のあひた、播公逐電とそ聞【きこ】えし、是【これ】もなを【猶】すきのはなはたしき〈事〉也、いまの世【よ】にはありかたくこそ

長文であるので異同箇所も多い。漢字と仮名の相違で云えば、図書館本が漢字・文学部本が仮名表記であるものは「枝・えた」「聞え・きこえ」「也・なり」「竹・たけ」「巻・まき」「萩・はき」「枝・え」「花・はな」「帰・かへり」「共・とも」「葉・は」「是・これ」「世・よ」など二〇箇所、図書館本が平仮名・文学部本が漢字表記であるものは「こと・事」「ゆふ・夕」「み・見」「こゝろ・心」「たま・玉」「なを・猶」など九箇所である。序文、帚木巻・屈原、夕顔巻・三輪山の挙例に比べると比率は多少接近してはいるが、それでも倍以上の開きがあることには間違いない。漢字使用の多さを、京都大学図書館本『紫明抄』の表記の最大の特色として押さえておきたい。

続いて、第二節で取り上げた、図書館本の個別の表記の特色である、「見（る）」という動詞においては「見」という字母を使わないという類型もここに三箇所見いだすことが出来る。同じく形式名詞の「こと」において、図書館本「こと」文学部本「事」という事例もやはり引用文中に見られる。

以上二点を勘案するに、京都大学図書館本『紫明抄』は一般的に漢字を多用する傾向があるが、特定の語については逆に仮名書きに固執するという特色が見られる。その特定の語は「見（る）」「こと」など使用頻度の高い言葉

が多い。つまり図書館本仮名表記・文学部本漢字表記のパターンは用例数の割に語数が少ないという見通しが得られるのである。単純に漢字と仮名の表記対立の箇所を数字で示しても、圧倒的に図書館本漢字・文学部本仮名の例が多いのであるが、図書館本仮名・文学部本漢字のパターンが特定の語彙に集中するとすれば、算出された数字以上にその開きは大きくなると思われる。

たとえば、前節で引用した夕顔巻の三輪山に関する注釈は、本章であげた長文の用例の中で唯一、図書館本仮名・文学部本漢字のパターンが多い例である。数字で示せば、図書館本漢字・文学部本仮名が八例、逆に図書館本仮名・文学部本漢字が一五例である。ところが漢字・仮名の表記が分かれている箇所で使用されている漢字の種類を見ると、図書館本漢字の場合は「成」「男」「夜」「尋」「三輪」と五種類あるのに対して、文学部本漢字の一五例は「事」「見」「思」の三種類しかないのである。つまり、この引用部分で、漢字仮名の表記の対立箇所が、通常の場合と異なって文学部本漢字のパターンが多いのは、文学部本が漢字表記をする「事」「見（る）」「思（ふ）」という語彙が集中していることによるのである。

これまでに取り上げてきた長文の用例をまとめてみると、図書館本漢字・文学部本仮名表記は七〇箇所、図書館本仮名・文学部本漢字表記が二二箇所で、二倍以上の開きが見られる。ところが表記の対立箇所で使用されている漢字の種類で見れば、図書館本が三三種類であるのに対して、文学部本は九種類に留まる。さらにその差は開き四倍近くになる。すなわち、文学部本は「見（る）」「思（ふ）」「事」「心」など使用頻度の高い言葉を漢字表記にする傾向があり、実際に使用されている漢字の種類は、図書館本に比べるとかなり少なくなってくるという見通しが得られるのである。

上記引用文においては、漢字と仮名の表記の対立以外にも、京都大学図書館本と文学部本の表記の対応関係が明瞭に出ている。それは仮名表記の問題である。これらについては、用例を補ってみる必要があるので、節を改めて論じることにする。

四　図書館本・文学部本の仮名の表記の対立

まず、西円の言葉の中に「おのつから・をのつから」の表記の対立が見られる。歴史的仮名遣いとしては「おのつから」が正しい表記法で、図書館本はこの形で記しているが、文学部本では「をのつから」と表記している。一般的傾向として、図書館本ではア行の「お」で表記している箇所が、文学部本ではワ行の「を」で表記する箇所が見られる。第一節の素寂の序文の中でも、図書館本が「おろかなる」文学部本が「をろかなる」の対立が見られた。それ以外の箇所でも、このパターンは見られる。そのいくつかを例示しておこう。

○桐壺巻第一四項目引用本文より抜粋
御お【を】くりむかへの人のもきぬのすそたへかたく
○桐壺巻第五〇項目引用本文より抜粋
かのお【を】くり物御らん【覧】せさす
○桐壺巻第五九項目注釈文文より抜粋
大床子のお【を】ものをは皇居にしたかひてうつさる
○帚木巻第一一項目注釈本文より抜粋
お【を】のかし丶こそこひしかりけれ
○明石巻第四二項目引用本文より抜粋
とくちをけしき殊【こと】にお【を】しあけたり

○橋姫巻第一一項目引用本文より抜粋
　いとあらましき水のお【を】となみのひゝき
○橋姫第二八項目注釈本文より抜粋
　ひお【を】むしとはなに物そ
○同
　ひお【を】むしにあらそふ心にて
○同
　ひお【を】とはかり心えては、

いずれの場合も、図書館本が「おくりむかへ」「おくり物」「大床子のおもの」「おのかしゝ」「おしあけたり」「おと」「ひお」とある部分が文学部本では「をくりむかへ」「をくり物」「大床子のをもの」「をのかしゝ」「をしあけたり」「をと」「ひを」となっている。歴史的仮名遣いの規範的表記法としては、「ひを」を除いて、いずれも図書館本のようにア行の「お」で表記するものである。

もっとも逆のパターンも存することに触れておかねばならない。

○桐壺巻第一二項目引用本文
　を【お】としめきすをもとめ賜【給】人はおほく
○桐壺巻第三四項目引用本文
　女御とたにいはせす成【なり】ぬるは【か】あかすくちを【お】しう
○桐壺巻第五四項目引用本文
　ともしひをかゝけつくしておきを【お】はします

○蓬生巻第二六項目注釈本文より抜粋

こしのしらやま【山】を【お】いにけり

○蓬生巻第二七項目引用本文より抜粋

こゝかしここを【お】ましひきつくろはせなと

全巻を通してみると、図書館本「お」表記・文学部本「を」表記のパターンの方が、分量的には多少多いようではあるが、その数値は決定的なものとは言い難い。「お」「を」の表記の揺れ、あるいは交代現象と云っても良いかもしれないが、そうした傾向を示す典型をあげておこう。澪標巻第三項目引用本文は長文だが、その中に「ちしのを【お】とゝをそ摂政し給へきよしゆつり聞【きこ】え給をやまひのお【を】もきによりて位もかへしたてまつりしを」という部分がある。

ここでは、「大臣」の表記が図書館本「をとゝ」文学部本「おとゝ」、「重き」の表記が図書館本「おもき」文学部本「をもき」と、ア行・ワ行の交代現象が、ちょうど逆のパターンで隣接して出てくる。歴史的仮名遣いとしてはともに「おとゝ」「おもき」が正しい表記である。

この「お」「を」表記の対立の問題については、図書館本が相対的に「ア」行の「お」表記が多いとか、「ワ」行の「を」表記が少ないとか、単純にいえないようである。これらは、個々の単語に還元して表記の揺れを探るべきかもしれない。その問題については後考を期すとして、取りあえず「お」「を」表記の揺れについて指摘しておきたい。

平仮名表記の問題としては、もう一つ「む」「ん」の対立がある。

「舎兄親行于時李部二千石　かいゑに、物申さむ【ん】といふ《人》をとへは」「又いふかしき事侍らはこたへも申さむ【ん】」の二箇所、共に、図書館本が「む」と表記するのに対して、文学部本は「ん」と表記している。もっとも「連哥の御点申さんといふ」箇所では、図書館本も文学部本と同様に「ん」の文字を用いている。

実は同様の例は、これまでに掲出した例文の中にも見られたのである。素寂の自序のなかには「なましゐに和漢の口伝をあらはさむ【ん】とす」とあったし、帚木巻の屈原に関する注では「龍おそれてさりなむ【ん】、われ【我】はしりてうけなむ【ん】」とあったのである。三例とも、図書館本は「む」の仮名文字を使い、文学部本は「ん」の仮名文字を使用している。

こうした傾向が顕著に見られる例を出してみよう。橋姫巻第一九項目「内なる人ひとりははしらにすこしゐかくれてひはをまへにをきてはちをてまさくりにしつゝゐたるに」の注釈の冒頭の部分から示す。

後撰云、元長親王陽成院皇子　のすみ侍ける時、みこ
のてまさくりに、なにいれたるはこにかあ
りけむ【ん】、したおひしてゆひて、いま又こむ【ん】時あ
〈り〉けむ【ん】、といひて、物の上【かみ】にをきて、出【いて】侍にける
のち、常明親王にとりかくされて、月日ひさし
うありて、かのありし家に、かへりて、この
はこを元長のみこにをくるとて、中務
あけてたになにゝかはせむ【ん】みつのえの
浦【うら】しまのこを思やりつゝ　後撰第十五《雑一》」（二三オ）

ここでは過去推量の「けむ」が二箇所、推量の「む」が二箇所あるが、すべて図書館本が「む」と表記するのに対して、文学部本は「ん」の表記である。同様の例を、他の巻から補っておこう。

○松風巻第二二項目注釈本文より抜粋

たれをかもしる人にせむ【ん】たかさこの

○薄雲巻第三五項目注釈本文より抜粋

つらからん人のためにはつらからむ【ん】

○少女巻第五一項目注釈本文より抜粋

世中はいかにくるしとおもふ【思】らむ【ん】

ところが、まれに逆のパターンが出てくる。帚木巻第一一一項目の引用本文には「むねこかるゝゆふへもあらん【む】とおほえ侍る」と、図書館本が「あらん」文学部本が「あらむ」と表記されているのである。また、夕顔巻第七二項目の注釈本文の中には「いつくもあやまりのみそ候らん【む】」と、図書館本が「候らん」文学部本が「候らむ」の形を取っている。ただ、これらは用例としても僅少で、例外的な事象と見なすことが出来る。念のために、帚木巻・夕顔巻から一般的なパターンを例示しておく。巻によって書写者が変わる（そのために表記が変わる）可能性も皆無ではないからである。

○帚木巻第一六項目引用本文より抜粋

女のこれはしもとなむ【ん】つくましき

○帚木巻第八〇項目引用本文より抜粋

りむ【ん】しのまつ《り》のてうかく

○夕顔巻第五七項目引用本文より抜粋

南殿の鬼のなにかしのおとゝをひやかしけむ【ん】ためし

○夕顔巻第七六項目引用本文より抜粋

人の心にしたかへらんなむ【ん】あはれに

なるべく異なる単語の例が出るようにしたが「難つく」「臨時」「けむ」（過去推量）「なむ」（係助詞）、どれも図書館本が「む」表記で文学部本が「ん」表記である。一応の傾向のようなものを看取して良かろう。

おわりに

京都大学図書館所蔵の『紫明抄』は、『紫明抄』の最善本とされる京都大学文学部本と、同系統の親近性の高い写本である。それらを比較すると、文学部本が仮名表記である箇所が図書館本では漢字表記されるなど、漢字の使用率が高い。図書館本は、一般的傾向として漢字使用率の高さを有していながら、その一方で、特定の語彙に関してはあえて仮名表記を行っていることが看取される。その特定の語彙は使用頻度の高いものが多い。逆に言えば、文学部本は使用頻度の高い、「見（る）」「事」「心」などを漢字表記する傾向があると言うことである。従って、図書館本で使用される漢字の種類は多いが、使用頻度が極端に多い漢字を含んでいないため、文学部本との漢字・仮名表記の差異を数値で示す場合には注意が必要である。

「見（る）」という文字に関しては、図書館本は「見」という漢字を使用せず、あえて「美」を字母とする今日通行の平仮名を使用する。このように仮名表記においても二つの写本には顕著な相違が見られる。図書館本に「む」表記が多く、文学部本に「ん」表記が多いこともその一例である。またア行の「お」とワ行の「を」の対応関係を見ると、図書館本は「お」表記を比較的多用しているようであるが、これについては語彙単位で詳しく見る必要があるかもしれない。

以上のような一般的傾向は見て取れるが、この表記意識が常に貫徹されるのか、行末や丁末といった物理的な制限を受けることはないのか、書写が進むに従って変化することはないのか、さらに詳細な分析が必要であろう。

注

（1）京都大学文学部本は、戦前に『未刊国文古註釈大系』の翻刻があるが、最も一般的に使用されているのが、『紫明抄・河海抄』（角川書店、一九六八年）である。影印には、『京都大学国語国文資料叢書』二七・三三『紫明抄』（臨川書店、一九八一・八二年）がある。

（2）『紫明抄』の伝本についての稿者の報告は、本書に収載したもの以外に、『源氏物語享受史論考』（風間書房、二〇〇九年）の第四章『紫明抄』の各論文、〈源氏物語古注集成〉一八『紫明抄』（おうふう、二〇一四年）の解題などがある。

（3）このこと、「京大文学部本『紫明抄』と京大図書館本『紫明抄』」（本書第九章。初出は「対校資料としての京都大学図書館本『紫明抄』」『源氏物語本文のデータ化と新提言』Ⅱ、二〇一三年三月）で述べたことであるが、表記情報としても重要であるのであえて再述した。

（4）項目番号は、注（2）〈源氏物語古注集成〉一八『紫明抄』（おうふう、二〇一四年）のものと一致する。

第十五章　改行・改丁・字母から見た内閣文庫本系統『紫明抄』

はじめに

複数の写本が存在する作品において、それら写本の親疎関係を考えたり、転写の系統を考える際に、もっとも重視されたのが共通異文というものである。すべての情報をいったん文字単位に還元し、写本相互の関係を共通異文の数で量的に把握しようとしたものである。その場合、音便か否かや、漢字と仮名の相違や、送り仮名の有無などの表記上の相違をどうみるかという問題は残るにしても、共通異文数を使用しての写本の親疎関係の判断が現在において最も有効な方法とされていることは間違いない。

これに対して、量的に把握しにくいが故に等閑視されてきたのが表記情報である。たとえば改行の位置、改丁の位置などがそうである。また共通異文を考える際には、現行の仮名に翻刻した形で数値化することが一般的であるから、変体仮名の字母の差異などは基本的に考慮されていない。本章は、これまで部分的に考察してきた改行・改丁・字母といった表記情報のすべてを組み合わせて分析することによって、何が得られるかを考えるのが目的である。

考察に際して使用する資料は『源氏物語』の注釈書『紫明抄』である。鎌倉時代に河内方の素寂によって作成されたもので、今日伝存する写本は、初稿本系、京都大学本系、内閣文庫本系に三分類することができる。そのうち内閣文庫本系統に属する、東大本、島原松平文庫本、龍門文庫本、神宮文庫本、内閣文庫十冊本の五本を直接の考察の対象とする。字母の問題などを取り扱うから、本文そのものが異なる別系統の写本との比較は相違要素が大きすぎて不適切だからである。

一　改行情報と字母情報・須磨巻の例から

まず、具体的に検討してみるものとして、『紫明抄』巻三の須磨巻の第一九項目から二一項目までを俎上に載せる。最初に、これまで行われてきた標準的な翻刻方法で、東大本の本文を示してみる。補足情報として、項目の頭に当該巻における項目の通し番号をアラビア数字で示し、引用本文の末尾に『源氏物語大成』の当該箇所のページと行数を漢数字とアラビア数字で示し丸カッコに入れて付記した。

19大江殿といひける所はいたうあれて松はらはかりそしるしなりける（四一三5）
　わたのへやおほえのきしにやとりして雲ゐにみゆるいこま山かな後拾遺　良暹
　渡邊橋東岸、今謂楼岸、昔此所立驛楼歟
20からくにゝ名をのこしける人よりも行ゑしられぬいゑゐおやせん（四一三7）
21うらやましくとすし給（四一三8）
　いとゝしくすきゆくかたの戀しきにうらやましくもかへるなみ哉伊勢語
　楚屈原をいふ本文在箒木巻

続いて東大本系統の五本の当該箇所を、できるだけ表記上の情報を正確に再現する形で示してみる。すなわち、原文通りに改行し、文字の位置などもできるだけ原文に近い形で表示する。文字そのものの情報も、現行の平仮名ではなく変体仮名の字母を復元する形で表記する。あわせて改丁情報を付記した。また関係が強いと思われる東大本と島原松平文庫本、龍門文庫本と神宮文庫本とを、上下段に置いて対照できるようにした。

○東大本
大江殿と以ひける所はい多うあ連て松ハらハ可りそ
　志るしなりける
わ多のへや於保えのきし尓やとりし天
雲ゐ尓ミ遊るいこま山可奈 後拾遺 良暹
渡邊橋東岸今謂楼岸昔此所立驛楼歟
加らくにゝ名を能こしける人よりも行ゑしら
」（三ウ）
連ぬいゑゐおや世ん
楚屈原を以ふ 本文在箒木巻
うらやましくとすし給
以とゝしくすきゆく可多能戀しき尓
うらやましくも可へるなみ哉 伊勢語
○龍門文庫本
大江殿といひ氣類所はい多うあ連天松ハら
者可りそ志るしなりける

○島原松平文庫本
大江殿といひ介る所ハい多うあ連て松ハらハ可りそ
　志るし也介る
」（三オ）
わ多能へやお本え乃きしにやとりし亭
雲ゐ丹みゆるいこ満や万可な 後拾遺 良暹
渡邊橋東岸今謂楼岸昔此所立驛楼歟
加らく丹ゝ名を能こしける人より裳行衛しら
連怒いゑゐをや世ん
楚屈原をいふ 本文在箒木巻
うらやましくと寿し給
いとゝし具く春起行可多能古飛し支耳
浦山しく裳可へるなみ可な 伊勢物語
○神宮文庫本
大江殿といひ氣類所はい多うあ連天松ハら
者可りそ志るしなりける

わたのへや於保えのきし尓屋とりして
雲ゐ耳ミ遊るいこま山可那後拾遺良暹」(三ウ)
渡邊橋東岸今謂楼岸昔此所立驛楼歟
からく丹ゝ名を乃こしける人より毛
行ゑしら連ぬいへゐをや世ん
楚屈原をいふ本文在箒木巻
うらやましくとすし給
以とゝしくすきゆくか多能戀しき尓
うらやましく毛可へ累なみ可奈伊勢物語

○内閣文庫十冊本
大江殿といひ遺流所はい多うあ連天松ハら
者可りそ志るしなり遺類」(四ウ)
わたのへや於本えのきし尓屋とりして
雲ゐ耳み遊るいこ満山可那後拾遺良暹
渡邊橋東岸今謂楼岸昔此所立驛楼歟
からく丹ゝ名越のこし遺流人より毛
行ゑしら連ぬいへゐをやせん
楚屈原をいふ本文在箒木巻
うらやましくと春し給

わたのへや於保えのきし尓屋とりして
雲ゐ耳ミ遊るいこま山可那後拾遺　良暹」(三ウ)
渡邊橋東岸今謂楼岸昔此所立驛楼歟
からく丹ゝ名を乃こしける人より毛
行ゑしら連ぬいへゐをや世ん
楚屈原をいふ本文在箒木巻
うらやましくとすし給
以とゝしくすきゆくか多能戀しき尓
うらやましく毛可へ累なみ可奈伊勢物語

以と丶しく春起ゆく可多能戀しき耳
うらやまし具毛可へ流なみ可那伊勢物語

まず一見して目に付くのは、「からくに丶」で始まる和歌を行頭から書いている東大本・島原松平文庫本と、二字下げで書いている龍門文庫本・神宮文庫本・内閣文庫十冊本との違いである。「からくに丶」は作中歌であり、第二〇項目の見出しであるから、当然行頭から書かなければならないのであるが、和歌であるために第一九項目の「大江殿といひける所」の引歌か何かと誤解されて、『後拾遺和歌集』の良暹の和歌と同列に記されたのである。誤解もしくは誤認に基づくこの形式を有する龍門文庫本・神宮文庫本・内閣文庫十冊本の三本は強い親近性を持つものであり、三本が個別にこの誤認をしたとは考えがたく、共通の祖本から転写を重ねたものと考えるべきである。これらは、共通異文を積み重ねる以上に大きな意味を持っていると言えよう。(1)

これに対して、東大本と島原松平文庫本は第二〇項目を行頭から書く本来の形式を持っているから、強い共通性を持っている。ただし、龍門文庫本以下の三本のように共通の誤解・誤認を持つ場合に比べれば、その取り扱いは慎重でなければならない。それは写本を作成する場合、明瞭な誤認であると認識すれば、正しい形へと還元して書写する可能性があるからである。(2)東大本もしくは島原松平文庫本の直接の親本が、第二〇項目を一九項目に連接して書写していたとしても、これらの写本の書写者が、「からくに丶」の和歌は作中歌であり、別項目として独立させるべきものと気づいた場合には、親本の書式を改めて正しい形に戻す可能性は皆無ではないからである。

こうした可能性はあるとしても、東大本と島原松平文庫本は、項目の書き方とは別の表記情報から、強い親近性が保証されるものである。その表記情報とは、改行の方法である。掲出した三項目十一行分の改行箇所は、東大本と島原松平文庫本はすべて完全に一致する。たとえば「大江殿」の第一八項目は、見出しの本文が一行に納めるにはやや長すぎたために文末の「しるしなりける」を最初の行の横に小さく記して、一行書きに準じるような形としているのである。このやや窮屈な書きぶり・形式が、東大本と島原松平文庫本に共通してみられるのである。島原松平文庫本は書写年代が東大本よりやや下るから、直接の転写本か何かと仮定すれば、親本の書写の形式を改行に至るまで守ったものであろう。目移りなどの誤脱・竄入を回避するためには、親本通り改行することがもっとも安全な写本の作り方だからである。

また、第二〇項目の『源氏物語』の作中歌の「からくに、名をのこしける人よりも行ゑしられぬいゑゐおやせん」の引用に際しても、一般的な第三句末での改行ではなく、第四句目の途中「行ゑしら」で改行して「れぬ」以下を次の行に回すという形も、東大本・島原松平文庫本が完全に一致する。龍門文庫本・神宮文庫本・内閣文庫十冊本の三本が、きちんと三句目の「人よりも」で改行しているのとは対照的である。

字母情報に関しても見ておこう。『後拾遺集』と『伊勢物語』の二首の引歌の結句を引用してみる。

東大本　「いこま山可奈」　「可へるなみ哉」
島原松平文庫本　「いこ満や万可な」　「可へるなみ可な」
龍門文庫本　「いこま山可那」　「可へ累なみ可奈」
神宮文庫本　「いこま山可那」　「可へ累なみ可奈」
内閣文庫十冊本　「いこ満山可那」　「可へ流なみ可那」

わずか七文字二つの組み合わせであるが、龍門文庫本と神宮文庫本のみが完全に一致し、他の三本は一箇所も重なることがないことが見て取れる。字母情報から、龍門文庫本と神宮文庫本の強い親近性が窺われる。猶、この問題については次節で詳述する。

二　改丁情報と字母情報・初音巻の例から

次に、前節の用例とは少し離れた箇所を取り上げてみよう。『紫明抄』巻五の初音巻第七項目を中心に取り上げてみたい。今回は前節とは違う方法を試みるために、各写本の第七項目の書き出しを含む一面（半丁）をそのまま復元する形を取ってみる。

まず、標準的な翻刻方法で、東大本の本文を示してみる。

天平元年正月十四日始有踏哥、言吹者計綿數、奏祝詞見于新儀式

6かねてそみゆるなとこそかゝみのかけにもかたらひ侍つれ（七六四2）

あふみのやかゝみの山をたてたれはかねてそ見ゆる君かちとせは古今

7うすこほりとけぬるいけのかゝみにはよにくもりなき影そならへる（七六四8）

柳似舞腰池如鏡文集云

氷池如破鏡、雪影似殘花僧達寔　早春詩云

次に、前節同様に、改行や文字の位置を正確に復元し、変体仮名の字母に還元した形で各本を掲出する。

○東大本

天平元年正月十四日始有踏哥言吹者計

綿數奏祝詞見于新儀式

か祢天そみゆるなとこ楚加ゝミ乃可希尓も可多らひ

侍つれ

○島原松平文庫本

天平元年正月十四日始有踏哥言吹者計

綿數奏祝詞見于新儀式

か祢天そみゆるなとこそかゝミ能可け尓もか多らひ

侍つ連

あふミのや可ゝミ能山を多て多れハ
かね天そ見遊る君可ちとせハ古今
うすこ本りと希ぬるいけ乃可ゝみ尓は
与尓くもりなき影そならへる
柳似舞腰池如鏡文集云
氷池如破鏡雪影似殘花僧達寔早春詩云　」（一一オ）

○龍門文庫本

綿數奏祝詞見于新儀式
か年天そみゆるなとこ楚かゝミ乃可希尓毛
か多らひ侍つ連
あふミのや可ゝミの山を堂て多れハ
か祢天そ見遊る君可ちとせハ古今
うすこ本りと希ぬるいけの可ゝみ丹は
よ丹くもりなき影そならへる
柳似舞腰池如鏡文集云
氷池如破鏡雪影似残花僧達寔早春詩云
とし越へ天花の可ゝミとな流水ハ
ちりかゝ類をやくもるといふらん古今伊勢

阿ふミ能やかゝミ能山を多て堂連ハ
か年天そ見ゆる君可ちとせハ古今
う春こ本里とけぬるいけ乃かゝミ丹は
よにくも里な起影そならへる
柳似舞腰池如鏡文集云
氷池如破鏡雪影似殘花僧達寔早春詩云
としをへて花乃かゝミとなる水ハ　」（一〇オ）

○神宮文庫本

綿數奏祝詞見于新儀式
か年天そみゆるなとこ楚かゝミ乃可希尓毛
か多らひ侍つ連
あふミのや可ゝミの山を堂て多れハ
か祢天そ見遊る君可ちとせハ古今　伊勢
うすこ本りと希ぬるいけの可ゝみ丹は
よ丹くもりなき影そならへる
柳似舞腰池如鏡文集云
氷池如破鏡雪影似残花僧達寔　早春詩云
とし越へ天花の可ゝミとな流水ハ
ちりかゝ類をやくもるといふらん

春の日能可けろふいけの可ゝみ丹は
　柳乃眉そまつ者見えけ留
希ふハ子日なり介りけ尓ちとせの春を　」（八ウ）
○内閣文庫十冊本
　天平元年正月十四日始有踏哥言吹者計
　綿數、奏祝詞見于新儀式
か年天そみゆ流なとこ楚かゝミ能可希尓毛
可多らひ侍つ連
　あふミのや可ゝミ乃山越多て多れハ
かね天そ見遊る君可ちと勢盤古今
う須こ本りと希ぬるいけの可ゝみ丹は
よ丹くもりな起影そならへ累
　柳似舞腰池如鏡文集云　」（一二オ）

春の日能可けろふいけの可ゝみ丹は
　柳乃眉そまつ者見えけ留
希ふハ子日なり介りけ尓ちとせの春を　」（八ウ）

五本とも当該丁の一行目が、初音巻第五項目「われことふきせん」の注釈に引用される『新儀式』の本文であることが共通している。東大本・島原松平文庫本・内閣文庫十冊本の三冊は『新儀式』の引用文の冒頭から、龍門文庫本・神宮文庫本は引用文の途中からこの丁が始まっている。

まず目に付くのは、第七項目の「うすこほりとけぬるいけのかゝみには」の作中歌が、行頭から記されている東大本・島原松平文庫本と、二字下げで書いている龍門文庫本・神宮文庫本・内閣文庫十冊本とに二大別されることである。前節でも述べたように、独立項目を誤って前の項目のように認識することは、龍門文庫本・神宮文庫本・

内閣文庫十冊本に個別に表れた現象ではなく、共通祖本から分かれた書写上の理由に起因すると断定して良い。したがって、内閣文庫本系統『紫明抄』の五つの伝本は、東大本・島原松平文庫本のグループと、龍門文庫本・神宮文庫本・内閣文庫十冊本のグループとに明確に区別されることが確認できる。このことは東大本『紫明抄』の翻刻を行った小著(3)でも述べたことであるが、改めて確認しておきたい。

さて、内閣文庫本系の五本を二つのグループに分けると、それぞれの中で改行形式まで完全に一致することが、前節同様に看取できる。特に東大本・島原松平文庫本の二本は、第六項目の見出しの本文の末尾の「侍ける」の三文字が前行の末尾左横に小さく書かれている点まで完全に一致する。

改行情報とは異なって、改丁情報は完全には一致しないようである。改丁は、写本の行数に左右されるから、一面の行数が異なれば、巻冊の終わりに近づくほど、徐々に親本との丁数の異なりが大きくなる。

同じグループであっても、東大本の一面行数が九行、島原松平文庫本が一〇行であるから、当該箇所のあたりではちょうど一丁分の差異が生じている。一面行数が異なるから、この二本は同じように「天平元年正月十四日始有踏哥言吹者計」の一行からこの面が書き起こされていても、島原松平文庫本の方が一行分多く書かれている。

龍門文庫本のグループは違いがもっと際立っている。龍門文庫本と神宮文庫本が一面一四行であるのに対して、内閣文庫十冊本は九行であるから、当該箇所では龍門文庫本・神宮文庫本が八丁裏であるのに対して、内閣文庫十冊本は一二丁表と、丁数は随分隔たった数値となっている。

ところで一面行数が一四行と、標準的な写本としてはやや不自然な多目の行数であるにもかかわらず、その数が完全に一致することから分かるように、龍門文庫本と神宮文庫本はこのグループの中でも極めて高い親近性を有している。それはこの二つの写本の字母を比較してみれば一目瞭然である。初音巻の例を見ると、龍門文庫本と神宮文庫本とは、本文が一致するのみでなく、改行も、改丁も、使用している字母までが完全に一致するのである。前節では、引用和歌の結句二箇所のみに言及したが、掲出していた須磨巻の全文で、この二本の字母は完全に一致しているのである。

写本を作成する際に、極力誤写を避けようとする意識が働く。その時に、誤写を回避する方法として、最初に考えるのは、改行や改丁を一致させることである。こうすれば、目移りによって一行以上飛ばしたりすることもないし、たとえ僅か数字分の誤脱や重複でも一行に不自然な長短が生じるから、すぐに訂正ができる。写本の大きさによって行数をそろえて改丁まで合わせられなくとも、改行を一致させれば、誤写誤脱の可能性を極力少なくすることができる。その場合でも、字母まで合わせる必要はないはずである。

書写者には文字遣いとも言うべきそれぞれの文字使用の癖があり[4]、どのような字母を使うかということは、書写者の個性に属することである。須磨・初音の二例だけでも、東大本は他本にない「与」の字母を用い、島原松平文庫本は他本にない「亭」の字母を用い、内閣文庫十冊本では他の写本には見られない「盤」の字母を使用している。こうしたことから、字母の検討が有効であることについては稿者はこれまでいくつかの論考で明らかにしてきたところである[5]。

ところで、龍門文庫本と神宮文庫本とで使用されている字母が完全に一致するとすれば、親本の字母まで精密に写し取ろうとしたことによると考えなければならない。臨模というほど字形を似せる段階にまで至ってはいないが、正確に親本を書写しようとした姿勢が窺える。もしもこの二本に直接の書承関係があるとすれば、書写年代の下る神宮文庫本が龍門文庫本を正確に復元しようとしたことになる。直接の親子関係か否かはさておき、こうした間柄にあるから、この二本は龍門文庫本によって代表させることができよう。

かくして、改丁情報と字母情報から、龍門文庫本と神宮文庫本の特異な関係、際立って親近性の高い写本であると言うことが分かるのである。

三　改行情報から見た内閣文庫本系統

本節では、項目の改行情報から、東大本グループと龍門文庫本グループに分かれる例を全巻から抽出しておきたい。前二節では第三巻、第五巻の二例を挙げたのであるが、他の巻にも同様の例が頻出することを確認して初めて上述の推測が成り立つのである。

本節の基本方針は以下の通りである。内閣文庫本系全十巻の各巻から、項目の改行状況から二グループに分かれる例を一例ずつ、二項目列記する形で掲出する。東大本グループは東大本で代表させ、龍門文庫本グループは龍門文庫本で代表させる。二項目とも行頭から記載する東大本が正しい改行表記で、龍門文庫本は誤って二つ目の項目を前の項目の注釈のように二字下げで記している例である。島原松平文庫本は東大本に同じく、神宮文庫本・内閣文庫十冊本は龍門文庫本と同じ書式である。同一巻においては一例のみ具体的に掲出し、それ以外の例は巻名項目番号のみ示す。本節で改行情報に絞って述べるから、読みやすさを考えて仮名は現行のものを用いることとする。

巻一・桐壺巻第四五第四六項目

○東大本

くれまとふ心のやみもかたえはるくはかりなん

人のおやの心はやみにあらねとも

子をおもふみちにまよひぬる哉後撰兼輔

いと、しくむしのねしけきあさちふに

露をきそふる雲の上人

後撰云母の服にて里に侍ける比醍醐の御
門より無常の御文給ける御返事に近江更衣
のたてまつりける
五月雨にぬれにし袖をいとゝしく
露をきそふる秋のわひしさ

○龍門文庫本

くれまとふ心のやみもかたえはるくはかりなん
人のおやの心はやみにあらねとも
子をおもふみちにまよひぬる哉後撰兼輔
いとゝしくむしのねしけきあさちふに
露をきそふる雲の上人
後撰云母の服にて里に侍ける比醍醐の
御門より無常の御文給ける御返事に近江
更衣のたてまつりける
五月雨にぬれにし袖をいとゝしく
露をきそふる秋のわひしさ

巻一はこの一例のみである。

巻二・帚木巻第七八第七九項目

○東大本

みさほに　　操

てをりてあひみしことをかそふれはこれひとつやは君か

うきふし

てをりてあひみしとしをかそふれは

とをといひつゝよつはへにけり伊勢物語

○龍門文庫本

みさほに　　操

てをおりてあひみしことをかそふれは

これひとつやは君かうきふし

てをおりてあひみしとしをかそふれは

とをといひつゝよつはへにけり伊勢物語

巻二には他に、帚木巻第一〇七項目、第一二五項目、第一八一項目、空蟬巻第二四項目、夕顔巻第一八項目、第二一項目、第八六項目など同様の例が多い。

巻三は第一節で掲出した須磨巻の例のみ、巻四にはこの例はない。(6) 巻五は第二節で掲出した初音巻の例以外に、同じく初音巻第一〇項目、胡蝶巻第四項目、第二三項目の例がある。(7) 巻六は別稿で掲出した行幸巻第一一第一二項目の例のみである。

○東大本

巻七横笛巻第一五第一六項目

さうふれんをひき給

想夫戀　平調

ことにいてゝいはぬもいふにまさるとは人に

はちたるけしきをそ見る

心にはしたゆく水のわきかへり

いはておもふそいふにまされる

○龍門文庫本

さうふれんをひき給

想夫戀　平調

ことにいてゝいはぬもいふにまさるとは

人にはちたるけしきをそみる

心にはしたゆく水のわきかへり

いはておもふそいふにまされる

巻七はほかに柏木巻第五三項目、第六三項目、第六九項目、横笛巻第四項目、第一〇項目など同様の例が多い。

巻八御法巻第五第六項目

○東大本

たきゝつきなんことのかなしさ

佛涅槃相也　法華經第一方便品云　入無餘涅槃如薪盡火滅　たきゝつくとは仏涅槃をいふ也

たきゝこる思は今日をはしめにてこの身に

ねかふ法そはるけき

採菓汲水拾薪設食乃至以身而作林座床イ　ヒ
身心無倦干時奉事經於千歳　法花經文

○龍門文庫本
たきゝつきなんことのかなしさ
佛涅槃相也　法華經第一方便品云　入無餘涅槃如薪盡火滅　たきゝつくとは仏涅槃をいふ也
たきゝこる思は今日をはしめにて
この身にねかふ法そはるけき
採菓汲水拾薪設食乃至以身而作林座床イ
身心無倦干時奉事經於千歳　法花經文

巻八は紅梅巻の第一七項目が同様の例である。
巻九総角巻第一一第一二項目
○東大本
あけかたになりにけり御ともの人々おきて
こはつくり馬とものいはゆるおと
晨鶏再鳴殘月没征馬連嘶行人出　文集
鳥のねもきこえぬ山と思しをよのうき
ことはたつねきにけり
とふとりの聲もきこえぬおく山の
ふかきこゝろを人はしらなむ　古今

○龍門文庫本巻

あけかたになりにけり御ともの人々おきて

こはつくり馬とものいはゆるをと

晨鶏再鳴殘月没征馬連嘶行人出　文集

とりのねもきこえぬ山とおもひしを

よのうきことはたつねきにけり

とふとりの聲もきこえぬおく山の

ふかきこゝろを人はしらなむ　古今

巻九は総角巻の第四七項目が同様の例である。

巻十手習巻第二〇第二一項目

○東大本

ひとゝせたらぬつくもかみおほかる所

百とせに一とせたらぬつくもかみ我をこふらし面影にたつ《みゆイ》

身をなけし涙の川のはやきせをしからみかけて誰かとめまし

なかれゆく我は水くつとなりはてぬ《ぬともイ》君しからみと成てとゝめよ　菅家

○龍門文庫本

ひとゝせたらぬつくもかみおほかる所

もゝとせに一とせたらぬつくもかみ

我をこふらし面影にたつ《みゆイ》

身をなけし涙の川のはやきせを
しからみかけて誰かとめまし
なかれゆく我は水くつとなりはてぬ《ぬともイ》
君しからみと成てとゝめよ　菅家

巻十はこの一例のみである。

以上見てきたように、巻によって多寡はあるが、東大本・島原松平文庫本の表記が正しく、龍門文庫本・神宮文庫本・内閣文庫十冊本が共通して項目の表記を誤っているものが二六箇所もある。こうした表記情報を通して、内閣文庫本系統『紫明抄』が二つのグループに分かれることを再確認することが出来る。

四　例外的事象について

前節では、改行情報から、内閣文庫本系統『紫明抄』が、龍門文庫本グループと東大本グループに明確に二大別されることを確認した。それらは、ある項目を前項の注釈に続くものと誤認しているか否かによって判別した。ところがごくわずかながら、両グループ共通して誤認している例がある。用例数から言って、これらは例外的事象として処理すべきものであるが、論の公平性を担保するために、これら例外的事象についても簡単に見ておこう。

まず、巻九早蕨巻第一〇項目第一一項目を京大文学部本で引用してみよう。

たちはなゝらねとむかし思いてらるゝつまなり
五月まつ花たちはなのかをかけはむかしの人の袖のかそする
袖ふれし梅はかはらぬにほひにてねこめうつろふやとやことなる

かきこしにちりくる花を見るよりはねこめにかせのふきもこさなん　後撰 伊勢

次いで、東大本・龍門文庫本を見てみよう。

○東大本

たち花ならねとむかしおもひいて、侍へきつま
なり

さ月待花たちはなのかをかけは
昔の人の袖の香そする
袖ふれしむめはかはらぬにほひにて
ねこめうつろふやとやことなる
かきこしにちりくる花をみるよりも
ねこめにかせのふきもこさなん　後撰

○龍門文庫本

たち花ならねとむかしおもひいてらる、
つまなり

さ月待花たちはなのかをかけは
むかしの人の袖の香そする
袖ふれしむめはかはらぬにほひにて
ねこめうつろふやとやことなる
かきこしにちりくる花をみるよりも

ねこめにかせのふきもこさなん　後撰

これら二本は、多少の字句の異同はありながらも、「袖ふれし」の作中歌を、「たち花ならねと」の本文の注釈のように誤って記すという点では共通する。東大本「侍へきつまなり」の末尾を行末に並べて書くのは島原松平文庫本も同形である。神宮文庫本・内閣文庫十冊本は龍門文庫本と同様にきちんと改行している文である。そうした相違を含みつつも、内閣文庫本系統諸本のすべてが、同じ形の誤りを持っているのである。

他に巻十浮舟巻第六六項目の作中歌「からをたに浮世の中にと丶めすはいつこをはかと君も恨ん」を前項目「ひつしのあゆみ」の注釈のように記す点も同様の例である。和歌ではないが、巻五初音巻第三三項目「みつうまや」の表記が二字下げで前項目「おとことうか」の注釈のように見える書き方になっている点も、内閣文庫本系統諸本で共通する。

ところで、これまで見てきたものは、次項目の見出し本文が前項目の注釈のように見える書き方であったが、次項目の見出しが脱落して、次項目の注釈が前項目の注釈と並ぶ場合がある。梅枝巻第三九項目・四〇項目がそうである。京大本と東大本で掲出する。

○京大本

さすかにほかさまの心はつくへくもおほえすたはふれにくきおりおほかり

ありぬやと心みかてらあひみねはたはふれにくきまてそ戀しき

あさみとりきこえこちし御めのと

六位宿世といひし事也

○東大本

さすかにほかさまの心はつくへくもおほえすたはふれにくき

おりおほかり

ありぬやと心みかてらあひみねはたはふれにくきまてそ
戀しき

六位宿世といひし事也

東大本は「あさみとりきこえこちし御めのと」の見出し本文が脱落してしまったために「六位宿世といひし事也」が前項の「たはふれにくき」の注釈のように表記されているのである。龍門文庫グループも含めて内閣文庫本系統すべて東大本と同じ書式となっている。これは本節冒頭であげた早蕨巻の例のように、内閣文庫本系統が統一して誤った形式を持っている例外的事象の一つであるが、同じく見出しが欠落していても次のような場合もある。藤裏葉巻第一二第一三項目を東大本・内閣文庫十冊本・龍門文庫本で掲出する。

○東大本

かはくちとこそいらへまほしかり《或ヒヒ》けれ

かはくちのせきのあし《ら或》かきまもれとも

いて、われねぬせきのあらかき　呂催馬楽

あくるもしらすかほなり

たますたれあくるもしらすねし物を

ゆめにもみしと思かけきや

○内閣文庫十冊本

かはくちとこそいらへまほしかり《或ヒヒ》けれ

かはくちのせきのあし《ら或》かきまもれとも

いて、われねぬせきのあらかき　呂 催馬楽
あくるもしらすかほなり
たますたれあくるもしらすねし物を
ゆめにもみしと思かけきや

○龍門文庫本

かはくちとこそいらへまほしかり《或ヒヒ》けれ
かはくちのせきのあし《ら或》かきまもれとも
いて、われねぬせきのあらかき　呂　催馬楽
たますたれあくるもしらすねし物を
ゆめにもみしと思かけきや

島原松平文庫本は東大本と同じ書式、神宮文庫本は龍門文庫本と同じ書式である。すなわちこの事例は、一・二・三節で見た二五例同様に東大本グループが正しい表記で、「あくるもしらすかほなり」の見出しを脱している龍門文庫本グループが誤った表記である。ところが龍門文庫本グループの中でも内閣文庫十冊本だけは、この用例ではグループから離れて、東大本グループと同文の正しい表記となっているのである。内閣文庫十冊本は、龍門文庫本より書写年代は下るため、見出し項目の脱落に気づいた内閣文庫十冊本の書写者が補ったか何かの事情でもあるのだろうか。

こうしたいくつかの例外的事象はあるものの、大局においては内閣文庫十冊本が龍門文庫本グループに属するということは、改行を中心とした表記情報から確認できるのである。

おわりに

本章では、表記情報学の一つとして、注釈の改行情報、改丁情報、使用されている字母の情報などから、内閣文庫本系統の『紫明抄』を再検討してみた。その結果、共通異文から看取できる二つのグループ、東大本グループと龍門文庫本グループという大きな見通しは、表記情報からも明確に裏付けられることが確認できた。

改行情報は数値化しやすいものであろうから、今後は共通異文同様にデータ化がなされ、本文系統を考える上で必須のものとなろう。内閣文庫本系統『紫明抄』の改行情報については旧稿(8)でもその一部に言及したが、今回は全用例を確認すると共に数量的に位置づけてみたものである。

字母情報は、同一の字母の字形の認識をどうするかという課題が残る。たとえば「能」や「伊」を字母とする場合、どのような字形であっても、これを「能」「伊」と表記することができる。ところが「乃」と「の」と明確な字形の相違が見られる場合、また「以」と「い」と明確な字形の相違が見られる場合、これらを区別するか、同一の字母と認識するか、という問題が残る。本章では取りあえず区別する方法をとったが、字母の形は必ずしも整然と区別できるものではない。「乃」と「の」の中間的な字形も当然出てくるであろう。そうした課題は今後検討しなければならないが、従来顧みられることの少なかった表記情報を総合的に用いることによって、本文研究、伝本研究に資する点が少なからずあることを確認できたのではなかろうか。

注

（1）「内閣文庫本系統『紫明抄』の諸本について」（本書第七章）では、初音・胡蝶巻の例を挙げた。

（2）第四節で考察する、内閣文庫十冊本の藤裏葉巻の第一三項目の例などがその可能性がある。
（3）〈源氏物語古注集成〉一八『紫明抄』（おうふう、二〇一四年）解説の項目参照。
（4）「伝聖護院道増筆断簡考―新出賢木巻断簡の紹介から、道増の用字法に及ぶ―」（『王朝文学の古筆切を考える　残欠の映発』武蔵野書院、二〇一四年。本書第一章）。
（5）「字形表示型データベースの提案―大島本桐壺巻から―」（『日本古典籍における【表記情報学】の基盤構築に関する研究』Ⅲ、二〇一四年三月。本書第十二章）、及び注（4）拙稿。
（6）巻四少女巻一一項目は、本来ならば字下げで表記すべき注釈本文を、あたかも『源氏物語』原典の本文のように同じ字高で記しているから、この例からは除外している。
（7）「表記情報から見た内閣文庫本系『紫明抄』」（『日本古典籍における【表記情報学】の基盤構築に関する研究』Ⅰ、二〇一二年三月。本書第十三章）。
（8）注（7）拙稿。

初出一覧

Ⅰ　古筆切落ち穂拾い

第一章　伝聖護院道増筆断簡考
原題「伝聖護院道増筆断簡考―新出賢木巻断簡の紹介から、道増の用字法に及ぶ―」（『王朝文学の古筆切を考える　残欠の映発』武蔵野書院、二〇一四年）

第二章　『源氏釈』古筆切三葉について
『藝文研究』一〇九の一（慶應義塾大学、二〇一五年十二月）

第三章　『源氏釈』古筆切拾遺
『源氏物語本文のデータ化と新提言』Ⅵ（二〇一七年一月入稿、未刊）

第四章　初稿本系『紫明抄』古筆切考
『源氏物語本文のデータ化と新提言』Ⅳ（二〇一五年三月）

Ⅱ　『紫明抄』を校訂する

第五章　二種類の『紫明抄』
『源氏物語本文の再検討と新提言』3（二〇一〇年三月）

第六章　内閣文庫三冊本『紫明抄』追考

原題「内閣文庫蔵三冊本（内丙本）『紫明抄』追考―手習巻を中心に―」（『源氏物語注釈史の世界』青簡舎、二〇一四年）

第七章　内閣文庫本系統『紫明抄』の諸本について

原題「内閣文庫本系統『紫明抄』の再検討」（『源氏物語本文の再検討と新提言』4、二〇一一年三月）に大幅に加筆した。

第八章　京都大学本系統『紫明抄』と内閣文庫本系統『紫明抄』

『源氏物語本文の研究』（二〇一一年三月）

第九章　京大文学部本『紫明抄』と京大図書館本『紫明抄』

原題「対校資料としての京都大学図書館本『紫明抄』」（『源氏物語本文のデータ化と新提言』Ⅱ、二〇一三年三月）

第十章　京都大学本系統『紫明抄』校訂の可能性

『これからの国文学研究のために　池田利夫追悼論文集』（笠間書院、二〇一四年）

Ⅲ　表記の情報と情報の表記

第十一章　諸本対照型データベースの提案

「早蕨巻主要十本対照表の視覚的効果について―『源氏物語』巻別校本をめざして―」（『源氏物語本文の再検討と新提言』2、二〇〇九年三月）に大幅に加筆した。

第十二章　字形表示型データベースの提案

原題「字形表示型データベースの提案―大島本桐壺巻から―」（『日本古典籍における【表記情報学】の基盤構築

に関する研究』Ⅲ、二〇一四年三月）

第十三章　表記情報から見た内閣文庫本系統『紫明抄』

原題「表記情報から見た内閣文庫本系『紫明抄』」（『日本古典籍における【表記情報学】の基盤構築に関する研究』Ⅰ、二〇一二年三月）

第十四章　表記情報から見た京都大学本系統『紫明抄』

原題「表記情報から見る書写者の意識―京都大学本『紫明抄』二本から―」（『日本古典籍における【表記情報学】の基盤構築に関する研究』Ⅱ、二〇一四年二月）

第十五章　改行・改丁・字母から見た内閣文庫本系統『紫明抄』

原題「改丁・改行・字母を通してみた内閣文庫本系統『紫明抄』―表記情報学の確立に向けて―」（『日本古典籍における【表記情報学】の基盤構築に関する研究』Ⅳ、二〇一五年三月）

猶、『源氏物語本文の再検討と新提言』『源氏物語本文の研究』『源氏物語本文データ化と新提言』は國學院大學豊島秀範教授を代表とする科研（課題番号一九二〇二〇〇九、二三五二〇二四一、二六三七〇二一二）、『日本古典籍における【表記情報学】の基盤に関する研究』は国文学研究資料館今西裕一郎館長（当時）を代表とする科研（課題番号二二二四二〇一〇）の成果によるものである。

一書としての体系を立てるために、すべての原稿に多くの加筆と削除を施している。とくに、元原稿と大きく異なった場合はその旨を注記している。したがって、『紫明抄』の校訂や、表記情報に関する論考は、本書を以て定本としたい。

あとがき

本書は『源氏物語』の論文集としては四冊目であるが、文献を取り扱ったものとしては前著『源氏物語享受史論考』（風間書房、二〇〇九年）以来で、二冊目となる。この十年間の歩みとしては、細く頼りないものではあるが、それでも多くの方々のおかげで本書につながる仕事ができたのである。

まず本書が成るに際して、特に御恩を蒙った四人の先達の名前を明記して御礼を申し上げたい。作品論と文献両方を扱うようにとの御教示をいただいた恩師の今井源衛先生。今井先生が目標にするようにと言われ御教導をいただいた伊井春樹先生。次いで、三期十年の科研（課題番号一九二〇二〇〇九、二三五二〇二四一、二六三七〇二一二）の代表者豊島秀範先生。表記情報学という新しい視点の科研（課題番号二二二四二〇一〇）の代表者の今西裕一郎先生。以上の四人の先生方である。『源氏物語』の本文や古注釈書に多少の興味があったとは言え、これら先生方の誘掖がなければ、怠け者の私の歩みはもっともっと遅くなっていたに違いない。心より御礼を申し上げる。

同時にこの分野に造詣の深い、年齢の近い友人たちにも恵まれた。横井孝氏、渋谷栄一氏、伊藤鉄也氏、上野英子氏、中村一夫氏とは、上記科研のどこかで毎年のように顔を合わせ、意見を戦わせ、切磋琢磨することができた。感謝の念に堪えないとともに、今後とも引き続き多くの刺激を与えてもらいたいと願っている。また、これら科研を裏方で支えてくれた菅原郁子、神田正義、阿部江美子の諸氏にも御礼を申し上げる。

現在の職場に赴任する際に、条件はただ一つ、『源氏物語』を講ずること、というありがたい言葉をいただいたのだが、来春の定年を控えて、前著『源氏物語の政治と人間』と本書と、在任中に何とか二冊をまとめることができた。小さな果実であり、実を付けるのも遅すぎたきらいはあるが、これまでの御厚誼にいくらかでも報いることができたであろうか。文学部の同僚、特に国文学専攻のスタッフ各位には、充実した研究環境と、たえざる学問的刺激を与えていただいたことに厚く御礼申し上げたい。

論文を書き始めて四十年以上たったが、まだ三十代のころ、最初の作品論である『源氏物語の人物と構想』を出していただいたのも和泉書院であった。その後、図書館関係、文学全集関係など、寄り道の多い私の人生を象徴するような本ばかりお願いしてきた。『源氏物語の人物と構想』から四半世紀たって、文献にかかわる論文集をようやく和泉書院から刊行できる運びとなった。

社長の廣橋研三さんとは同世代のよしみもあって、右に述べたように様々な本を出していただいたのだが、二人とも年を重ね、髪の色も髪型もすっかり変わってしまった。私は福岡を振り出しに群馬・東京と職場を変わったが、この間廣橋さんは上方にじっくりと腰を落ち着けて、千冊を超える優れた学術書出版を手掛けられている。今回も、大雑把な私の性格をそのまま反映させている原稿を、実に丁寧に、綿密に見ていただいた。老眼が進んだ割にはミスが少ないとすれば、それは編集部の皆さんのおかげである。最後にもう一度廣橋研三さん、そして和泉書院の皆さんに心よりの御礼を申し上げる。

二〇一七年一〇月

田坂憲二

■著者紹介

田坂憲二（たさか　けんじ）

一九五二年福岡県生まれ。九州大学大学院博士後期課程中退。博士（文学）。福岡女子大学教授、群馬県立女子大学教授などを経て、二〇一二年から慶應義塾大学文学部教授。専門は日本古典文学。

著書に『源氏物語の政治と人間』（慶應義塾大学出版会、二〇一七年）、『名書旧蹟』（日本古書通信社、二〇一五年）、『源氏物語の方法を考える―史実の回路』（共編著、武蔵野書院、二〇一五年）、〈源氏物語古注集成〉一八『紫明抄』（おうふう、二〇一四年）、『源氏物語享受史の研究』（風間書房、二〇〇九年）、『文学全集の黄金時代』（和泉書院、二〇〇七年）、『大学図書館の挑戦』（和泉書院、二〇〇六年）、『源氏物語の人物と構想』（和泉書院、一九九三年）など。

研究叢書 494

源氏物語論考
――古筆・古注・表記――

二〇一八年二月二八日初版第一刷発行
（検印省略）

著者　田坂憲二
発行者　廣橋研三
印刷所　亜細亜印刷
製本所　渋谷文泉閣
発行所　有限会社 和泉書院

大阪市天王寺区上之宮町七－六
〒五四三－〇〇三七
電話　〇六－六七七一－一四六七
振替　〇〇九七〇－八－一五〇四三

ISBN978-4-7576-0866-5　C3395

研究叢書

堀景山伝考	高橋俊和著	481	一八〇〇〇円
中世楽書の基礎的研究	神田邦彦著	482	一〇〇〇〇円
テキストにおける語彙的結束性の計量的研究	山崎誠著	483	八五〇〇円
節用集と近世出版	佐藤貴裕著	484	八〇〇〇円
近世初期『万葉集』の研究 北村季吟と藤原惺窩の受容と継承	大石真由香著	485	一二〇〇〇円
小沢蘆庵自筆 六帖詠藻 本文と研究	蘆庵文庫研究会編	486	二六〇〇〇円
古代地名の国語学的研究	蜂矢真郷著	487	一〇五〇〇円
歌のおこない 萬葉集と古代の韻文	影山尚之著	488	九〇〇〇円
軍記物語の窓 第五集	関西軍記物語研究会編	489	一三〇〇〇円
平安朝漢文学鉤沈	三木雅博著	490	一二五〇〇円

（価格は税別）